鲍尔吉·原野
经典散文

大家经典

春雪的夜

鲍尔吉·原野　著

山东文艺出版社

图书在版编目（CIP）数据

春雪的夜/鲍尔吉·原野著.—济南:山东文艺出版社,
2023.1
ISBN 978-7-5329-6492-5

Ⅰ.①春… Ⅱ.①鲍… Ⅲ.①散文集-中国-当代 Ⅳ.
①I267

中国版本图书馆 CIP 数据核字（2022）第 216038 号

春雪的夜

CHUNXUE DE YE

鲍尔吉·原野　著

主管单位	山东出版传媒股份有限公司
出版发行	山东文艺出版社
社　　址	山东省济南市英雄山路 189 号
邮　　编	250002
网　　址	www.sdwypress.com
读者服务	0531-82098776（总编室）
	0531-82098775（市场营销部）
电子邮箱	sdwy@ sdpress.com.cn
印　　刷	山东临沂新华印刷物流集团有限责任公司
开　　本	890 毫米×1240 毫米　1/32
印　　张	10.75
字　　数	240 千
版　　次	2023 年 1 月第 1 版
印　　次	2023 年 1 月第 1 次印刷
书　　号	ISBN 978-7-5329-6492-5
定　　价	52.00 元

目 录

辑一

季　候

春天喊我

───────────

街上有今年的第一场春雨。

春雨知道自己金贵，雨点像铜钱一般"啪啪"甩在地上，亦如赌徒出牌。

下班的人谁也不抱怨，这是在漫长的冬天之后的第一场天水；人们不慌张，任雨滴清脆地弹着脑门。在漫长的冬天，谁都盼着探头一望，黄土湿润了，雨丝随风贴在脸上。但是在冬天，即使把一瓢瓢清水泼在街上，也洒不湿世界，请不来春意，除非是天。

然而在雨中，土地委屈着，浮泛腥气，仿佛埋怨雨水来得太晚。土地是任性的情人，情人总认为对方迟到于约会的时间。在犹豫的雨中，土地扭脸赌着气，挣脱雨水的臂膀。那么，在眼前已经清新的时刻，凹地小镜子似的水坑向你眨眼的时刻，天地融为一体。如同夫妻吵架不须别人苦劝，天地亦如此。

在下雨之前，树枝把汁水提到了身边，就像人们把心提到嗓子眼儿，它们扬着脖颈等待与雨水遭逢。我想，它们遭逢时必有神秘的交易，不然叶苞何以密密鼓胀。

　　路灯下，一位孕妇安然穿越马路，剪影如树的剪影。我坐在街心花园的石椅上，周围是恋爱的人。雨后的春花、花园中恋爱的人即使增加十倍也不令人奇怪。我被雨水洗过的黑黝黝的树枝包围了，似乎在准备一场关于春天的谈话。树习惯于默不作声，但我怎能比树和草更有资格谈论春天呢？大家在心里说着话。起身时，我被合欢树的曲枝扯住衣襟。我握着合欢的枝，握着龙爪槐的枝，趴在它们耳边说："唔，春天喊我!"

春是春节的春

春是春节的春。小孩子像一堆红萝卜四处滚动，他们兜里多了钱，还有鞭炮，眼睛东张西望。柴火垛的积雪把孩子脸蛋映衬鲜红。春节驾到，它被厨房大团的蒸汽蒸出来，天生富足。人集体换上同样的表情：憧憬的、采购的、赴约的、疲倦的，打底是豪迈的表情，即春节的表情。一只小白狗往桑塔纳车轮撒尿做记号，一会儿车开了，上哪儿找这个记号呢？春节把小狗乐糊涂了。春节是家家召开的总结表彰大会、烹饪大会、时装发布会、项目规划会，参与人士为全体国民。

春是春雪的春。正月的雪，是天送给地的一笔厚礼。若半尺厚，春小麦就有了一床暄暖的厚被。雪沃大地，黑龙江省进入童话，吉林省进入版画，辽宁的雪待不上几天就化，气温高。春雪飘落，带着伞翼，旋转而下，把枯草包裹晶莹。屋顶的雪借阳光变为参差耀眼的檐冰，一边淌水，一边延伸。

春是春分的春。每年 3 月 21 日前后，太阳抵达黄经零度，昼夜均，寒暑平，阴阳相半。这天正午，太阳的脚步落下那一刻，被天文学视为北半球春季的开始。保定农谚唱："春分麦起身，一刻值千金。"

春是春水的春。庾信《燕歌行》:"洛阳游丝百丈连,黄河春冰千片穿。"春冰薄如翼,捡一片放在手心,透出鲜红的掌纹,与玻璃一般。俄尔缩为水。春水浩荡,越岭翻山。旧日的东北土匪,此际出山拆冰。桃花水下来,冰块壅塞河道,影响木排运输。商人请胡子(匪)拆冰,匪们喝过酒,上冰,撑木杆左支右绌,轰隆一声,冰泄河通。胡子或永久失踪,或从哪个地方爬上岸,挣的是舍命钱。大部分江河,冰化水,如鱼下锅,酥了,碎了。我的感觉,冰在春夜比白昼化得快。春水流桃花,落红搭上了薄冰的小舟。想起黎锦晖那首《桃花江》:"桃花江是美人窝。桃花千万朵,不如美人多。"

春是春草的春。柳枝在河面练习书法,字被波纹抹掉。不觉间,地上浮现密密麻麻的字,连成片是草书,它们是春草。草是春天的信函,连篇累牍,蘸着绿色的墨汁,写到天涯海角。有人说,画兰须备书法功底,苟求于"笔","墨"则次之。而草的象形书法,撇捺通脱,开张奔放,是米芾的行草。这些草书,叫"大地回春帖",被大地当衣裳披在身上,向夏天走去。

春是春耕的春。祭土神的春社过了,"桑柘影斜春社散,家家扶得醉人归"。春牛登场,地表阳升。农人扶犁挥鞭,头顶有燕子飞掠。庄稼人开始忙了,把粮食从地里忙进仓里,春耕是头一天。

春是春天的春。唐代称酒为春,"软脚春""垆头春"等。曲艺界称相声为春,"宁送一锭金,不教一口春"。《诗经》里,思慕异性是春,"有女怀春"。在大自然看来,只有春天才是春。杜甫《腊月》诗:"侵陵雪色还萱草,漏泄春光有柳条。"春天所以为春，是万物皆萌，四季轮回的新一轮又开始了。春天所以叫天，是天的心情很好，江河风雨，温润和顺，柳絮乱飞也没惹老天爷生气。春天里，管弦乐队应该去田野里演奏。鲍罗丁《在中亚细亚草原上》或者德沃夏克《斯拉夫舞曲》，均广大深厚，田野吐出带甜味的呼吸。在春天，大地的胸膛潮湿澎湃，让生长的生长，让冬眠的醒来，让花朵在坚硬的枝头站成一排排蝴蝶，让孩子在乡村的学堂里朗读。

教员（温柔）：春……

孩子（倔强）：春！

教员（端正）：春天的春……

孩子（强烈）：春天的春！

喊声太大了，屋檐的小鸟惊飞，风从树林跑过来，看这里到底发生了什么事。

不要跟春天说话

春天忙。如果不算秋天，春天比另两个季节忙多了。以旅行譬喻，秋天是归来收拾东西的忙，春天是出发前的忙，不一样。所以，不要跟春天说话。

蚂蚁醒过来，看秋叶被打扫干净，枯草的地盘被新生的幼芽占领，才知道自己这一觉睡得太长了。蚂蚁奔跑，检阅家园。去年秋天所做的记号全没了，蚯蚓松过的地面，使蚂蚁认为发生了地震。打理这么一片田园，还要花费一年的光景，所以，不要跟蚂蚁说话。

燕子斜飞。它不想直飞，免得有人说它像麻雀。燕子口衔春泥，在裂口的檩木的檐下筑巢，划破冬日的蛛网。燕子忙，哪儿有农人插秧，哪儿就有燕子的身影。它喜欢看秧苗排队，像田字格本。衔泥的燕子，从不弄脏洁白的胸衣。在新巢筑好之前，不要跟燕子说话。

如果没有风，春天算不上什么春天。风把柳条摇醒，一直摇出鹅黄。风把冰的装甲吹酥，看一看冰下面的鱼是否还活着。风敲打树的门窗，催它们上工。风把积雪融化的消息告诉耕地：该长庄稼了。别对风说："嗨!"也别劝它休息。春风休息,春天就结束了。所以,不要跟春风说话。

雨是春天的战略预备队。在春天的战区,风打前阵,就像空军作第一轮攻势一样,摧枯拉朽,瓦解冬天的军心。雨水的地面部队紧接着赶到,它们整齐广大,占领并搜索每一个角落,全部清洗一遍,让泥土换上绿色的春装。不要跟它们讲话,春雨军纪严明。

草是春天的第一批移民。它们是老百姓,拖儿拉女,自由散漫。草随便找个地方安家,有些草跑到老房子屋顶,以及柏油路裂缝的地方。草不管这个,把旗先竖起来再说。阳光充足的日子,草晾晒衣衫被褥,弄得乱七八糟。古人近视,说"草色遥看近却无"。哪里无?沟沟壑壑,连电线杆子脚下都有草的族群。人见春草生芽,舒一口气,道:春天来了!还有古人作诗:"溪上谁家掩竹扉,鸟啼浑似惜春晖。"(戴叔伦《过柳溪道院》)"渭北春天树,江东日暮云。"(杜甫《春日忆李白》)春晖与春树都比不过草的春意鲜明,它们缝春天的衣衫,不要跟忙碌的缝衣匠说话。

"管仲上车曰:'吾不能以春风风人,吾不能以夏雨雨人,吾穷必矣'。"(《说苑·贵德》)没有谁比春天更厉害,管仲伤感过甚。看春天如看大戏,急管繁弦,万物萌生。在春天,说话的主角只有春天自己,我们只做个看官。

春如一场梦

———————————

每年近春，我脑子会冒出一个念头，内心被这个念头诱惑得高瞻远瞩，双腿奔忙如风火轮。静夜想，我想我可能找到了人生的真谛，年华从此不虚度。但每次——已经好几次——我的念头被强大的春天所击溃，我和我的计划像遗落在大地上的野菜一般零落不足惜。

我的念头是寻找春天从哪里开始。这不是一个伟大的计划吗？当然是，但是春天到底从哪里开始的呢？

众人所说的春意，对我住的地方而言，到了三月中旬还没动静。大地萧索，上面覆盖着去年秋天饿伏的衰草，河流也没解冻。但此为表相，是匆匆一瞥的印象，是你被你的眼睛骗了。蹲下看，蒲河的冰已经酥化起层，冰由岩石的白化为鸡蛋壳的白。它们白而不平，塌陷处泛黑，浸出一层水。底层的河水与表面的冰相沟通。这是春天的开始吗？好像不是，这可算春天来临之前河流的铺垫，和人们所说桃红柳绿相距甚远。或者说，这是冬天的结束？说当然是可以这么说，然而冬天结束了吗？树的皮还像鳄鱼皮一样灰白干燥，泥土好像还没活过来。我读一本道家谈风水的书，书上说阳春地下有气运行。大地无端鼓起一个包，正是地气汇聚所致。此时看，还看不出哪个地方鼓起土包。

有一件事我们要厘清：塞地冬季的结束与春天到来会分明吗？这事说不好，谁也不敢定。冬天有多少种迹象代表冬？春天有多少种迹象代表春？我们作为渺小的人类真的说不清，政府也说不清。你说冬天有白雪，然而春天有春雪。大自然或曰天道不会把季节安排得像小学一年级、二年级那么清楚。

大地寂寥，现在是三月下旬，四周依旧静悄悄。田野没有绿衣、野花和蝴蝶。大地仿佛入定了，没谁能改变它。谁能让这么大一片土地披上新装，谁能让小鸟翻飞缭绕，谁能让小虫在泥土上攀爬，谁能让毫无色彩的大地上开遍野花。渺小的人类不能，政府也不能。所能者只有春天。在这个时刻瞭望春天——假如他从未经历春天的话——会觉得春天可能不来了，一点消息都没有。我回想往年的春天，每每像不来了，每每轰然而至。它之到来如卸车，卸下无数吨的青草，更多吨的绿叶，一部分吨的鲜花，更少吨的小鸟、甲虫和云母片一般天上的轻云。那是哪一天的事，确实记不得了。这只是某一天的事，是去年春天的事，是往事。

作为一个悭吝的人，我不情愿让春天就这样冲过来了事，不如捕捉一些线索，看它怎样动作。我住在沈阳北三环外的远郊。此处无所有，聊备大野荒。政府把这里几十平方公里的耕地买下卖给开发商，由于楼市低迷，后者不敢再盖楼，四处荒芜。政府在此造好道路，路两厢栽上桃树、杏树、樱花树等应有尽有一切树，春天一并开放。花树与撂荒的土地构成史前时期的粗粝地貌，使我不负责任地感到十分美好。我在荒地上奔走，虽不种地但比种地的农民还忙，我要找眼前哪管一点点绿的痕迹，没有。坐下来歇息时，却见柳条软了，柳枝在褐色外面敷盖一层微黄。我跳起来去看那黄的柳枝，此色如韩愈所说"近却无"矣。手在地上抓两把土，土松软，并有潮湿的凉意。

春天在某一个地方藏着呢。它藏在哪儿呢？地虽大，但装不下春天。天上空空如也，也藏不了一个春。我如果没误判，春藏在风里，它穿着隐身衣在风里摸一下土，摸一下河水，摸一摸即将罗列蓓蕾的桃树枝——以此类推——摸一摸理应在春天里苏醒的所有生物含蚂蚁。这就像解除了缚束万物的定身法，万物恍然大悟，穿上花红柳绿的衣衫闯入春天。

三月末，我赴长春勾留两日，办完事装模作样在净月潭环潭跑步 18 公里，要不当天就回来了。回来一看，糟了！荒地的低洼冒出了青草，大地悄悄流淌着青草的溪流。它们趁我不备，搞了一场偷袭。我走过去，蹲下，连哭的心都有了。这才两天的事，你们却这样了。我本想让青草在我眼皮底下冒出来，接受我的巡礼与赞美，我却去了长春。知道这个，我去什么长春呢？青草——我本想对它们说我待你们不薄，细想也没对人家怎样就不说了。大地之大部分仍被白金色的枯草所占领，但每一块枯草下面都藏着青草的绿芽，它们是今年的春草，无所畏惧地来到了世上。

我知道春天并非因我而来，却想知道春的来路，然而这像探寻时间的起点一样困难。相对论说明：时间的快慢取决于物体穿过空间的运动的快慢以及它们靠近通过引力牵引它们的大质量物体的程度。量子力学显示：在最微观尺度下，事物的实质和存在变得很奇怪，比如两个粒子可以以某种方式纠缠起来，且不管两者距离有多远。我尽可能通俗地引用物理学论述，但足以说明所谓"时间"是一个含糊的表达，它没有开始，同样没有开始的还有春天。

归来两日，大地每日暴露一些春的行迹。桃花迟迟疑疑开了，半白半红。而没开的蓓蕾包着深红的围脖。连翘是春天的抢跑者，举着明黄的花瓣，堂皇招摇。若醒得早，会听到鸟儿在曦光里畅谈古今（天亮时间5：30左右）。此乃春之声，冬日窗外无鸟语，因为无鸟。跑步时，我发现了一只纽扣大的蝴蝶，紫色套金边（暗含柬埔寨首都之名）。它像不会飞，它却一直飞，离地20公分许。我跑步掐表，本不愿停下，却面对这只2016年第一只蝴蝶发了一阵呆，它是蝴蝶还是春？春云呢，它是那么薄。夏日里成垛的云，春天可以扯平覆盖整个天空，如蚕丝一般空灵。云彩们还在搞计划经济，该多的时候多，该少的时候少，无库存。这样说来，春天到了或基本上到了。但春日并不以"日"为单位，春不分昼夜。站在阳台看，草与木早上与下午已有不同。刚刚看，窗外五角枫的枝条已现青色，上午还不是这样。春天之不可揣摩如上面说的，其变不舍昼夜。夜里什么草变青，什么花打苞，什么树萌芽，完全处在隐蔽战线，即便我头顶一个矿灯寻查也难知详尽。春天太大了，吾等不知它的边际在哪儿，也不知它在怎么搞，探春不外妄想，知春更是徒劳。

今日，我骑自行车沿蒲河大道往东走，没出两公里，见前方路边站满了灼灼的桃花，延伸无尽。这阵势把我吓得不敢再走。我只不过寻找枝头草尖上面小小的春意，而春天声势浩大地把我堵在了路口。春天还用找吗？这么浩荡的春天如洪水袭来，让我如一个逃犯面对着漫山遍野桃花的警察不敢移步。我不走了，我从前方桃树模糊的绯红里想象它们一朵一朵的桃花，爬满每一棵树与每一根枝条。它们置身一场名叫"花"的瘟疫里无可拯救。再看身边的杨树，它们虽不开花，但结满了暗红的树狗子，树冠因此庞大深沉。再看大地，仿佛依旧萧索，青草还没铺满大地。我仍然不知春天到还是没到，桃花占领了路旁，大地却未返青。春天貌似杂乱无章，实则严密有序地往外冒。春天蔑视寻找它的人，故以声东击西之战术把他搞乱套。用眼睛发现的春天似可见又不可见，远在天边，近在眼前，人是搞不赢的。我颓然坐在杨树下，听树上鸟鸣，一声声恰恰分明，而风温柔地拂到脸上，像为我做个石膏模子离去。我知道在我睁开眼睛之后，春色又进驻了几分，我又有新的发现，这一切如同一个梦。

春天是改革家

四季当中，春天最神奇。夏季的树叶长满每一根枝条时，花朵已经谢了，有人说："我怎么没感觉到春天呢?"

春天就这样，它高屋建瓴。它从事的工作一般人看不懂，比如刮大风。风过后，草儿绿了；再下点雪，然后开花。之后，不妨碍春天再来点风，或雨，或雨夹雪。树和草不知是谁先绿的，河水开化了，但屋檐还有冰凌。

想干啥干啥，这就是春天的作风。事实上，我们在北方看不到端庄娴静的春天，比如油菜花黄着，蝴蝶飞飞；柳枝齐齐垂在鸭头绿的春水上，苞芽鹅黄；黑燕子像钻门帘一样穿过枝条。这样的春天住在江南，它是淑女，适合被画成油画、水彩，被拍照和旅游。北方有这样的春天吗? 没见过。在北方，春天藏在一切事物的背后。

在北方，远看河水仍然是白茫茫的冰带，走近才发现这些冰已酥黑，灌满了气泡，这是春天的杰作。虽然草没有全绿，树未吐芽，更未开花，但脚下的泥土不知从何时泥泞起来。上冻的土地，一冻就冻三尺，是谁化冻成泞? 春天。

像所有大人物一样，春天惯于在幕后做全局性、战略性的推手。让柳叶冒芽只是表面上的一件小事，早做晚做都不迟。春天在做什么？刚刚说过，它让土地解冻三尺，这是改革开放，是把冬天变成夏天——春天认为，春天并不是自然界的归宿，夏、秋和冬才是归宿或结果——这事还小吗？

春天既然是大人物，就不为常人所熟知。它深居简出，偶尔接见一下春草、燕子这些春天的代表。春天在开会，在讨论土地开化之后泥泞和肮脏的问题。许多旧大员认为土地不可开化，开化就乱了，泥泞的样子实在给"春天"这两个字抹黑。这些讨论是呼呼的风声，我夜里常听到屋顶有什么东西被吹得叮当响，破门拍在地上，旧报纸满天飞。这是春天会议的一点小插曲。春天一边招呼一帮人开会，另一边在化冻，催生草根吸水，柳枝吐叶，把热气吹进冰层里，让小鸟满天飞。春天看上去一切都乱了，一切却在突然间露出了崭新的面貌。

春天暗中做的事情是让土地复苏，让麦子长出来，青草遍布天涯。"草都绿了，冬天想回也回不来了。"这是春天常说的一句话。春天并不是冬天到达夏天的过渡，而是变革。世间最艰难的斗争是自然界的斗争，最酷烈的，莫过于让万物在冬天里复苏。冬天是冷酷的君王，拒绝哪管是微小的变化。一变化，冬天就不成其为冬天了，正如不变化春天不成其为春天。春天和冬天的较量，每一次都是春天赢。谁都想象不到，一寸高的小草，可以打败一米厚的白雪，白雪认为自己这么厚永远都不会融化。如果它们是钱，永远花不完。积雪没承想自己不知不觉变成沟壑里的泥汤。

春天朴素无物，春天大象无形，春天弄脏了世界又让世界进入盛夏。春天变了江山即退隐，柳枝的叶苞就是叶苞，它并不是春天。青草也只是一株草，也不是春天。春天以"天"作为词尾，它和人啊树啊花啊草啊牛啊羊啊官啊长啊都不一样，它是季候之神，说来就来，说走就走。爱照相的人跟夏天合影、跟秋天合影、跟冬天合影，最难的是跟春天合一张影，它们的脚步比"咔嚓"声还要快。

春雪的夜

雪下了一天。作为春雪，一天的时间够长了。节气已经过了惊蛰和春分，下雪有点近于严肃。但老天爷的事咱们最好别议论，下就下吧。除了雨雪冰雹，天上下不来别的东西。下雪也是为了万物好。

我站在窗边盼雪停是为了跑步，心里对雪说：你跑完我跑。人未尝不可以在雪里跑，但肩头落着雪花，跑起来太像一条狗。穿黑衣像黑狗，穿黄衣像黄狗。这两种运动服正好我有，不能跑。

雪停了，在夜里 11 点。这里——汤岗子——让人想起俄裔旅法画家夏加尔笔下的俄罗斯乡村的春夜。汤岗子有一些苏联样式的楼房，楼顶悬挂雪后异常皎洁的月亮，有点像俄国。白天，这里走着从俄罗斯来治风湿病的患者，更像俄国。

雪地跑不快，眼睛却有机会四处看。雪在春夜多美，美到松树以针叶攥住雪不放手。松枝上形成一个个雪球，像这棵松树把雪球递给边上的松树，而边上的松树同样送来雪团。松树们高过两层楼房，剪影似戴斗笠披大氅的古代人。摩西领以色列人出埃及，是否在野地互相递雪团充饥呢？埃及不下雪。

道路两旁，曲柳的枝条在空中交集。夏天，曲柳结的小红果如碎花构成的拱棚。眼下枝头结的都是白雪，雪在枝上铺了一个白毡，路面仍积了很深的雪。哪些雪趴在树枝的白毡上，哪些雪落在地上卧底，它们早已安排得清清楚楚。

路灯橘红的光照在雪上，雪在白里透出暖色。不好说是橘色，也不好说是红色，如同罩上一层灯笼似的纱，而雪在纱里仍然晶莹。春雪踩上去松软，仿佛它们降下来就是准备融化的。道路下面有一个输送温泉的管子，热气把路面的雪融为黑色。

近 12 点，路面陆陆续续来了一帮人。他们男女一组，各自扫雪。他们是邻近村里的农民，是夫妻，承包了道路扫雪的任务，按面积收报酬。我在农村干过两年活儿，对劳动者的架势很熟悉。但眼前这些农民干起活来东倒西歪，一看就知道好多年不干活了。他们的地被征用，人得了征地款后无事干，连扫雪都不会了。

我在汤岗子的林中道上转圈跑，看湖上、草里、灌木都落满了雪，没落雪的只有天上橙黄的月亮。雪安静，落时无声，落下安眠，不出一丝声响。扫雪的农民回家了，在这儿活动的生物只剩我一人。我停下来，放轻脚步走。想起节气已过春分，可能这是春天最后一场雪了。而雪比谁都清楚它们是春天最后的结晶者，它们安静地把头靠在树枝上静寐。也许从明天早上开始，它们就化了。你可以把雪之融化想象成雪的死亡——虽然构成雪的水分不会死，但雪确实不存在了——所以，雪们集体安静地享受春夜，等待融化。

然而雪在这里安静下来，它下面的大地已经复苏了，有的草绿了，虫子在土里蠕动。雪和草的根须交流，和虫子小声谈天气。雪在复苏的大地上搭起了蓬松的帐篷。

我立定，看罢月亮看星星。我感到有一颗星星与其他星星不一样，它在不断地眨眼。我几次擦眼睛、挤眼睛看这颗星星，它真的在眨眼，而它周围的星星均淡定。这是怎么回事呢？我说这颗星眨眼是它在飘移、晃动、隐而复现。它动感情了？因为春天最后一场雪会在明天融化？这恐怕说不通。我挪移脚步，这颗星也稳定了。哦，夜色里有一根看不清的树枝在风中微摇，挡住了我视线中的星星的身影。而我希望世上真有一颗（哪管只一颗）星星眨眼，让生活有点惊喜。

睡觉吧，春雪们，你们拱着背睡吧，我也去睡了，让月亮醒着。很久以来，夜里不睡觉的只有月亮。

小鸟与春天

小鸟没听过"春天"这个词，春天是人类为这个万物生长的季节所做的命名。小鸟知道的事情是天气暖了，河床里原来像岩石一样坚硬的冰化为春水。坚冰化为河水之后开始流淌，春风把河水吹起一层皱纹，河水仿佛穿了一件亚麻的外衣。小鸟在河水上空飞过来，飞过去，它嫌河水流得有点慢，它想知道河水要流到哪里。小鸟飞累的时候，就落到河边喝点水。你要知道，小鸟在冬天找不到水喝，它们等待雪被太阳晒化之后喝一点泥泞的水。现在好了，有一眼望不到边的河水供它喝，小鸟喜欢春天的第一条理由是河水复活了。

小鸟在春天里飞翔，看到大地不知从哪一天开始变绿了。冬天的大地只有黄土，没有生机。春草长出来之后，像有人用颜料把大地刷上一层绿色。绿色起先还不均匀，后来刷来刷去，每一块土地都变绿了。这个人一定是巨人，他有着隐形的身体，手里拿着大刷子，刷刷刷。他用刷子刷过土地之后，小草长了出来。再刷一遍，更多的青草长出来。有人说，这个巨人叫春风，它吹到哪里，哪里就有绿草长出来。小鸟因此喜欢春天也喜欢春风，它让大地铺上了绿色的地毯。小鸟从天空俯冲下来，钻进青草里。青草伸开一左一右的绿袖子，像做体操。所有的青草都以做操的姿态站在阳光下，这可太好看了，小鸟在心里这样赞叹。小鸟喜欢春天的第二个理由是大地长满了青草。

桃花是什么？每年春天小鸟都这样问自己。桃花是桃树枝头开的花朵，粉颜色，圆圆的花瓣像小手指肚那么大。春天原来是寂静的，桃花一开，大地一下子热闹了，好像有人举着花枝游行。小鸟觉得这简直是一个节日，它想落在桃花枝上又舍不得落，怕踩落花瓣。小鸟后来还是落在桃树上。它身旁全是漂亮的花朵，觉得自己美得很。小鸟太喜欢春天了，第三个理由是桃花开满枝头。

早　春

上午九点多，我到公园的树林里漫游。练拳的人见背剑的人往回走，问：咋不练了？背剑者说：再过一会儿地就化泞了。

我看脚下，地黑而润，像眨着苏醒的眼睛。眼下二月末，略观物候，冬天好像还没过去，但地润了。如果冰冻的大地开始化泞并撵走背剑的晨练人，不就开春了吗？

"春天"后面的字虽然叫"天"，但春从地里走过来，夏天秋天和冬天都由土地裁决节令，包括长草、开花和封冻。天只是刮刮风而已。

我说的"略观物候"，是以冬日的麻木心态看风景。若细瞅——假如以小鸟精准的视力和盼春心态辨察周围，与隆冬已有不同，垂柳从行道树的褐黑中透出微黄，枝条软了。枝软比微黄更可作立春的证据。走在土上能觉出地厚，冻土跟钢铁差不多，没所谓薄厚。说到鸟，鸟比冬日更大胆活泼，灰喜鹊扑啦落在离人不远的地面打量周遭。我猜它想在地下打一个滚儿，表达高兴的心情。灌木的枝杈还在尘埃里萧条，但叶芽在前端已露破绽，像用指尖捉一只蚂蚁，也像旧商人捏手指头谈价钱。灌木和春风讨价还价的结果是每枝萌发三十六片叶芽。

对敏感的人，春夜比白天更有微妙的变化。夜空广大澄明，星星好像换了一拨值夜者，个头矮，且陌生。春夜观天，如在海底仰望。月夜，像蓝玻璃盒子，动荡，有波纹（流星的身影）。春天的夜色堆在天上放不下，从边际的地方流淌人间。月亮表面好像包一层透明的冰，比夏天白净。

观物候，除草木的渐变，还有小孩的征象。孩子属于大自然而非社会。归大自然所管的孩子透露季节的变化。孩子在春天里好动，如实说是盲动。在公园和大街上玩耍的孩子，脸上的粉红与冬夏都不相同，他们把花先开在脸上。孩子眼里笑意更多，跟放假、天气和暖有关，跟春天更有对应的缘由。春让大地松软，让柳枝轻柔，孩子怎么会无动于衷？"天人合一"，原本在说孩子，他们元神饱满，比老年人更早与更多接到春天的暗示，筋骨难耐，最宜生发。

假如以中医诊脉的手法为树、小鸟和大地把一把脉，结论一定是春天到了。墒在土里行走，水在树皮里行走，还有看不到的东西在万物间膨胀勃发，它是领跑者和启动人。在春天，它的名字叫春。

"春江花月夜"这五个字写尽了所有良辰美景，打头的是一个"春"字。春如果不站在头一排，万物都跟不上来。我对名字里带"春"的人素有敬意。春把花朵、河开、雁来这些意韵浓缩成一个字——春。"春"在汉字里的读法也有诗意，是一个唇音，跟"吃"的音接近，跟"恩"的音也接近。春是庄稼人吃饱饭的第一道门槛，春对每个人都有大恩。吃唔恩——春。在春天，对着绿叶与小鸟念几声"春"，都让人心里轻快。

三月的预言

古希腊底比斯城邦的盲人先知提瑞萨斯手执圣杯，做出许多预言。时间太久，人们忘记了拿现实与他的那些预言相对照，没验证他说的准不准。然而该发生的事，不管有没有人预言，全都发生了。

在春天，人们会看到许多预言。我在蒲河岸边走，见到一棵柳树同其他柳树一样还没有返青。但这棵树有一枝柳条青了，树皮比其他柳枝更鼓胀。它与未青的柳枝一起在微风里晃动，显得惹眼，仿佛一盒白火柴中躺着一根绿火柴。它的枝条往南岸摇动，如同指路。不用问，蒲河南岸一定有事发生。

到南岸，没发现这儿与地球其他地方有什么异样。泥土、树和草均平凡，也没发现白狐狸在树上坐着。往前走，见到一片好桃花。这是新栽的桃花，四五十棵，树干约有拇指粗，全都开花了。幼小的桃树开花，如同早恋，但更像小孩奔跑。它的细细的枝上缀着更小的花蕾，都未开，但全打骨朵了。这些带骨朵的桃枝在风里晃，像合唱队员吟唱时那样晃身子。这是什么意思？我想它们在骄傲吧？是的，它们每一棵树都在骄傲。这些小桃树有可能第一次开花或第一次在蒲河岸边开花，喜不自胜，于风中摇晃得意。用陶渊明的话说，乃是"黄发垂髫，并怡然自乐"。陶渊明"并"字用得好。在桃花源这个好地方生活，黄发者与垂髫者都已很好，但陶渊明在他们的好之外，看出他们怡然自得的好。这是两样好，所以"并"之。我的小桃树的花朵都没完全开放。对，你们是小孩，让着大人点儿。让他们先开。他们开着开着就开累了，就二线了。你们上阵适逢其时。这些小蓓蕾让我想起了糖葫芦。它们好像是拿树枝在糖水里蘸的小蜜疙瘩。一串儿一串儿，数不过来。河北岸的柳枝预言得很准，如瞿秋白说"此地甚好"。

　　初春天的许多事情在冬末见不到，出现了就像预言。头几天，一只橙色的七星瓢虫趴在我家北窗台上。它是怎样来到的这里？是风吹来的吗？风从树上（树离窗台还有十几米远）把瓢虫吹到了窗台上？或者它们从一楼爬上了三楼的窗台。瓢虫安静地——我不知用坐还是趴或蹲来形容瓢虫此时的状态——待在那里。即使你想招待它，用小米或清水，它都不需要。过了一会儿，它还在那里，没被风吹走，也没去其他地方。它想预言什么呢？我埋怨自己没有瓢虫的脑筋，不然完全可以破解它的预言。第二天，瓢虫没了。我观察它趴过或蹲过或坐过的窗台，看留下什么字或迹象没有，没有。但我从这里往下看，一株桃树（又是桃树）露出棉絮般的花苞。明白了，瓢虫预言这棵桃树要开花了，就在我家北窗下面。我搬进这座新房子已有五个月，都不知窗下有桃树，而且是两棵，都是小桃树。以后，办什么事要上窗台看一下，听取瓢虫的意见。可是，它好多天没来了，到别人家预言桃花去了，我觉得它预言不过来。桃树太多了。我觉得它不如改行预言股票之涨落，这个事时髦。

在西方的传说里，预言者多是盲人，眼睛看不到的人心里清晰。现代物理学认为时间可能也是不存在的。未来发生的事情或许为某些禀赋异常者察觉，即被他（它）提前看到了。他（它）并不能改变这些事，只是看到。按物理学的解释，说提前看到也不对。既然没有时间，事物就没有先后。我以为那些先知先觉者都是不幸的，一则没人相信他（它）的预言。多数人只相信时间，把时间跟事实绑在一起，所以不相信有人能看到未来的事。二则，已经发生的事如果是好事，人们认为跟预言者无关。三则，人们妒忌预言者竟然可以置身于未来之事的现场，这是僭越。其实，预言者也只是个旁观者，只是观早了。

有人对未来之事具有预先的觉知，但不会提前说出来。他们知道，必然发生的事一定会发生，说有何益？不如来说一说春天。田野上的电线上站着一排鸟儿。我走近，看到三只鸟儿站在一起，另一只单独站在一边。这情景的预言是什么？差一天就到四月了吗？我算了一下，今天是 3 月 30 日，是的，再过一天就进入四月这个艾略特所说的残忍的季节了。鸟儿连这个都知道，看来人上学真没什么用。但是，围绕松树的土坝露出新鲜的黄泥预言什么？迎春花的花蕊全都向下预言什么？喜鹊在枝头拍翅，仿佛要拍掉它翅上沾的面粉，野菜比青草先出来是方便那些踏青者撅着屁股来挖吗？开白花的桃树和开粉花的桃树站在一起是因为什么？春雨不再渗入地面，地面潮黑是在预言什么？春天已经切实来到，在土里雨里花里鸟和虫里，我都学会了预言。

四　月

────────────

　　四月的树，如一班出门的人。它们要去的地方是一个季节，曰春天。现在已入四月，刚刚过清明，花与草的萌发正在蓄谋之中。看不到满目芳菲，但有隐藏的春意，天地间充满了秘密。

　　蒲河大道两侧栽满了树，树都活了。这些景观树高矮不一，开花时间不一，花色叶色也不一样。看过去就看到了景观。

　　桃花刚开，它是这片天地最早开的花。连翘也露出黄骨朵，等桃花开烂了它才开。植物开花如开会一般秩序井然。

　　我在这条大路上走，像一个势利的人，专看开放的桃花。透过光秃秃的树枝往前看，桃花是暗藏其中的粉色的云。像几十个粉色的气球被系在树杈上。近看，桃树枝上缀满花朵。它的枣红的树枝上无叶，只有花。桃花对于沉寂的、灰暗的北方大地如同惊醒。桃花先醒了，它比看到它的人还吃惊，大地怎么如此荒凉？其实不荒凉。桃花没经历过冬天，不知道此时的土地已开始复苏。比桃花先醒来的是河流，它们身上的冰块被春风卸掉，河水一身轻松，试着流淌。河水一冬天没流，实话说不怎么会流了。它先瞭望四周，在水面做一些涟漪，做流的准备。春天的河水如乌黑的柏油路，上面漂着风吹不动的枯叶。

桃花惊讶地看望周遭，它们衣领开得太大，雪白的领子在寒气里扎眼。草绿了三分之一，大部分还不敢绿，在等什么呢？桃花不像连翘那样齐刷刷地开放，展露大小如一的金黄叶片。桃花觉得集体主义或团体操在花朵界没什么意思。桃花的花朵或开，或半开，还有蓓蕾包在粉红的头巾里。枝上的一串花，如同画家点染。用墨有浓有淡，烘托参差的意态。桃花亦浓亦淡，欲开似合，与春天的节奏合拍。风不妨大一些或小一些，也可无风，让柳条不知往哪个方向摆动。如果春天愿意，可以先下一场雨，洗刷看不清纹理的石头，洗刷看不清白云的白垩色的天空。然后下一场薄薄的雪，厚一点也无妨。雪花卧在干净的草地里，睡一觉，睡醒了看看月亮到底是黄还是白。春天过后，春风起，把雪刮到树下或高坡上，使之均匀。你以为春天在干吗？在玩。从古到今，春天一直在玩，玩一个春季，潜入夏季休息。

四月里有树木出门，它们互相打量谁带了哪些东西。连翘手上胳膊上全是花瓣，穿上了出门才穿的花衣。柳树在枝上攥紧了拳头，掰也掰不开。再过十天，那些拳头松开了，柳叶的芽假装是花，一瓣一瓣地露出尖头。开着开着，柳树就露了馅，花朵变成树叶，如一片绿唇飞吻天下。树们要去的地方曰四月，它们带领大地返青。树们走在路的边上，如羞涩的农妇，不好意思在大马路中间行走。这些农妇脚踩在松软的土里，枝丫搭在前后旅伴的肩膀上。在四月，轻淡的云飘在树的头顶，云不想比树的步伐更快。云可以随时分成两片或六片，飘在一片片树林的头顶。桃花站在大地上开放，已无须走动看风景，它就是风景。大队的树绕开桃树，不妨碍它探出的水袖。桃花的枝像戏曲人物那样向虚空伸出手指，欲摘其他的花。桃树身穿枣红色的缎子轻衫，其他的树都没有。桃树手抓一把蓓蕾散出去，被风吹回，或浓或淡挂在枝头。这就是腕儿，科班出身，懂得表演的程式。倘若桃花身边有三弦、笙和曲笛，奏一曲昆曲的曲牌，它的身段比现在还要绰约迷离。

大地返青之前泥土先返黑。雨水和雪水挤进土的被窝，让它苏醒。草叶以10%的速率变青，每天绿十分之一，这样不累。与跑步训练的10%原则相通。绿不是什么难事。对草来说，没有比绿更容易的事情了。难就难在安排枯草的离退工作。四月末，你看到大地一片青葱，地上无一叶枯草。枯草去了哪里？你想没想过这个事？这是很大一个工程，比南水北调西气东送的工程量还大，是谁把枯草一根一根拣走，运到一个地方掩埋？这是人干的事，天不这么干。枯草被青草吞噬了。或者说，枯草在青草生长中转世轮回了，总之在新鲜的草地上看不见一根枯草。这是大自然无数秘密中的一项。大地不会丢弃自己的子孙，不会因为它们是草、因为干枯就抛弃它们。枯草在盛青到来时已经整齐去了一个很好很干净的地方。

树在行走中遇到雨和风，它们打开叶子。它们身后跟着看不到尽头的青草，头顶环绕着叽叽喳喳的鸟儿。

初 夏

　　初夏羞怯地来到世间，像小孩子。小孩子见到生人会不好意思。尽管是在他的家，他还是要羞怯，会脸红，尽管没有让他脸红的事情发生。小孩子在羞怯和脸红中欢迎客人，他的眼睛热切地望着你，用牙咬着衣衫或咬着自己的手指肚。你越看他，他越羞怯，直至跑掉。但过一会儿他还要转回来。

　　这就是初夏。初夏悄悄地来到世间，踮着脚小跑，但它跑不远，它要蓬蓬勃勃地跑回来。春天在前些时候开了那么多的花，相当于吹喇叭，招揽人来观看。人们想知道这么多鲜花带来了什么，有怎样的新鲜、丰润与壮硕。鲜花只带来了一样东西，它是春天的儿子，叫初夏。初夏初长成，但很快要生产更多的儿子与女儿，人们称之为夏天。夏天不止于草长莺飞，草占领了所有的土地，莺下了许多蛋。夏天是一个昏暗的绿世界，草木恨不能长出八只手来抢夺阳光。此时创造了许多阴凉，昆虫在树荫下昏昏欲睡。

　　然而初夏胆子有点小，它像小孩子一样睁着天真的眼睛看望四外。作为春天的后代，它为自己的朴素而羞怯。初夏没有花朵的鲜艳。春天开花是春天的事，春天总是有点言过其实。春天谢幕轮到初夏登场时，它手里只带了很少的鲜花。但它手里有树叶和庄稼，树的果实和庄稼的种子是夏天的使命和礼物，此谓生。生生不息是夏天之道。

初夏第一次来到世间，换句话说，每一年的初夏都不是同一个夏天，就像河流每一分钟都不是刚才那条河流。在老天爷那里，谁也不能搞垄断。夏天盼了许多年才脱胎到世间，它没有经验可以利用。往年的夏天早已变为秋天与冬天。夏天的少年时光叫初夏，它不知道怎样变成夏天。每当初夏看一眼身边的葱茏草木都会吓一跳，无边的草木都是奔着夏天来的，找它成长壮大。一想这个，初夏的脑袋就大了，压力也不小。初夏常常蹲在河边躲一躲草木的目光，它想说它不想干了，但季候节气没有退路，不像坐火车可以去又可以回来。初夏只好豁出去，率领草木庄稼云朵河流昆虫一起闯天下，打一打夏天的江山。

初夏肌肤新鲜，像小孩胳膊腿儿上的肉都新鲜，没一寸老皮。初夏带着新鲜的带白霜的高粱的秸秆，新鲜的开化才几个月的河流，新鲜的带锯齿的树叶走向盛夏。它喜欢虫鸣，蛐蛐儿试声胆怯，小鸟儿试声胆怯，青蛙还没开始鼓腹大叫。初夏喜欢看到和它一样年轻幼稚的生命体，它们一同扭捏地、热烈地、好奇地走向盛大的夏天。

人早已经历过夏天，但初夏第一次度夏。它不知道什么是夏天，就像姑娘不知道什么叫妇人。这不是无知是财富。就像白纸在白里藏的财富、清水在清里藏的财富，这是空与无的财富。人带着一肚子见识去了哪里？去见谁？这事不说人人都知道，人带着见识与皱纹以及僵硬的关节去见死神，不如无知好。如果一个人已经老了，仍然很无知，同时有着好奇心与幼稚的举止，这个人该有多么幸福。只可惜人知道得太多，所知大多无用，不能帮他们好好生活。

初夏走进湿漉漉的雨林，有人问它天空为什么下雨，初夏又扭捏一下，它也是第一次见到雨。这些清凉的雨滴从天空降落，它是从喷壶还是筛子里降落到地面？天上是不是也有一条河？初夏由于回答不出这些问题而脸红了，比苹果早红两个月。

初夏跑过山岗，撞碎了灌木的露水。它在草地留下硕大的脚印，草叶被踩得歪斜。初夏的云像初夏一样幼稚，有事没事上天空飘几圈儿。其实，云飘一圈儿就可以了，但初夏的云鼓着白白的腮帮子在天空转个没完，还是年轻啊。你看冬天那些老云窝在山坳里不动弹，动也是为了晒一晒太阳。初夏的云朵比河水汹涌。大地上的花朵才开，大地的草花要等到夏天才绽放。开在枝上的春花像高明人凭空绣上去的，尤其梅花，没有叶子的帮衬。而草花像雨水一样洒满大地，它们在绿草的胸襟别上一朵又一朵花，就像小姑娘喜欢把花朵插在母亲的发簪上。

初夏坐在河流上，坐在长出嫩叶的树桩上。初夏目测大地与星空之间的距离。它寻找春天剩下的花瓣，把它们埋在土里或丢在河里漂走。初夏藏在花朵的叶子下面等待蜜蜂来临。初夏把行囊塞了一遍又一遍，还有挺多草木塞不进去。要装下这么多东西，除非是一列火车。

仲　夏

────────────

夏天好似乐曲里的中板，它的绿、星斗的整齐和蛙鸣呈现中和之美。夏日与夏夜的节奏匀称，它的织体饱满。夏天的一切都饱满，像一池绿水要漫出来。庄稼和草都在匀称之间达到饱满。夏日的生命最丰富，庞杂却秩序清晰。生命，是说所有生灵的命，不光包括庄稼和草，还有几千种小虫子。有的小虫用一天时间从柳枝的这一端爬到那一端，而它不过活十天左右。小虫不会因为一生只有十天而快跑或慢爬，更不会因此哭泣。每一种生物对时间的感受都不一样，就像天上神仙叹息人生百年太短，而"百"和"年"只是人发明出来的说辞。小虫的时间是一条梦幻的河流，没有"年月日"。命对人来说是寿，对小虫来说是自然。虫鸟比人更懂缘起情空的道理。

夏天盛大，到处都是生命的集市。夏天的白昼那么长，仍然不够用。万物借太阳的光照节节生长。老天爷看它们已经长疯了，让夜过来笼罩它们，让它们歇歇。有的东西——比如高粱和玉米——在夜里偷着"咔咔"拔节，没停止过生长。这是庄稼的梦游症。在夏日，管弦乐队所有的乐器全都奏响。闪电雷鸣是打击乐，雾是双簧管，柔和弥漫，檐下雨滴是竖琴，从石缝跳下来的山泉水也是竖琴。大提琴是大地的呼吸，大地的肺要把草木吸入的废气全吐出来。它怕吓到柔弱的草，缓缓吐出气。这气息在夜里如同歌声，是天籁地籁人籁中的歌声。

许许多多的草木只有春天和夏天，没有秋天，就像死去的人看不见自己墓地的风景一样。草不知何谓秋天，它对秋天等于收获这种逻辑丝毫不懂，这是人的逻辑，所说都是功利。

夏日是雨的天堂。雨水有无数理由从天空奔赴大地，最后无须理由直接倾泻到大地上，像小孩冲出家门跑向田野。雨至大地，用手摸到了它们想摸的一切东西。雨的手滑过玉米的秸秆和宽大的叶子，降落到沉默的牛的脊背上。雨从树干滑下来，钻进烟囱里，踩过千万颗沙粒，钻进花蕊。雨没去过什么地方？雨停下来，想一想，然后站在房顶排队跳下来。它们在大地造出千万条河流，最小的河流从窗户玻璃流下来，只有韭菜那么宽，也是河流。更多的雨加入河水，把河挤得只剩一小条，拥挤的雨水挤坍了河岸，它们得意地跑向远方。太阳出来，意思说雨可以休息了。雨去了哪里？被河水冲刷和沉入泥土的雨只是这个庞大家族的一部分子民，其他的雨回到了天空。它们乘上一个名为"蒸发"的热气球，回到了天上。它们在空中遇到冷空气，急忙换上厚厚的棉衣。那些在天空奔跑的棉花团里面，隐藏着昨夜降落在漆黑大地上的雨水。

夏夜深邃。如果夜是一片海，夏夜的海水最深，上面浮着星星的岛屿。在夏夜，许多星星似乎被海冲走了。不知从哪里漂来新的星屿，它们比原来的岛屿更白净。

夏天流行的传染病中，最严重的是虫子和青蛙所患的呼喊强迫症。它们的呼喊声停不下来，它们的耳朵必须听到自己的喊声。这也是老天爷的安排，安排无数青蛙巡夜呼喊，听上去如同赞美夏天。夏天如此丰满，虫与蛙的呼声再多一倍也不算多，赞美每一棵苹果和樱桃的甜美，赞美高粱谷子暗中结穗，花朵把花粉撒在四面八方。河床满了，小鸟的羽毛干干净净，土地随时长出新的植物。虫子要为这些奇迹喊破嗓子，青蛙把肚子喊得像气球一样透明。

七月有权利炎热

七月有权利下小雨、大雨和暴雨。野草在汪洋中露出绝望的头颅，它的手在积水里写了无数个水字，却没一个字浮出水面。七月悬挂着骄阳的火炉，把土壤晒得开裂，蚂蚁得到纵横四海的地道。野蜂在七月结成网，吮取所有植物的花粉，让大地变成蜜地。野蜂改变了七月份每一个早晨上的气味，在青草的苦味和河流的腥味里加入透明的甜。空气如同黏稠的旋涡，不知去哪一棵树上结晶。

七月在每天的傍晚都戴上玫瑰色的草帽子，帽檐宽至天际。地上的花朵与西山的晚霞共同跳一支舞。它们的舞步在风里燃烧，草帽里露出窟窿，露出隐藏在里边的星星。

七月醉了三十天，野草乘季候之神的醉意占领所有的领地。在七月，野草不再向上生长，草尖垂下来，野草张开臂膀霸占更多的土地，草叶变宽，贴在地面延伸。草的容貌气质在七月变野了，成了从千里之外跋涉而来的流浪汉。它们黧黑、粗犷。被暴雨冰雹冲刷过的野草的生命力在此达到最高点。

七月有雾，河上的薄雾如云母一般空灵，离河三尺，不高不低，为河流里的鱼搭了一条羊毛的毡棚。雾是迷路者，雾是夜里跑出来玩耍却找不到家的精灵。阳光出来后，雾忘了应该从哪一道山缝走回去。山在夜里昼里的模样完全不一样。雾游荡，它们不会飞，不会像水流一样潜地，兀自让风吹着游走，不高不低，像山腰的、白桦林的、河流的纱巾。七月，雾的纱巾在每一棵树上都做了记号，在松鼠的尾巴绕过三圈儿。雾让树林变成了舞台，雾慢慢拉开幕时，树的合唱队员已经排好了队形。

七月电闪雷鸣，乌云如同江底的淤泥压塌了天空。天所降者不光有雨，还有天堂的溪流，天堂屋檐的冰凌，天堂草地与小路上的积水。庄稼喝到这些水并体会到天意。天意无非好生，生生不息。在七月，雷霆把天空炸裂。从天上看，雷把天炸开无数裂纹，像碎鸡蛋一样，流出闪电的蛋黄。七月雷声的嗓门最大，回声千里。天神看到被闪电击中起火的森林在大雨中燃烧。七月之中，天下所有河流都增加了一倍的水。丰满混浊的河流在河床里游荡，如浴后久久不穿外衣的肥胖妇人。

野草俯身大地，流星找不到降落的地点。七月的夜空比春夜更深邃，春夜的天空仍然结冰，星斗和月亮的影子从冰层照射过来，看上去模糊清冷，比夏夜多了一重蓝屏风。七月的夜空是天海的深底，星星、星宿与星座是游鱼、珊瑚和没有马的马车。这时候，天空的海底渐渐变暖，生物密集，潮汐剧烈，七月的夜常常因此下一场雨。人们在地球上见到的月亮其实隔着天空的海水。由于水对光的折射作用，月牙儿显得纤瘦、白净。在无事的后半夜，月牙儿躺在摇椅上睡到天亮。

蚂蚁在七月长大了一倍。春天蠕动的小蚂蚁长成了大黄蚁和大黑蚁，气势汹汹。老天爷怂恿所有生物在七月变得理直气壮。

蚂蚁像螳螂一样凶恶，青蛙像黄狗一样狂吠，雨水毁坏道路，乌鸦的翅膀扇来了暮色。七月，生长的势力最大，树在风中模仿庄稼拔节，"咔嚓"的声音惊醒了鸟梦。七月是蛮横的兵勇，他们手持滚石檑木，打碎所有妨碍生的路障，一日千里，如群山驮走太阳。

七月有权利炎热，阳光的轧道机从天下滚下来把麦地轧一遍，或两遍，让不熟的种子全部成熟。金黄的麦浪起伏不定，保留了轧道机的痕迹。七月有权利号召大雨滔天，被阳光晒死的虫子所产的卵在潮湿里新生。每一种生物在七月都得到一份生的份额，不止巨蟹，万物于此皆生。

七月的晨雾如牛奶泼在草地上，河水用颤动仍然摆脱不掉玉米叶子的倒影。昆虫在七月彻夜歌唱，它们爬过每一寸大地，熟悉每一株草。七月任性，七月压抑不住自己的热情。七月水灵，七月是六月后面那个月，比八月清新一个月，它长胖了夏天的腰。

初　秋

初秋看不到卷成一根针一样的青草心，看不到树叶像抹了一层油似的新绿。初秋是老天用很大的力量转变一件事，它让草叶由深绿变得微黄，叶子的水分流失了，最后薄得如一张纸。天的动作让天的色泽都变了，深蓝褪为浅蓝，宁静辽远，好像后退了108公里。老天所做的这件事叫"秋"，或者叫自夏而秋，这是何等盛大的典礼，让所有的植物加入秋的合唱。

看不到从水泥地的缝隙长出新草，云彩只剩下原来的十分之一，变薄了，仿佛不够絮一床新被子。那些娇嫩、浅颜色的花朵已经敛迹藏形，只剩下成片的花朵鲜艳开放，如菊花、鸡冠花和串红。土地不再松软，不似春雨之后的酥透。当土地进入初秋，有如一个男人行进中年，好比李察·基尔、周润发。他们从容了，也放慢了步伐。所谓争先恐后说的是春天，每一个时辰都冒出一个花骨朵，河水急匆匆流过，浪花四溅。春天怎么能不争？每一朵花都报春信，以为是自己招来了春天。夏天的茂盛，用"争"已经不确切，是无边的生长，每一个有生命的植物在夏天都有了一席之地。花草比房地产商对地的态度更贪婪，长满了天涯海角。

秋天，还有什么大事要忙吗？没有了。你看一眼枝上的果实，就知道"忙"已经不是秋天的语言。不必说水果，连卑微的小草都结满了草籽。鼓鼓囊囊的草籽穗头像八路军的干粮袋一般朴实，它是明年几十株青草的娘胎。

秋天慢下来，地球转到秋天也应慢一些。秋天沉重，大地多出来无数沉重的粮食，地球的辎重车行走当然要慢。地球舍不得把藤上晶莹的葡萄甩下来，宁愿转得更稳些。

初秋并不是丰收的时候，丰收是说晚秋。初秋所做的事情是定型，让一切可以称为果实的东西由不确定变得确定，由浆变成粉，由稚嫩变得坚硬。那些还没在初秋定型的东西已经定不了型了。人也如此，一个叫作"青春"的东西已经逝去了多年，双脚正往晚秋行走，此时还没沉淀、没雏形、没味道、没形态，有什么收获可言呢？

初秋明净，光线照在树枝和马路上，一样的澄澈。秋天的水比夏天更透明。早晨，秋天弥漫着来自远方的气味。这味道不知有多远，是庄稼、果树、河水和草地的混合气味，在城里也能闻得到。此味对于人，可叫作深刻或沉潜，离肤浅已经很远。如果秋天和中年还肤浅，就太那个了。好在四季一直懂这个道理。如果大地不知好歹地装嫩，会把人全吓死。初秋只是短暂的过渡色，叫作立秋和白露，而后中秋登场，所有的喜庆锣鼓都会敲响，丰厚盛大。

中秋的秋

光阴的河水，从树叶上，从泥土里，从锄头，从酒碗边，从炊烟，从蛐蛐声里淌下来，如一道道溪流。到了秋天，汇成一条大江。秋天的大江载不动连天船舸，瓜果梨桃，五谷丰登，在这条江上漂流，等待月明。

月亮是带笑容的信号弹，说丰收开始了，酒席开始了，镰刀的呼喊开始了。信号弹升在每家院子的上空，亮如白昼，花雕的坛子蹒跚行走，池塘的波纹用弧线描画月亮的脸。月亮如川剧艺人于清夜变脸：白如银盘，黄如金坛。酒醉的吴刚跃跃欲试往人间降落。

上中下、早中晚，中为何物？秋何以中？《大学》有言，执其两端而用中，不偏不倚之谓也。中乃花开正好，尚未萧疏。中为子时午时，阴阳相持进而泰然。中乃过半未半，是秋之美人最美，秋之盛装最盛。秋而逢中，庄稼的队伍浩浩荡荡，走遍大地，接受检阅。果树的队伍拎着红灯，草原的队伍带着绿风，海的队伍互相牵着浪花的手，加入游行。

　　中秋登场了，还有什么没登场？五谷大地来了，高山流水来了，来得稍晚的是星星的合唱。星星有点羞怯，起初声小，缓缓包拢天地，音色透明，织体饱满，山川唱和，弥漫秋声。

四　季

秋天

　　用读《论语》的眼光看秋天，它干净而简洁，枝条洗练，秋空明净，这是谁都知道的。老天爷只在秋季拭手一擦晴空。白杨树，干直而枝曲，擎着什么，期待或其他；河床疏阔，一眼望尽。

　　秋天，场院丰盈但四野凋敝——由于人对土地的掠夺。我不愿意看到玉米叶子自腰间枯垂，像美人提着裤子。割去吧，用锋利的镰刀把玉米自脚踝割断，它们整齐地躺在垄上，分娩一样。谷子尚不及玉米，斩过又让人薅一下，头颅昏沉坠着。

　　在乡下，我爱过我的镰刀。不光锋利，我在意刀把的曲折，合乎"割"的道理。镰刀把握在手，是一种不尽，一种生存与把玩的结合。

　　在北方的秋天，别忘了抬头看老鸹窝，即钻天杨梢上的巢。细枝密密交封，里面住着老鸹的孩子。老鸹即乌鸦，虽然不见得好看，小老鸹喙未角质，鹅黄色。

拎着镰刀抬头看老鸹，或拾土块击其巢（当然击之不中），是秋天的事情。老鸹扇翅盘桓，对你"呱呱"，没责备，也许算规劝。

若说场院胜景，最好的不是飞锹扬场——粮食在风中吹去秕糠，如珠玉落下；在集体的场院里，电灯明晃高照，和农村老娘儿们剥玉米才是享受。电灯一般是二百瓦的，红绿塑料线沿地蜿蜒。这时，地主富农坐一厢，知识青年和贫下中农坐一厢。谈话最响亮的是大队书记的年轻媳妇，她主导，也端正，手剥玉米说着笑话。夜色被刺眼的光芒逼退了，剥出的新鲜玉米垛成矮墙风干。

乡道上，夏天轧出的辙印已经成形，车老板小心地把车赶进辙里行进。泥土干了，由深黄转为白垩色。芨芨草的叶子经霜之后染上俗艳的红色。看不到蚂蚁兄了，雁阵早已过去。怎么办呢？我们等着草叶结霜的日子，那时候袖手。

总有一些叶子，深秋也不肯从枝上落下，是恋母情结或一贯高仰的品格。然而，当它们随着风声旋转落地时，人们总要俯首观看，像读一封迟寄的信。

冬日

在这个时候，我父亲出门前要提系裤子再三，因为棉裤毛裤云云，整装以待发。

这时，我在心里念一个词："凛烈。"风至、霜降、冰冻，令我们肺腑澄澈无比。冷固然冷，但我们像胡萝卜一样通红透明。真的，我的确在冬天走来走去，薄薄的耳朵冻而后疼，捂一捂又有痒的感觉;鼻子也如涅克拉索夫说的,"通红"。但为什么不享受冬天?冬天难道不好吗?

冬天!这个词说出来就凝重,不轻浮。人在冬天连咳嗽亦干脆,不滞腻。窗上的霜花是老天爷送你的一份薄礼,笑纳吧。当你用你的肉感受一种冬天的冷时,收到的是一份冰凉的体贴。比较清醒,实际比较愚钝。因为冬藏,人们想不起许多念头。我女儿穿得像棉花包一样,在冰上摔倒复起,似乎不痛。

想我的故乡,我的祖先常常在大雪之后掏一条通道前往其他的蒙古包。在这样的通道上走,身边是一人高的雪墙。他们醉着,唱"A ri Ben Ta Ben Nie Sa Ri ……"走着,笨拙却灵活,相互微笑举杯。

冬天听大气的歌曲,肖斯塔科维奇或腾格尔。不读诸子,反正我不读诸子,因为没有火盆,也没有绍兴老酒。唱歌吧,唱外边连霜都不结的土地,连刨三尺都不解冻,而我们还在唱歌,这不是一种生机吗?

冬天的女人都很美丽,衣服包裹周身,只露出一张脸。我们一看:女人!不美丽的女人亦美丽。爱她们吧,如果有可能。她们在冬天小心地走着,像弱者,但生命力最强。

春时

春天无可言说,汗液饱满,我们说不出什么。如果我们是杨树枝条,在春天就感到周身鼓胀,像怀孕一样,生命中加一条生命。

说"春——天",口唇吐出轻轻的气息,想到燕子墨绿的羽毛，桃花开放的样子，不说了。虽然人们在春天喜悦，我暗想又添了一岁，不说了。

夏季

夏天在那边。

我感到夏天不是与冬季相对的时令，如棋盘上的黑白子。我知道夏天是怎么回事，它累了，如此而已。在四季中，夏天最操心，让草长高，树叶迎着太阳，蜜蜂到花蕊里忙活。刚到秋日，夏天就说：我不行了。

夏天是毛茸茸的季节，白日慵懒，夜里具有深缓的呼吸，像流水一样的女人穿着裙子。跟春天比，夏天一点不矫情也不调侃，走到哪里都是盛宴。

如果我是动物，就在夏天的丛林里奔跑，跑到哪里都可以，用喉音哼着歌曲，舌尖轻抵上颚，渴了就停下埋头饮泉水。啦——啦——啦，我认真地准备过一个夏天。

辑二

光 的 笑 容

曙 色

曙色是未放叶的杨树皮的颜色，白里含着青。冻土化了，水分慢慢爬上树枝，但春天还没有到来，还要等两个节气。

日落时，西天兴高采烈，特朗斯特罗姆说像"狐狸点燃了天边的荒草"。日之将出，天际却如此空寂，比出牧的羊圈还冷清。

天空微明之际，仿佛跟日出无关，只是夜色淡了。大地、树林和山峦都没醒来，微弱的曦光在天空蹑手蹑脚地打一点底色，不妨碍星星明亮，也不碍山峦包裹在浓黑的毯子里。这时候，曙色只是比蚌壳还暗淡的一些白的底色，天还称不起亮。杨树和白桦树最早接收了这些光，它们的树干比夜里白净，也像是第一批醒来的植物。在似有若无的微明里，约略看得到河流的水纹。河流在夜里也在流动，而且不会流错方向。河水在不知不觉中白了起来，虽然岸边的草丛仍然黑黝黝的。这时，河水还映照不出云彩，天空看不到有云彩游荡，就像看不清洒在白布上的牛奶的流淌。星星遗憾地黯淡下来，仿佛退离，又像躺在山峦的背后。露珠开始眨眼，风的扫帚经过草叶时，露珠眨一眨眼睛，落入黑暗的土壤里。鸟儿在树林里飞蹿，摇动的树枝露出轮廓，但大树还笼罩在未化的夜色中。鸟儿在天空飞不出影子，它们洒下透明的啁啾。受到鸟的吵闹，曙色亮了一大块，似乎猛地抬起了身子。

我没听到过关于天亮的计量术语，它不能叫度，不叫勒克司（lx）与流明（lm）。大地仍然幽暗之际，天空已出现明确的白，是刚刚洗过脸那种干净的白，是一天还没有初度的白。它在万物背后竖起了确切的白背景，山峰与天空分割开来。天的刀子在山峰上割出了锯齿形状。天光让树丛变成直立的树，圆圆的树冠缀满叶子，如散乱的首饰。河水开始运送云朵，这像是河上的帆。最后退场的星星如礼花陨灭于空中，它陨灭的地方出现了整齐的地平线。

这时候，如果谁说"天亮了"，他并没有说谎。人可以看清自己的白手。夜半解手时，人看不见自己的手，只能摸索着解开裤子。

我在贝加尔湖左岸跑步，天的白光渐渐从树林里升到空中。湖水是庞大的黑，如挤满海豹的脊背，而天色的白是怯生生的，似蒙了一层轻纱。好像说天亮还是不亮是定不下来的事情。天未亮，但树林慢慢亮了，高大的松树露出它们粗壮的枝丫，如同强壮的胳膊。树丛一团团剪影似的黑影里流露苍绿。转眼看，湖水变白，比天空还要白一些，类似于鱼肚白，好像刚才那些海豹翻过身晾肚子。站住脚看，这地方真是简洁，只有湖水和天空两样东西。而且，湖水比天空面积大得多。以人的身高看贝加尔湖，肯定是湖大天小，这跟上帝在天上俯瞰不相同。

在山野观曙色是另外一样。我曾在太行山顶上住过一宿。那里天黑得早，亮得晚。我有早起习惯，出门刚走几步，被一个东西拉住衣袖。我用左手慢慢摸过去，原来是枣树的枝条，它隐藏在浓密的夜色里。抬眼看，看不见早已看惯的天，好像天被山峰挡住了。而我头一天入睡前，特意看了看，天分明还在那儿，还有星星，尽管不多，但此时竟一点天光都没有。我退回屋里，看表，天应该亮了。五点了，这个村的天却迟迟不亮。我甚至想——是不是这里的天不亮了？这么一想挺害怕，那就下不了山了。过了15分钟，窗外有白影。我出门，看到地上起白雾，天还没亮（其实亮了，不然哪有照见白雾的光？），往前走，又有树枝扯住右边衣袖，仍然是看不清树。此时，我明白一个浅显的小道理。平原上的光由地平线漫射而来，它从四周冲过来包围大地。这里四外都是山峰，光悭吝。再走，我看到脚下的青石板，踩上走。雾越发浓，比舞台的干冰效果还浓烈。雾里如有狗有狼咬住你的腿，那是一点办法也没有。这么想着，我左腿肚子抽筋了，觉得亮牙的狗正在雾里瞄准我的腿肚子。雾大，看不到头顶的高山，当然也看不到所谓曙色。其实曙色已经藏在雾里，是一团团棉纱。说话间，山谷传来松涛的呼喊，雨滴如洪水那样斜着打过来，湿了左边衣裤，右边还是干的。一瞬间，雾跑了。雨或者风过来赶走雾。可爱的天空在头顶出现，白得如煮熟的蛋壳，山峰骄傲地站在昨天的地方。最陡峭的地方树木孤独，大团的雾从它们身边沉落在山谷里。这时候，天空飘来了彩霞。它们细长成绺，身上藏着四五种颜色，以红黄色调为主。如果你愿意，把这些彩霞看成金鱼也可以。太阳正藏在东方峰峦后面，把强烈的彩光打到云彩上，之后打在山峰上，一片金红。

多快的手也抓不到阳光

地上的阳光，一多半照耀着白金色的枯草，只有一小片洒在刚萌芽的青草上。潜意识里，我觉得阳光照耀枯草可惜了。转瞬，觉出这个念头的卑劣。这不是阳光的想法，而是我的私念。阳光照耀一切，照在它能照到的一切地方，为什么不给枯草阳光呢？阳光没办法只照青草而绕过枯草，只有人才这么功利。

枯草枯了，还保持草的修长。如果把枯叶衬在紫色或蓝色的背景下，它们的色彩含着一些高贵，是亚麻色泽的白。它们在骤然而至的霜冻中失去了呼吸，脸变白。阳光好好照耀它们吧，让它们身子暖和起来。青草刚冒出来都是小片的圆形，积雪融化之后，残雪也是圆形。这是大自然的意思，正如太阳、月亮和鸟蛋都是圆形。你没办法让残雪变成长方形或三角形，没这个道理。

青草好像不敢相信春天已经到来，它们探出半个浅绿的身子四处张望，田鼠刚刚跑出洞来也像青草这样张望。青草计算身边有多少青草，用同伴的数量来决定它快长还是慢长。我很想拿日历牌举到青草鼻子前面："已经春分了，下一个节气就是清明。"今年我喜欢节气，不打算过月份而只过节气。一年二十四个节气正好比十二个月多一倍，一年顶两年。

　　阳光洒在嫩绿的小草上，像把它们抱起来，放到高的地方——先绿的青草真都长在凸出的地方。阳光仔细研究这些青草，看它们是草孩子还是老草的新芽。我替阳光研究这件事，发现既有稚嫩的新草，也有枯草冒出的新叶。你看，这就是阳光照耀枯草以及照耀一切的原因——貌似死去的枯草照样生新芽。阳光照在牛粪上、碎玻璃上，房顶废弃的破筐上都有恩典，破筐里正有一小堆虫卵等待阳光把它们变成虫子。

　　我在荒野停下来，让阳光在脸上静静照一会儿。走路时，脸上甩跑了许多阳光。中医说，脸对阳光，合目运睛有养肝之效。试之，感到我的眼皮比樱桃还红。体察阳光落在脸上的感受，只觉敷一层暖。阳光的手是何等轻柔，它摸你的脸，你却觉不出它手指的触感。阳光不分先后照在我的前额、鼻子、嘴唇和下巴上，如果光膀子就照到了胸膛上，这是多么大的优惠。以后不会进入花钱买阳光的时代吧？一平方寸皮肤每小时收十元钱，照完一个脸需要一上午，比心理咨询还贵。阳光在我脸上看到了什么？这是一张蒙古人的脸，鼻子这样，嘴那样，阳光照在每一个汗毛眼里。我转过身，让阳光照照脖子，否则脖子不乐意，来个落枕什么的不好办。

　　走在荒野里，看大地出发到远方。在大地上，我看不见大地，只有铺到天边的阳光。四外无人，我趴在地上看阳光在地表的活动情况。

　　我想知道阳光摊多厚，或者说它有多薄。一层阳光比煎饼薄比纸薄比笛膜还薄吗？

　　阳光没有皱褶，它覆盖在坑坑洼洼的泥土上，熨帖合适，没露出多余的边角。

　　我像虫子一样趴在地上看阳光，看不见它的衣裳，它那么紧致地贴在土地上，照在衰老的柳树和没腐烂的落叶上。进一步说，我只看到阳光所照的东西却没看到阳光。起身往远处瞧，地表氤氲一层金雾，那是阳光的光芒。

　　阳光照在解冻的河水上，水色透青。水抖动波纹，似要甩掉这些阳光。阳光比蛇还灵活，随弯就弯贴在水皮上，散一层鳞光。阳光趴在水上却不影响水的透明。水动光也动，动得好像比水还快。

　　傍晚，弄不清阳光是怎样一点点撤退的。脱离光的大地并非如褪色的衣衫。相反，大地之衣一点点加深，比夜更黑。

　　闭上眼，让皮肤和阳光说会儿话，假设我的脸膛是土地，能听到阳光在说什么呢？我只感到微温，或许有微微的电流传过皮肤。伸手抓脸上的阳光，它马上跑到我手上。多快的手也抓不住阳光。

光

才知道，这一生见得最多的是光。光伴随了人的一生，而不是其他。一个人离开这个世界时，他离开了这一世的光，他变成光的另一种形式——碳化。

光在子夜生长。夜的黑金丝绒上钻出人眼分辨不清的光的细芽。细芽千百成束，变成一根根针芒。千百银针织出一片亮锦，光的水银洒在其中。还是夜，周遭却有依稀亮色，那是光的光驱。光在光里衍生，在白里生出白，在红里生出红。它为万物敷色，让万物恢复刚出生的样子。光的手在黎明里摸到世上每一件物品。万物在光里重新诞生，被赋予线条、色彩与质地。光在每一天当一次万物的母亲。

露水在草叶上隆起巨大的水珠，不涣散，不滴落，如同凸透镜。露珠收纳整个世界，包括房子和云彩。人说露珠是透明的，可是你在露珠里看不到草的纹理，它只是晶莹，却不透明，所说的透明是露水的水里有光，光明一体。

光告诉人们何为细微。蜜蜂背颈上的毫毛金黄如绒，似乎还有看不清的更小的露珠，也许是花粉，只如一层绒。光述说着世界的细微无尽。唯细微，故无尽，一如宽广无尽。光的脚步走到铁上，为铁披一身坚硬的外衣，在生锈的部分盖上红绒布。光钻进翡翠又钻出来，质地迷离。翡翠似绿不绿，似明非明，这里是光的道场。人看到的不是翠，是光。翡翠不过是光所喜欢的一块石头，正如黄金是光喜欢的另一块金属。黄金的光芒当然是光的芒，它是金属里的君王，金属里的老虎。此光警告人等勿近勿取勿藏黄金。人被它的光照晕了，靠近攫取珍藏。天之道，传到人间往往变成它的反面。黄金的稳定性被人制定为所有人都愿意接受的尺度。光在黄金上反射的警告从未发生效力，人断定比生命更宝贵的唯有黄金。黄金不灭，黄金的首饰上留下无数人的指纹，尔后易主，再后回炉。黄金炯炯有神，身上站立 99.99% 的光。

光在水里划出微纹，回环宛曲，比任何工匠画的都工细。水的浪花在举起的一瞬，光勾勒出水滴的球体。浪摔倒，再举起，光每每画出浪花的形态，每每耐心不减。光在田野飞奔，无论多么快，它的脚跟都没离开过大地。光的衣衫盖着土块乃至草的根须。大地辽阔，麦芒蘸着光在空气中编织金箔画。光让麦粒和麦芒看上去像黄金一样，不吝消耗掉无数光。麦浪一排排倒下，让光像刷涂料一样刷遍麦的一切部位。种麦子的地方，花不鲜艳，金子不再闪光，麦子耗尽了光的光芒。如此才有白面诞生，面包把麦子里贮存的光搭成松软的天堂。

光的脚步停留在黑色的地带，让煤继续黑。煤里也有光——当它遇到火。光仔细区别每朵花的颜色，让花与叶的色泽不同，让花蕊和花瓣的颜色不同。光最喜爱的东西是花，花的美丽，即为光的美丽。但人把这笔美账算在花的头上，就像人把美人的账算在人的头上，忘记了光。

光来到之后，世界的丰富和罪恶接踵而至。为一切事物制造一切幻相。人借此区分美人丑人，宝马香车。人对食物发明过一句无耻的评语：色香味。色即光，即食物入腹之前的色泽。香只是人的鼻子、味蕾的偏见。母羊在煮熟的羊羔肉里闻不到香味。味是人类舌头和大脑共同制造的幻觉。它们约定俗成，判定其味优劣。小鸟在林中死去，尸体始终无味，而人死后迅速发出恶臭，为什么这样？臭味早就藏在人的身上，被人挡着散发不尽，死了之后才无遮拦。人对环境、对动物，一定是负罪的。耶稣当年对举着石块试图砸死抹大拉的玛丽亚的人们说，你们中间哪一个人是无罪的，那个人就打她吧。这个被解救的妓女用忏悔的眼泪为耶稣洗脚，拿浓密的头发把耶稣的脚擦干。她有过罪，但谁没罪？到哪里去找无罪的人？

光在墙壁上飞爬，爬上衣橱的正面和侧面，光在饭碗的釉面反光。反光是光遇到了进不去的地方，比如镜子。光在书柜底下的灰尘里慢慢爬行，光照亮了书上的每一个字。光在字里最显安静，正如它在黄金上最显急躁。光阅读书上的字，被弯弯曲曲的笔画迷住了，随后晕倒。光和人一起读书里的故事。黄昏降临，书上的字在读书人揉一揉眼睛的瞬间解散了队伍，这时候的光累了。它拿不定主意是否与大批量的光从西天撤退。光和读书人一道想再读一会儿，直至这些字带着意味深长的笑容退到黑夜里。

早晨，光饱满地驻扎在世上的每一处。夜晚，光在不知不觉中逃逸，人根本察觉不出它的离开，人只能愚蠢地说"天黑了"，就算天黑了吧，虽然这只是光的撤离。光在年轻人脸上留下光洁，在老年人脸上留下沟壑。人在光的恩赐下见到自己的美丑肥瘦，以此跟世界跟自己讨价还价。光每天都离开，此曰无常。人不理会这些，在光再次来到人间时开始新的欢乐与悲伤，借着光。

光的笑容

光从长裙似的厚窗帘的脚下射进来时，只有三寸长，落在剔花地毯上，好像捕捉羊毛里的尘埃。如果你"哗"地掀开窗帘，光像洪水一般扑进来，占领屋里的每一个角落。还是节省点光吧，我一点点拉开窗帘，光像客人从一条窄道走下来。它们只走直线，前方不管是床或者椅子，光都要走过去，把自己的衣服摊在上面。

每天从窗外进入我家里的光是原来的光吗——昨天、前天、许多天以来的光？

这些光线——它们虽然被称为线，我实在不知道是多少根线——真像是我家里的熟人，从窗玻璃上的每一部分穿越而来，从和煦的温度上可以感到这些光线带着笑意。如此说，光带着笑容来到我家。是的，否则它们来此做什么呢？

光坐在地板上笑，它们坐在橱柜、枕头、书本、床头的眼药水上笑，它们坐在垂直的镜子上笑，它们在镜子里看到了墙壁和吊灯上的光的兄弟。

这些光线只是光的先头部队，是天色微曦之后进入屋子里面的亮，我称之为泛光，而整齐的光的队伍在后面。当阳光越过前楼的屋檐进入房间时，它们全穿着金色的制服。这些光不乱走，这些光永远保持队形，排成方形向前面推进。无论遇到什么东西，早晨的光都刻板地为这些东西涂上一层金色。如果你在地板上放一个金黄色的小南瓜，阳光也照样为它涂上金色，虽然南瓜身上一点也不缺这种颜色。

如果我家的黑猫飞龙少校端坐在光里，光比平时劳累。它把金色洒在飞龙的每一根毛上，而猫的毛又如此之多。飞龙如刺猬一样沐浴在晨光里，不时看一看自己爪子上的光，但没等它把光舔进肚子，光已经跑了。爱因斯坦早就说过，光的速度是人可以理解的速度里面最快的，但飞龙少校从未听说过爱因斯坦，连塔吉克斯坦也闻所未闻，它认为斯坦并不比一只麻雀更重要。

光行进的时候，边走边衍生新的光，即反光，否则光不够用了。反光也是光，你看到光在地板上缓缓推进时，它的反光已经把天花板照亮了，这又省了许多光。没错，墙壁也被照亮了。我家卧房的墙壁露出布达拉宫式的红色，客厅露出小葱的绿色，它们上面进驻了光。

然而我们并没有见到光本身，这样说好像不讲理。怎样说才讲理呢？在光照中，我看到了栗子色的地板、彩色墙壁和其他东西的轮廓与色彩，但它们是地板、墙壁与其他东西，并不是光。光是透明的？当然透明，光从来不是一堵墙。然而透明的水、玻璃与水晶都有实体（佛家称之为色），而光的实体在哪里？

你伸出手，当你看到你的手时，光就在你的手里，你却握不住它，更不能把光藏起来。以人的贪婪的本性而言，如果可以把光藏起来，不知有多少人藏起多少光，大街上到处是卖光的人，行贿也会贿之以光，但太阳没让人这样做。造物主所造的核心物质都具有不可复制性与不可储存性，比如空气，比如光。电来自能源转换而非制造，同时不可储存。

我们见到光照射万物时，仍然可以说我们不知什么是光，没见过光本身。你说光原本不存在也未尝不可，说它存在，你怎么指给人看呢？爱在哪里？智慧和仁慈在哪里？人没办法指出它们，尽管它们就在那里。

我趴在地板上摆火柴棍测量阳光的行进速度，后因接电话把这项重要实验耽误了。当你趴着看地板上阳光的脚步时，光似乎不动了。从理论说，光每秒每刹那都在行走。从实践——以人的视网膜、人的无法安住的心念——说，它不曾移动，而人一转身，它又迈了一大截。光均匀地走过房间和整个大地，走过上午和下午。光时时在生长，人从来抓不住它们不断生长的尾巴。从古至今，只有光从容不迫。

关于光

那年，我因眼部手术，双目遮蔽七日，尽领黑暗滋味，有想法如下。

黑暗不同于夜。夜没有纯粹的黑暗，在最黑的夜里，物体还能显示向背。最主要的是，睁眼看到的黑暗有一些安心，眼睛仍然能搜索出一点点光。在闭眼的黑暗当中，比黑暗更难忍的是被隔绝。明明有光，但与你无关。双眼如一对困兽，不断挣扎。

在黑暗中，触觉最敏锐。突然感到手指那么聪明，一碰便知物体的性质。药瓶、桌子、床单、铁，它们在哪里手非常清晰。在黑暗里行走，手总要先行伸出去。

即使眼睛已经失去功能，仍然怕外物碰到自己的眼睛。

空间的思绪在缺少视力的情况下变得发达。一起身，首先是这一处空间的立体图画。鞋在哪里，门在哪里，从床到门有哪些障碍。长宽高的概念在脑子里十分坚硬。

在黑暗中，人的语言很少。你自己所说的话，声音变得很大。第一次这么认真地听自己说话，听到了这么多废话和不必要的零碎。于是我想到盲人大多不是倾诉者。华丽的、滔滔不绝的、评判他人的话不适合在黑暗中吐露，仿佛这与自己的处境不合。世上所有的不幸都不会比没有视力更糟糕，因此不愿意评论他人。

还有，浮华冗长的话语如果呈现在周遭的色彩、形状之中，尚不刺耳。而黑暗中的话语，像用蘸满墨汁的笔在白纸上写字，非常醒目。

黑暗中的眼睛恐惧光亮，当然这只就外科手术的人而言。如果双目遮蔽超过 72 小时，仍然具有视觉的眼睛对光线极为敏感与不适。眼睛蒙上纱布、戴上墨镜，以及窗帘被拉上之后，仍然不敢面对光的一面。人们不知道，光是多么有力量的东西，些微的光都刺得眼球酸痛。那些眼部手术已经痊愈的患者，常低头走路，用手蒙着眼睛露出一条缝看地面。光像水一样，从针眼儿大的地方挤进来并扩张。影视里复明的患者摘掉纱布、载歌载舞的场面，实在是太荒诞了。

视觉细胞乃至视蛋白对光的反应，实在太脆弱了。

我想起某人趴在复印机上，睁眼，复印之后双目失明这件事。事实上，阳光的亮（照）度、大气层对长波紫外线的阻拦，与人类眼睛的结构有着精美的契合关系。其奇妙不可说。

黑暗中的人不喜欢夜晚的到来。白天已经是一个夜了，又进入一个夜，仿佛委屈。

黑暗中的人爱躺在床上揣摩外面的人在做什么。想来想去，感到他们实在太能耐了，尤其佩服那些奔跑、骑车和穿越十字路口的人。

躺在床上想，假如人类视力低下，这世界该是什么样子呢？房子的门很宽，马路也很宽，没有汽车，只剩一个孩子或不生孩子，全世界都很温和，一般由歌唱家来当总统。

生物钟存在的前提是，人体必有除眼睛之外的某个部位能够感受到光。但已知的事实为，除眼睛外，人体其他部位不存在视蛋白。因此，不可能"看"到光。从理论上说，人体不存在生物钟。

不久前，科学家发现人体皮肤上存在另一类型的视觉蛋白，是它们把光的出现通知了大脑。在黑暗中，我常常举起胳膊，说："看吧，你们。"

视觉蛋白，从感受微量的光，到发育成为眼睛，可以欣赏色彩——从鲜花到女人的嘴唇，这是一条多么漫长神奇的道路。

幸福村中路的暖阳

北京冷透了之后，比如一月份的中旬，每天下午两点去古墙下面体会阳光的暖，有大乐趣。老北京的"老"字，在其中也能透露出一点。

北京最冷天中的午阳，暖得让人微醺。这和火盆、热炕、暖风以及电褥子都不一样。午后天晴风止，时间有如停滞，人的视野全清朗了。阳光照在脸上，像喝了二两半花雕，打里边往外暖。一位中医朋友说，冬天的阳光最有营养。他把阳光也当药看待。心松开了，宽宽绰绰的，舒展。这种光线只有腊月天才有，天冷不透，午后的暖阳也晒不进人的心里头。

这时候，如果到紫禁城下的公椅上坐一坐，闭上眼睛听听马路上的车声，感觉阳光像小虫子争先恐后地从脸上爬进心里，睡意堆积。再睁眼看看匆匆的行人，合眼让睡意泛滥。想人忙我偏有闲，得大自在。这都要依仗午后的冬阳。

说睡，实为一阵小迷糊。这阵小迷糊就了不起，片刻物我两忘，心胸过滤了一遍。醒了，觉得眼睛更亮了，看看北海滑冰的人、岸边褐中有黄的干柳枝，都有趣。所谓"老北京"，除去建筑、掌故之外，还有平民与时令下的享受，晒太阳（西安话叫晒暖暖，说得更好）就是其一。

我住的地方离北海远，也不值得为这么一点事去那儿晒太阳。此事在幸福村中路同样可以享受。这儿没城墙，有超市的大山墙，一样。街上的公共健身设施上，老头、老太太在搞摇的、转的动作。他们的皱纹白发和设施的鲜艳油漆形成好看的对比。

坐在这儿的椅子上摄取冬阳，看胖红脸男人搂着瘦皮草小姐从酒店出来，看工人蹬板车送蜂窝煤，看人下象棋，都不耽误享受阳光的和煦。坐久了，没觉着自己睡着，但被路人的谈话声惊醒，还是睡了。听到喜鹊叫，抬头却找不到喜鹊。杨树枝上蹲着三个冬鸟，不是麻雀，像朱雀。它们并排蹲着，像回忆，又有出席古典音乐会的表情，也可以说是守纪律的士兵，可爱极了。在人之前，它们就知道北京的午后有这么一种乐趣，于是出席枝头。

我喜欢冬鸟的理由是它们胖。鸟儿胖了之后，憨而又拙，往泥塑玩具方向发展。比人胖好看多了。

更多的光线来自黄昏

黄昏在不知不觉中降落，像有人为你披上一件衣服。光线柔和地罩在人脸上，他们在散步中举止肃穆。人们的眼窝和鼻梁抹上了金色，目光显得有思想，虽然散步不需要思想。我想起两句诗："万物在黄昏的毯子里蹿动，大地发出鼾声。"这是谁的诗？博尔赫斯？茨维塔耶娃？这不算回忆，我没那么好的记性，只是乱猜。谁在蹿动？谁出鼾声？这是谁写的诗呢？黄昏继续往广场上的人的脸上涂金，鼻愈直而眼愈深。乌鸦在澄明的天空上回旋。对！我想起来，这是乌鸦的诗！去年冬季在阿德莱德，我们在百瑟宁山上走。桉树如同裸身的流浪汉，树皮自动脱落，褴褛地堆在地上。袋鼠在远处半蹲着看我们。一块褐色的石上用白漆写着英文："The world wanders around in the blanket of dusk, the earth is snoring." 鲍尔金娜把它翻译成两句汉文——"万物在黄昏的毯子里蹿动，大地发出鼾声。"我问这是谁的诗？白帝江说这是乌鸦写的诗。我说乌鸦至少不会使用白油漆。他说，啊，乌鸦用折好的树棍把诗摆在一块平坦的石头上。我问是用英文？白帝江说：对，它们摆不了汉字，汉字太复杂。有人用油漆把诗抄在了这里。

我想说不信，但我已放弃了信与不信的判断。越不信的可能越真实。深信的事情也许正在诓你。乌鸦们在天空排队，它们落地依次放下一段树棍。我对白帝江说，摆诗的应该只有一只乌鸦，它才是诗人。白帝江笑了，说有可能。这只神奇的大脚乌鸦把树棍摆成"The world wanders……"，乌鸦摆的 S 像反写的 Z。为什么要这样呢？是因为黄昏吗？

我在广场顺时针方向疾走。太阳落山，天色反而亮了，与破晓的亮度仿佛。天空变薄，好像天空许多层被子褥子被抽走去铺盖另一个天空。薄了之后，空气透明。乌鸦以剪影的姿态飘飞，它们没想也从来不想排成人字向南方飞去。乌鸦在操场那么大一块天空横竖飞行，似乎想扯一块单子把大地盖住。我才知道，天黑需要乌鸦帮忙。它们用嘴叼起这块叫夜色的单子——也可以叫夜幕，把它拽平。我头顶有七八只乌鸦，其他的天空另有七八只乌鸦做同样的事。乌鸦叫着，模仿单田芳的语气，呱——呱，反复折腾夜色的单子。如果单子不结实，早被乌鸦踢腾碎了，夜因此黑不了，如阿拉斯加的白夜一样痴呆地发亮，人体的生物钟全体停摆。

人说乌鸦聪明，比海豚还聪明。可是海豚是怎样聪明的，我们并不知道。就像说两个不认识的人——张三比李四还聪明。我们便对这两人一并敬佩。乌鸦确实不同于寻常鸟类，黄昏里，夜盲的鸟儿归巢了，乌鸦还在抖夜空的单子，像黄昏里飘浮的树叶。路灯晶莹。微风里，旗在旗杆上甩水袖。

在黄昏暗下来的光线里，楼房高大，黑黝黝的树木顶端尖耸。这时候每棵树都露出尖顶，如合拢的伞，白天却看不分明。

尖和伞这两个汉字造得意味充足，比大部分汉字都象形。树如一把一把的伞插在地里，雨夜也不打开。在树伞的尖顶，是包拢天空的深蓝。天空比宋瓷更像天青色，那么亮而清明，上面闪耀更亮的星星。星星白天已站在那里，等待乌鸦把夜色铺好。夜色进入深蓝之前是瓷器的淡青，渐次变蓝。夜把淡青一遍一遍涂抹过去，涂到第十遍，天已深蓝。涂到二十遍及至百遍，天变黑。然而天之穹顶依然亮着，只是我们头顶被涂黑，这是乌鸦干的，所以叫乌鸦，而不叫蓝鸦。我觉得乌鸦的每一遍呱呱都让天黑了几分，路灯亮了一些。更多的乌鸦彼此呼应，天黑的速度加快。乌鸦跟夜有什么关系？乌鸦一定有夜的后台。

　　看天空，浓重的蓝色让人感到自己沉落海底。海里仰面，正是此景。所谓山，不过是小小的岛屿，飞鸟如同天空的游鱼。我想我正生活在海底，感到十分宁静。虽然马路上仍有汽车亮灯乱跑，但可不去看它。小时候读完《海底两万里》后，我把人生理想定位到去海底生活，后来疲于各种奔命把这事忘了。今夜到海底了，好好观赏吧——乌鸦是飞鱼，礁石上点亮了航标灯，远方的山峦被墨色的海水一点点吞没。数不清的黑羊往山上爬，直至山头消失。头顶的深蓝证明海水深达万尺。我一时觉得树木是海底飘动的水草，它们蓬勃，在水里屈下身段，如游往另外的地方，比如加勒比海。我想着，不禁挥臂划动，没水，才想到这是地球之红山区政府小广场，身旁有老太太随着《呼伦贝尔大草原》的音乐跳舞。

　　其实红山区政府的地界，远古也是海底。鱼儿曾在这里张望上空，后来海水退了，发生了许多事，唐宋元明清各朝都有事，再后来变成办公和跳舞的地方。黄昏的暮色列于天际，迟迟不退，迟迟不黑，像有话要说。子曰：天何言哉！天何言哉！谓天没说过话，天若有话其实要在黄昏时分说出。

　　黄昏的光线多么温柔。天把夜的盖子盖上之前，留下一隙西天的风景。金与红堆积成的帷幕上，青蓝凝注其间。橙与蓝之间虽无过渡却十分和谐。镶上金边的云彩从远处飞过来，跳进夕阳的熔炉，朵朵涅槃。黄昏时，天的心情十分好，把它收藏的坛坛罐罐摆在西山，透明的坛罐里装满颜料。黄昏的天边有过绿色，似乌龙茶那种金绿。有桃花的粉色。然而这都是一瞬！看不清这些色彩如何登场又如何隐退，未留痕迹。金红退去，淡青退去，深蓝退去之后，黄昏让位于夜，风于暗处吹来，人这时才觉出自己多么孤单。黑塞说："没有永恒这个词，一切都是风景。"

黄昏无下落

是谁在人脸上镀上一层黄金？

人在慷慨的金色里变为红铜的勇士，破旧的衣裳连皱褶都像雕塑的手笔；人的脸棱角分明，不求肃穆，肃穆自来，这是在黄昏。

小时候，我第一次感受悲伤是无意中目睹到黄昏。西方的天际在柳树之上烂成一锅粥，云彩被夕阳绞碎，在无边的火池里挣扎奔走，暮霭在滚金里面诞生俗艳的红，更离奇的是从红里变出诡异的蓝。红里怎么会生出蓝呢？它们是两个色系。玫瑰红诞生其间，橘红诞生其间，旋生旋灭。夕阳把所有的碎云熬成了汤，天际只横着一把笔直的金剑。

这是怎么啦？西方的天空发生了什么？我结结巴巴地问大人，那里发生了什么？大人瞟一眼，只说两个字：黄昏。

自斯时起，我得知世上还有这两个字——黄昏，并知道这两个字里有忧伤。我盼着观黄昏，黄昏却不常有，至少天际不老黄。多云天气或阴天，黄昏就没了下落。我站在我家屋顶看黄昏，大地罩上一层蓝色，晴天的黄昏把昭乌达盟公署家属院的红瓦刷上金色，瓦的下沿有凸凹的黑斑。柳枝笔直垂下，如菩萨垂下眼帘。而红云有如在烈火中奔走的野兽，却逃不出西天的大火。太阳以如此大的排场谢幕，它用炽热的姿态告诉人它要落山了，人习以为常，不过瞟一眼，名之"黄昏"。假如太阳不再升起，全世界的人会在痛哭流涕中凝视黄昏，每日变成每夜，电不够用，煤更不够用，满街小偷。

黄昏里，屋顶一株青草在夕照里妖娆，想不到生于屋顶的草会这么漂亮，红瓦衬出草的青翠，晚霞又给高挑落下的叶子抹上一层柔情的红。草摇曳，像在瓦上跳舞。原来当一株草也挺好，如果能生在屋顶的话，是一位在夕阳里跳舞的新娘。地上的草叶金红，鹅卵金红，土里土气的酸菜缸金红，黄昏了。

我在牧区看到的黄昏惊心动魄。广大的地平线仿佛泼油烧起了火，烈火战车在天际穿行，在落日的光芒里，山峰变秃变矮。天空盛不下的金光全都倾泻在草地，一直流淌到脚下，黄牛红了，黑白花牛也红了，它们扭颈观看夕阳。天和地如此辽阔，我久久说不出话来，坐在草地上看黄昏，直到星星像纽扣一样别在白茫茫泛蓝的天际。

那时，我很想跟别人吹嘘我是一个看过牧区黄昏的人，但这事好像不值得吹嘘。什么事值得吹嘘？我觉得看过牧区的黄昏比有钱更值得吹嘘。那么大的场景，那么丰富的色彩，最后竟什么都没了，卸车都卸不了这么快。黄昏终于在夜晚来临之前昏了过去。

"我曾经见过最美丽的黄昏"，这么说话太像傻子了。但真正的傻子是见不到黄昏的人。在这个大城市，我已经二十六年没见过黄昏，西边的楼房永远是居然之家的楼房和广告牌，它代替了黄昏。城市的夜没经过黄昏的过渡直接来到街道，像一个虚假的夜，路灯先于星星亮起来，电视机代替了天上的月亮。我一直觉得自己身上缺了一些东西，原以为是缺钱、缺车，后来知道我心里缺了天空对人的抚爱，因为许许多多年没见到黄昏。

伸手可得的苍茫

我有一个或许怪诞的观念，认为霞光只出现在傍晚的西山，而且是我老家的西山。我没见过朝霞，而在沈阳的十几年，亦未见过晚霞，或许这里没有西山、污染重以及我住的楼层过矮。

晚霞是我童年的一部分。傍晚，我和伙伴们在炊烟以及母亲们此起彼伏的唤儿声中不挪屁股，坐在水文站于"文革"中颓圮的办公室的屋顶上观看西天。彩霞如山峦，如兵马之阵，如花地，如万匹绸缎晾晒处，如熔金之炉，气象千变万化，瑰丽澄明。我们默然无语，把晚霞看至灰蓝湮灭。有人说，晚霞并不湮灭，在美国仍然亮丽。在"文革"中，此语已经反动。美国那么坏，怎会有晚霞呢？说这话的大绺子脸已白了，我们发誓谁也不告发，算他没说。而他以后弹玻璃球时，必然不敢玩赖。

观霞最好是在山顶，像我当年在乌兰托克大队拉羊粪时那样。登上众山之巅，左右金黄，落日如禅让的老人，罩着满身的辉煌慢慢隐退。我抱膝面对西天而观。太阳的每一次落山，云霞都以无比繁复的礼节挽送，场面铺排，如在沧海之上。在山顶观霞，胸次渐开，在伸手可得的苍茫中，一切都是你的，乃至点滴。

　　此时才知，最妙的景色在天上，天下并无可看之物。山川草木终因静默而无法企及光与云的变幻。此境又有禅意，佛法说"空"并不是"无"，恰似天庭图画。天上原本一无所有，但我们却见气象万千。因此，空中之有乃妙有，非无。然而这话扯远了。

　　昨天我见到了晚霞，在市府广场的草地上方，那里的楼群退让躲闪，露出一块旷远的天空，让行人看到了霞舞。当时我陪女儿从二经街补课回来。我对孩子说，你看。她眺望一眼，复埋头骑车，大概还想着课程。

光与棋

天黑透，桑园有俩人下象棋，在一张废弃的办公桌上。街上的路灯比一百年以前还暗，马路那边照不到这边，当然也照不到棋上。

他俩弯腰观棋，像默哀。他是他的遗体，他是他的遗体。

一会儿，马路车来——绿灯后，汽车汹涌雪亮，一拨儿约二十多辆，下拨儿则要十分钟后——车灯的光在棋盘上爬。他们飞手摔棋，手眼精快，不像下棋，反如抢对方的子。

车净，棋静，俩人头对头俯瞰，我觉得他们头上缺犄角。双方均不言声，难道没下错的、悔棋的？看来没有。他们也不抬头等车。此街单行道，车自西而来。

盯着吧，我要回去，已练完96式太极拳（24式练四遍）。回家躺在床上，想：应该发明一种夜光棋。

辑三

明月夜

星　辰

————————

　　我有一个隐秘的想法，越来越想把它说出来，且不管别人是否耻笑。我的想法是：既然天上的星星这么多，又没有主儿，可不可以每人分一颗呢？

　　不是分星星的产权，我们得不到也搬不动具体的星星。我的意思说，撤销国际天文联合会对星星的命名，或者他们命名他们的，咱们重新命名一下。每市每县每乡自行命名他们头顶的星星。大的、有益于国际交流的星星的名称暂时保留不动，如海王星、冥王星、北斗星等还叫原来的名。剩下其他星星，完全可以打乱重来，给人民带来意想不到的惊喜。比如说，旅游者来到新疆塔城市恰合吉牧场，一位白胡子老汉夜晚手指某星说，这是我，边上是买买提、窝依加依，右边是阿依古丽，阿依古丽边上是阿西尔。这窝星星都是他们村里的人。

　　这多好，比给老百姓分钱节省开支更能让他们高兴。农村牧区，以乡镇为单位各分 1000 个星星指标，命名时不得改变（占用）太阳、月亮、金星、水星、火星等重大星球的已有名称。命名期以五年为一届，届满重新命名，不得连任。像河南、山东这样的人口大省，一个乡镇分 1000 个指标显然不够，命名时优先考虑老年人、残疾人和复员军人。可以用乳名和外号命名星辰，但须征得本人同意。命名后，美丽的天空上将出现狗蛋星、满仓星、招弟星、吃不够星、扁担勾星、母老虎星、学究星和眼镜星。

这美好的设想，我还没有说完，接下来是：江西省玉山县石门村农民孙发财前往四川省小金县龙头村会见农民李大虎，他们同占一个星，即天文学所说的织女星。两人相见恨晚，喝酒夹菜，交换两地民生、治安、婚恋方面的信息，各自阐述了对电视剧的观后感。他们不仅在酒桌边上合影，而且用红外相机在织女星下合了影。红外相机的不足之处是看不出谁是谁，跟医院 X 光片差不多，骨白肉黑，但星星照得很清楚，这就可以了。

中国六百多个地级市，二千八百多个县，县下面有无数乡镇和村子，上网一查，牛郎星的命名人呼啦一大片，全出来了。他们有男有女，有高有矬，有半文盲也有 211 本科生。他们虽然有这样那样的缺陷，但有一个共同的美德——遥望星空，寻找自我。当各省各县各乡各村的望星人的目光汇聚于一颗星星上时，有什么困难不能克服呢？他们，享受到了白天做工，夜晚成仙的幸福。土改后，农民有了土地。改革开放后，城里人买了自有房屋，但用自己名字命名星辰的幸福远远超过其他幸福，可以说比吃麻辣烫还幸福。

有人买了一台汽车却买不起车库，停在马路上凭警察贴罚款单。警察？警察能在星星上贴一个单子说这一颗星不属于你吗？贴啊，你咋不贴呀？有星星的人不需要车库，不需要 93 号汽油和保险。星星自给自足地在天上漂，不给人添一丝麻烦却照亮了夜空。这几年不断有人引用哲学家康德的话说人最重要的事不是吃喝拉撒睡，而是仰望星空，庄严自我。但更庄严的是你仰望以自己的名字（外号）命名的星星。

假如有一颗星星分给我，我每天晚上会抽出 15 分钟向它行注目礼，为它起一个我所景仰的人物的名字，一个月换一个人。如东方朔、苏文茂、孙道临、焦耳、吕其明、里根和瑞典前首相帕尔梅。我在想象中擦拭这个星辰上面的灰尘，种植想象中的黄瓜、豆角、韭菜和牵牛花。我所拥有的星星是夜海上的清凉岛屿，是一匹无鞍白马。我将请人为这个星星谱一首歌曲，我亲自配器并把它改编为铜管乐、琵琶协奏曲、巴乌协奏曲、京胡协奏曲、唢呐协奏曲、娱乐琴协奏曲。录下来，对着星星播放。

人这一辈子一晃就过去了。有了一颗星，可以让你多想想宇宙的事，别老想自己的事，过得慢一点儿。长寿其实就是活得慢。人有了自己的星星，可以面对星星站桩、打坐，犯了错误对星星忏悔。星星没什么损耗，而我们竟变得如此富有，为什么不呢？何必让它们的名字躺在天文台的簿子里呢？既然可以把错安在政府身上的手还给市场，那么，错安在天文台、气象台、地震台的手就应该还给民间，让老百姓一人抱个星星玩呗。不用安宽带，不用投资基础设施，啥也不用，只乐。

星星们是夜海里泅渡的一群白象，白象们蹲在黑色的礁石上等待清风。星星们用独眼遥望地球。星星奔跑，洒下更多的星星。人这辈子所看到的最值钱又不上锁的东西只有星星。有北窗又无楼房阻挡的人最幸福，星群镶嵌在不同的玻璃上。星星代表着真正的遥远，告诉人什么是静谧，什么是梦境，什么是永远找不到答案。星辰的白雀斑在夜的脸庞上发出叽叽喳喳的笑声。月亮左右看看星星，更多的星藏在披黑大氅的群山之后。星是夜的村庄，村庄里还住着更多的、更小的雪白的星。它们坐在广场等待天黑，等大星给它们安装翅膀。

星星本来可以飞到离地球很近的地方，但它们不肯来，没人知道其中的原因。且不管星星远或近，我在等候分星星的消息。

车站的月亮

————————

　　常识说月亮只有一个，我宁愿相信月亮有备份有值班因而有许多个。李白和苏轼的月亮已被他们带走了，他们离不开月亮，走到哪里都要跟月亮一起玩，带着酒。草原、戈壁和西拉木伦河都有各自的月亮，为什么说月亮只有一个呢？月亮们形状如一、胖瘦如一，但性格和气味不同。我感到戈壁的月亮太高，而呼伦贝尔秋天的月亮看上去挺有钱。火车站的月亮只照各地的车站。

　　车站的月光被两道闪光的铁轨支出去太远，好像铁轨是月亮走到人间的梯子。月亮在汽笛和人流黑潮中显出工业化的特征。在站台等车，常听到喇叭里传出不需要旅客听懂的话，譬如——洞幺拐贰进五道。我在心里给这种话续下一句——天地悲凉草木秋。喇叭里说：接车拐六幺幺拐。对曰：碧海青天夜夜心。列车来到脚下微微地震动，唯一戴红色大檐帽的铁路员工对着铁轨立正，都在月亮的注视下显出苍白，让人觉得车站的月亮很操心，缺少休息日，熟悉工作流程。

一次，我坐的火车在俄国布里亚特北面的阿巴干车站停了五个小时。问停车的原因，说这列始发于乌兰乌德的火车比规定的时间早到了五个小时。阿巴干车站虽然没有往来车辆占道，也要按自己的时刻表运营。我们等待，但俄国的旅客并不觉得在等待，认为这是生活的一部分，仿佛上帝来到阿巴干也要停留五个小时。俄国人在车站喝酒、接吻，有人把毯子铺在站台上睡觉。我在月台上光着膀子慢跑。那时候，我抬头看到阿巴干车站的月亮微红，像从桑拿房里出来的女人。天没黑的时候，麻雀从我肩头、耳朵边上笔直飞过又飞回，我从来没见过如此不怕人的麻雀。天色转为蓝灰色的暮霭，这里的天桥如同巨大的车站。我不明白俄国人为什么把天桥修得那么高，楼梯如同中山陵的台阶。在天桥上瞭望，可见方圆几十里景物。它也许担负着军事上的职责，是一个要塞的制高点。在天桥上，我看到阿巴干车站的月亮从布满密林的山峦往上升，山峦之间有白的夜雾包裹，符合黄宾虹所画山水的皴法。月亮微红只是它的特色之一，它的第二个特色是横着走，仿佛是一艘轮船。在中国，月亮——不管是不是车站的——照例向上升，如气球那样。我想起了一首乌克兰民歌《德聂伯尔》的歌词——你看那月亮暗淡无光，在黑云后面徜徉。是的，这个月亮可能从乌克兰飘过来，没拦住，飘到了南西伯利亚。

斯图加特火车站的月亮仿佛被奔驰公司收买了。这个火车站由奔驰公司修建，楼顶有一个莹白发亮且旋转的奔驰车标。从我站的地铁站的角度看，月亮跟车标并肩而立，一黄一白，都在转。斯图加特火车站没人售票，车头有一个孤独的司机。这里的车站听不到奇怪的广播。

　　车站的月亮属于离家的旅人，属于身上背行李的人、口音不同的人、着急的人。月亮用清光在地下写字：别离——回家。车站的月亮有清脆的回声。每夜，火车把月亮拉到远方，交给下一站的月亮。

明月夜

————————————

　　月亮每个月圆一次，圆是月亮的任务。人类在没发明历法的年代，用月亮规律的圆作为时间的标记。月亮成了时间的名字，并且有排行——一月、二月、三月、四月、五月，一直到十二月。十二月并不是那个月的天上有十二个月亮，而是这一年的第十二个30天，这些事听上去很幽默。月亮既是天上月亮的名字，又是人间时间的名字。

　　月圆之夜是世上的美景，月亮像黄铜的盘子挂在深蓝色的夜空上。说月亮挂在夜空上不完全对，挂东西要挂在绳子上或者钉子上，月亮那么大，往哪儿挂呢？天上也没有绳子和钉子。总之，在农历每个月的十五那天，圆圆的大月亮出现在天空，月光洒落大地，地上好像结了一层毛茸茸的白霜。我们伸手摸深秋草木上的霜，手指肚感觉冰凉，树叶上的白霜会被手指的体温融化成一个圆印。月光的白霜摸上去不凉，踩一脚也踩不脏，它像霜不是霜，是光。明月夜，大路上、屋顶上、树叶和草上都覆盖了一层月光的白霜。看上去，万物像泡在牛奶里，干净而且安静。

　　圆月当空，夜色不那么黑了。它不仅浅了，而且有一些蓝。

你知道，深蓝色的夜和金黄的圆月亮放在一起很好看，大地丰满而又清晰。在这样的夜晚，山峦的轮廓，河流和树木的轮廓都显露出来。在真正的黑夜，这是看不清的。夏天的圆月之夜看得见青蛙在池塘边上蹦跶，甚至可以看清夜空上的白云。冬日，如果大地堆满了白雪，月光照下来，大地更亮了，可以看到兔子在雪地里扑哧扑哧地往前跑。它刚从雪里拔出后腿，前腿又陷在雪里，跑得一点也不快，一点也不像兔子。

荞麦花与月光光

前年上秋，我在刀把子地机井房住了一个月，就一个人。看机井，因为"水利是农业的命脉"，防止地主富农破坏。"文革"中的地富分子，当年也许是最驯良和健壮的人了，他们见人则把路让开，低着头。由于劳动强度远超过贫下中农，因而更健壮。譬如我们队里老刘家的"坏分子"、老武家地主和老胡家富农。

我早知道，他们再健壮，也万万不敢破坏机井，甚至连一棵庄稼也不敢碰。

一天的后半夜，我急起撒尿，跌跌撞撞冲到屋外。人醒了，但除了腿脚和撒尿的机关外都睡着，即古人所谓"瘄"之状态，摇摇晃晃地缓释负担。尿时，睁开眼，一惊；闭上再大睁，竟害怕了。我发现机井房周围落满大雪，白茫茫无限制。我收尿遂奔回屋。躺在炕上想，下雪了，啊？这时候全身都醒了。先想现在是几月，这不才九月吗？中秋节还没过呢，再说也不冷啊。窗户开着，屋里也没有火盆。不行，我蹑足下地，趴窗户一看……

大雪，毛茸茸的，约莫一尺厚吧，随着地势起伏。渐渐地，我明白了，披衣出屋，来到当院的土坪上。

　　荞麦呀，这是荞麦地。它们迸放繁密的白花，花瓣密得把地皮都遮住了。在白花花的大月亮地里，就是一场大雪，吓退夜半撒尿者一名。我在机井房住了一个月，当然知道屋前左右都是荞麦，开花了。但想不到在月夜，茫茫如此。我站着，然后又蹲下了。我相信有"月魄"一说，即月亮的灵魂常在静谧之夜出窍。这时候，月色细腻柔美，地上的坑坑洼洼无不承受到这种白面似的抚摩。当然月亮不会无故出窍，倘它在地上有情人（比如在刀把子地附近），必是荞麦花无疑。荞麦花在倾泻的月光下，微仰着脸，翕张口唇，感泣而无力言说。无风，蓝琉璃的夜空，小星三五在东。白花花的荞麦地如此专注于一件事，这太感人了。想不到世上有如此美景，可以由于内急而得以窥之。我知道老天爷会下雪，但不知道它还会造设烘托一种非雪之雪，酷肖。文人所称"梨花似雪"，颇觉勉强。梨花在疏枝上攀举，地上黝黑，即使在月夜，也觉得这么高的雪不易。荞麦花却雪白无疑，那种朴实的村妇气，在月下净去，宛如城里美人了。

　　我感到，月光和荞麦的神秘交往还没有结束，它们跟人不一样，在静美中传递更广泛有力的信息。我以肉眼当然看不出来，但也不碍什么事。突然，我后悔了，当一个人厌倦白天的种种单调景物时，谁知道造化在夜里制出许多奇境呢？我不知错过了多少机会。

　　节气近于秋分了，脚下一蓬绿草的修长叶子上，果然沾满雾水。秋虫的鸣唱此起彼伏，唐人（如白居易）说的"霜草苍苍虫切切"，或"早蛩啼复歇"。我不知道唐朝时"切切"之音怎样读，白居易又是陕西渭南人。我听此虫声乃是"滋儿滋儿"。

　　看了一会儿，觉得有件事未做。想一想，认为应使另一半尿复出，然此物已不知去向。又待了一会儿，心里难受，想家了。也许是眼睛被雪白簇密的荞麦花逼出了酸楚。我今日想家，只是惦念父母，可用一个"忧"字结。二十年前想家，是想念包藏着童年与少年的远方的城市，实际是"怜"己。冷不丁想起，我怎么跑到这远离人群的刀把子地机井房前的土坪上蹲着呢？况且是半夜。

现在，我的愿望是看一眼月光下的荞麦地。天地间，月在上，荞麦地在下，我披衣蹲着。

群星的呼喊

听虫鸣可以练听力。夏夜的合唱里，虫的种类会超过一百种，越是细辨，越觉出大自然的丰富无可比拟，虫世界比人世界还要热闹。

作为音乐术语，听力，指倾听人对音准和音高的辨别力。唱歌跑调的人不是声带出了问题，是听力有偏差。而更深入的听力，可以同时听到乐曲中不同乐器的演奏，比如听出铜管乐里面小号和长号的音色，听到小提琴和竖琴的声音。莫扎特的晚期作品，喜欢以长笛和竖琴对位演奏，小提琴齐奏上下迎接，与歌剧的咏叹调相仿。长笛是女高音，竖琴是次女高音，小提琴是合唱队。当所有的乐器共同演奏时，同一时间听出不同旋律的不同乐器的演奏，就有相当好的听力，自然也是好的享受。

以这种态度听取虫鸣，感到大自然的音乐更神秘、渺茫与出人意料。把虫鸣当乐曲听，相当于看赵无极的画。他的画乍看像骗子画的，但越看越见出精妙，没有五十年的苦功，当不了这样的骗子。他的画不具象，就像虫鸣没有旋律性。而他画里的一与多、线与面、构图（他好像用不上构图这个词，没构过）合乎星空一般的萧散自如，做是做不出来的，画也画不出来。赵无极的画接近于音乐，音乐里面实在是"没有什么"。假如这个"什么"是主题、是高潮、是究竟的话，好的音乐一律什么也没有。听巴赫和莫扎特的音乐，似乎连铺垫也没有。我常想说巴赫的音乐没开头，劈面就是剥开的橘子瓣的脉络。但巴赫每首乐曲的开头，不是开头又是什么呢？这么一问，又把我问住了。但这种开头不是起承转合的起，是太极拳一般、云朵般连绵的意的截面。高级的艺术品首尾相连，像匈奴人崇拜的头尾相连的团形豹。

虫鸣也没有开头，谁也不知道夜里是哪只小虫发出的第一声鸣唱。它们的鸣唱织体晶莹，比星星散落得更远，好像流星们相互呼喊。我觉得流星那么突然地栽到一个地方，一定会传来呼救声，只是声音要经过亿万光年才传到我们 N 辈孙子们的耳边。那我们为什么听不到亿万光年之前流星的尖叫呢？可能人的生命太短，连一声流星声还没听到就过去了。这样，刚好可以把虫鸣当作群星（含流星）的呼喊。

箕坐山野，闭上眼睛听虫的鸣唱，感觉虫鸣如电脉冲在示波器里长短蹿动，如同大地的心电图，又像草芽从土里钻出，还像一张大网把夜罩住，虫子从网里往外钻。睁开眼，四野空旷，平安无事，而三野则是华纵的别称。夜晚，天像玻璃碗一样空灵盈余，大地的绚烂全被黑暗收藏，唯一收不走的是这些晶莹的虫鸣。它们让大地铺满了钻石，天亮时跟露水一起消失。

他乡月色

我越来越想念图瓦，三年前在图瓦我就想到会想它。

国宾馆是一座安静的三层小楼，靠近大街。大街上白天只有树——叶子背面灰色的白杨树，晚上才有人走动。人们到宾馆东边的地下室酒吧喝酒。我坐在宾馆的阳台下，看夕阳谢幕。澄澈的天幕下，杨树被余晖染成了红色。你想想，那么多的叶子在风中翻卷手掌，像玩一个游戏，这些手掌竟是红的，我有些震骇。大自然不知会在什么时候显露一些秘密。记得我在阳台放了一杯刚沏好的龙井茶，玻璃杯里的叶子碧绿，升降无由，和翻卷的红树叶对映，万红丛中一点绿，神秘极了。塞尚可能受过这样红与绿的刺激，他的画离不开红绿，连他老婆的画像也是，脸上有红有绿。

图瓦的绿色不多，树少。红色来自太阳，广阔无边的是黄色，土的颜色。有人把它译为"土瓦"。我年轻时听过一首曲子，叫《土库曼的月亮》，越听越想听。后来看地图，这个地方写为"图库曼"，就不怎么想听了。土库曼的月亮和图库曼的月亮怎么会一样？前者更有生活。象形字有一种气味，如苍山、碧海，味道不一样。徐志摩一辈所译的外国地名——翡冷翠、枫丹白露，都以字胜。

图瓦而不是土瓦的月亮半夜升了上来，我在阳台上看到它的时候，酒吧里的年轻人从酒吧钻出来散落到大街上，在每一棵杨树下面唱歌。小伙子唱，姑娘倚着树身听，音量很弱。真正的情歌可以在枕边唱，而不是像帕瓦罗蒂那般鼓腹而鸣，拎一角白帕。我数唱歌的人，一对、两对……十五对，每一棵树边上都有一个小伙子对姑娘唱歌。小伙子手里拿着 750 毫升的铝质啤酒罐。俄联邦法律规定，餐馆酒吧在 22：30 之后禁止出售酒类。而这儿，还有乌兰乌德、阿巴干，年轻人拿一瓶啤酒于大街上站而不饮乃为时尚，像中国款爷颈箍金链一样。

图瓦之月——我称为瓦月——像八成熟的鸡蛋黄那样发红，不孤僻不忧郁，关照这些人。它在总统府上方不高的地方。我的意思说，总统府三层楼，瓦月正当六层的位置。所以见出总统府不往高里盖的道理。

书说，人在异乡见月，最易起思乡心。刚到沈阳的时候，我想我妈。见月之高、之远不可及更加催生归心。而月亮之黄，让人生颓废情绪，越发想家。我从沈阳出发到外地，想老婆孩子。而到了图瓦，一个俄联邦的自治共和国，我觉得我之思念不在我妈和老婆孩子身上，她们显得太小。所想者是全体中国人民。我知道这样说有人笑话，我也有些难为情，但心里真是这样子。虽说中国人民中，我所相识者不过区区几百人，其绝大多数我永世认识不到，怎么能说"想念广大中国人民"呢？而我想的确实就这么多。比如说，在北京站出口看到的黑压压的那些人（不知他们现在去了哪里），还比如，小学开运动会见到的人、看露天电影看到的人、操场上的士兵、超市推金属购物车的人。我想他们，是离开了他们。在图瓦见不到那么多的人，也显出人的珍贵。早上，大街尽头走来一个人，你盼望着，等待着这个人走近，看他是什么人。但他并不因此快走，仍然很慢。到跟前，他一脸纯朴的微笑。

在图瓦，验证了人有前生一说，至少验证了我有前生。大街上，迎面遇到随便什么人，你得到的都是真诚质朴的笑容，像早（前生）就认识你、熟悉你，你不就是谁嘛。图瓦人迎面走来，全睛看你，突厥式的大脸盘子盛满笑意，每一条皱纹里都不藏奸诈。我像一个没吃饱饭的人吃撑着了，想：他们凭什么跟我微笑呢？笑在中国，特别在陌生人之间是稀缺品，没人向别人笑。而向你笑的人（熟人）的笑里面，有一半是假笑，和假烟假酒假奶粉一样。笑虽不花钱，却也有人不愿对你真笑。跟我社会地位低也有关。从美术美容观点看，假笑是最难看的表情，如丑化自我。纯朴的笑有真金白银。笑，实为一种美德。

我没想明白图瓦人为什么对人真诚微笑。而他们的生活当中，没有不诚实以及各种各样迷惑人的花招。中国人到这里一下子适应不了，像高原的人到低海拔地区醉氧了。这里没有坑蒙拐骗，人的话语简单，什么事就是什么事，这样子就是这样子。这让来自花招之地的人目瞪口呆，有劲使不上。图瓦人的笑容，展露的实为他们的心地。

总统府上空的月亮像带着笑意，俯视列宁广场。广场上一定有一些有意思的事情发生。我下楼去广场，看月亮笑什么。

列宁广场在克孜勒市中心。塑像立北面，身后山麓有白石砌就的六字真言，字大，从城市哪个角度都看得清。广场西面歌剧院。东面总统府。该府连卫士都没有，农牧民和猎人随便出入。总统常常背着手在百货公司溜达。广场中立中国庙宇风格的彩亭，描金画红。里面是一座巨大的转经筒，从印度运来，里面装五种粮食，一千多斤重。这些景色到了夜里跟白天不一样，所有的东西披上一层白纱，边角变得柔和，夜空越显其深邃，而瓦月距总统府上空其实很远，在山的后方。

广场上有两三个转经筒的人，有人坐在长椅上，有人缓缓地散步。他们在和我相遇的时候虽露笑容，但更庄重。他们的人民到夜里变得庄重了。我们的人民晚上似更活泼。我想到，图瓦人虽把纯朴的笑容送给你，像满抱的鲜花，他们其实是庄重的。面对天空、大地、河流、粮食和宗教，他们生活得小心翼翼，似乎什么都不去碰。农民除了种地时碰土地，剩下的什么都不碰，包括地上的落叶也不去扫。人在这里安分守己并十分满足。看图瓦人的表情，他们像想着遥远的事情，譬如来生。又像什么都没想，脸上因此而宁静。这种表情仿佛从孩童时代起就没变化过（他们小孩就这表情），更未因为衣服、地位、年龄和 GDP 而变化，只是成年人成年了，老人老了，表情都像孩子。再看月亮，我刚才在国宾馆看到的月亮像它的侧面，在广场看到的还是它侧面，这是下弦月。看它正面除非上火星看去。

脚踩广场的月色上，没发出特殊的声音，月色也没因此减少（沾鞋底上）。月色入深，广场像一个奶油色的盒子。人都回家了，只有一人从东到西、从南到北慢慢走，这是我和我的影子。

银河的手臂

从小到大，看周围，没改变的只有天上的星星。

它们没少也没多，这是我的猜想。我小时候不止一次数星星，但没有一次成功。星星像倒扣的扎满了窟窿的水桶，射出桶外的光亮。星星像深蓝海滩晾晒的珍珠，风干后发出贝壳的石灰质的淡光。星星是天外不知疲倦的守夜人，记录着地球的转速。星星假如少了——比我出生的时候少了两颗——也没人发现，更没人痛心、追查或在网上搜索。所以我无须什么证据就可以说星星没变化，星星一颗都没有少，没被拆迁以及列入 GDP。星星像夜的森林中的无数野猫的眼睛窥视人间。

我看到星星会想到童年。我觉得童年的星星大而亮，离人间比较近，我甚至想说那时的星星也处于童年。为了不让人笑话，这话还是不说的好。我童年的地方有两山、一河，三层的楼房有三座，最繁华的莫过于满天星斗。那时有人逗我，说天下只有赤峰有星星，其他地方的夜如铁锅一般沉闷。这人还说那些下火车、下汽车的人，就是从外地来看星星的人。我听了真是自豪，以为星星是赤峰夜空结出的果实，像杏树结香白杏、桃树结水蜜桃一样。我从赤峰七小放学经过长途汽车站，见下站的人——他们东张西望，灵魂像被售票员收走了；牧区的人冬天穿着沉重的皮袄，脚蹬毡靴；有人拄着拐棍。我见到他们心领神会：哦，又是来看星星的。夜晚看星星的时候，我在心里分享外地人特别是牧区人看星星的喜悦。

小时候，我家络绎不绝地经过各路亲戚，他们到我家，然后去北京或呼和浩特，还有人奇怪地前往集宁；或者从北京、呼和浩特、集宁到我家休息一段儿，回他们自个儿家。一次，我大着胆子问一位亲戚：你上这儿来是看星星的吗？他竟想了很长时间，说是的。我又问，那你去呼和浩特看什么呢？他说看病。

天没亮，我和我爸我妈乘火车去甘旗卡，马路上所有的路灯都照着我们三个人。我爸的咳嗽像是问候路灯——它们在寒冷的夜里没结霜花，空气中带着冬天才有的铁锈味。星星挤在南山的背后，说它们潜伏在山后也没什么大毛病。南山戴雪，黑的沟壑如马的肋条。在新立屯我们吃了马肉饺子，我爸知道后很生气，我觉得味酸。

星星从克什克腾、巴林左旗和右旗那边飘进英金河的水面上，我趴在南岸，从草叶的缝隙往河里看——星星在洗澡、在优游、在串门，而一颗空中落下的鸟粪吓跑了河里所有的星星。

我今天仰望星空的时候，关于星辰的知识一点儿没增加，而星星既没多也没少。观星使人感觉自己是近视眼，看不清它们，而它们又确凿地存在着。星星没有老，是人老了。星星没被氧化，它们身上没有自由基，不会脱发与肾亏，更不会得结肠炎或酒精肝。说到底，谁也不知道星星是什么，约略听说它们是发光的飘浮在太空的石头，这只是听说。人到老，对星星的了解也就是这些。印裔物理学家钱德拉塞卡比我们知道得多一些，说星星也会变瘦、变矮。当我们听说我们眼里的星光是千万年前射过来的之后，不知道应该兴奋还是沮丧，能看到千万年的星星算一种幸运吧？而星星今天射出的光，千万年后的人类——假如还有人类的话——蝾螈、银杏、三叶草或蕨类才会看到。如此说，等待星光竟是一件最漫长的事情。

群星疏朗，它们身后的银河如一只宽长的手臂，保护它们免于坠入无尽的虚空。

月亮从来就没穿过衣裳

月亮白天不出来，是因为它没有衣裳。听说夜里人全都睡觉了，鸟也入睡，月亮方敢夜游，因为它没有衣裳。

喜欢望月的人不讲廉耻，如我，看月亮如何白白胖胖。我夜里不睡觉，只为看一看月亮。从窗棂看到的月、从回廊和柳梢头看到的月都差不多，都是月亮的这一面，或胖或瘦。它半个月减一次肥，再胖再瘦。水里的月亮比天上的月亮更真切，因为洗过。但钻进水里的月亮胆子小，即使微风，也要哆嗦。它怕有人不睡觉、偷窥。我懂月亮的担忧。为了夜跑，我买了一件反光背心。车灯照过来，背心的条纹射出强烈的反光。我在这条宽阔的蒲河大道上奔跑，虽有车辆驰过，看一眼反光背心心则安。一次，我奔跑中涌现尿感，挑选一个茂密的树丛背后解决。钻出来，我才想起不必去树后解手，反光背心告诉所有夜车的司机我正树后撒尿。月亮你太亮了，比我穿反光背心还亮，你怎能避免别人仰望呢？为护卫你的冰清玉洁，要么穿衣，要么调低亮度。你别相信人夜里睡觉这个传说，我在网上见到无数月亮一丝不挂的照片，替它捏一把汗。别人说月亮上没 Wi-Fi，它不知道。

　　如果我是月亮，就不介意这件事。小孩子从下生就看到光溜溜的月亮，不奇怪的。到他垂垂老矣，月亮依然如此，这不就是天体吗？不必躲躲闪闪，不必减肥，也不必天亮前就逃走。据我所知，所有的人都知道月亮没穿衣裳，只有月亮觉得自己在漆黑的花园里夜游。衣裳嘛，不是多么重要的事情，月亮不怕冷又不怕热，衣不衣都无所谓。人穿衣是怕热怕冷，主要怕自己的身体不好看。真正好看的东西都无衣，如鸡蛋，如钻石，对不对？地球上没人像月亮这么白净，这么圆润，月亮不年轻也不算老，裸就裸着吧。按说呢？月亮有自己的衣服，即云彩。但它的云衫不尽职守。为什么？它们不想当别人的衣裳，它们自己想再穿一件衣裳。李白诗云"云想衣裳花想容"，道破了天机。云彩在天下到处跑，正是想找衣裳披在身上，你怎么能拿云当衣裳呢？况且，月亮无论穿上多么雍容的云衣，风一来，衣裳全被吹跑了，白穿了，找都找不回来。京剧界有一句行话，曰"云遮月"。吾问何意？人答此谓老生的嗓子。这番问答外人听不懂，这里解释一下，唱老生的好嗓子不必太亮，略带一点沙哑叫云遮月，好听，如月亮半穿半露的样子。而我形容略哑的嗓子所用的词是"包浆"，也说这层意思。

　　月亮光着吧，洒给地球的光多，有用。走夜路的人用月亮裸体的光寻找田埂，躲避地面的坑。青蛙借月光爬上莲叶，这是它歌唱的舞台。月光下的汉江分开秦岭和巴山，好多人分不开哪儿是哪儿。人看不清树林里的蛛网，但蜘蛛看得清。结网不算什么大事，月光这一点光足够了，蜘蛛借着光把网结得如老木的年轮，它在网上倒退进步；似凌空无凭的飞檐走壁。石臼里的水在夜里积满，白天有小鸟松鼠饮用。水滴从石缝里滴出来，第一滴水准确地砸中了月亮，第二滴水等待月亮复原，然后再砸下。水滴认为它锻造了月亮，如锻造金箔一样，使它又薄又圆，可以卷起来包一枚纽扣。月亮月亮，在夜海游泳，岸边堆满了它脱下的白云的衣裳，它以为天下没人见过月亮。

望月要到海边。这一面十里沙滩，那一面万顷海水，四外无遮无挡。月亮升起来，海水忙不迭把它的金光往岸上推送，企图埋在沙子里。这样的夜，海与夜空已浑然一体，只不过海在颠簸金光。无风无云的月亮在海面上航行，掉到海里也没关系。它不怕湿了衣裳，没衣裳。此夜月是君王，地上无山无林，没有河流与庄稼，只剩下反光的海水。白帆与海鸥全已停歇，让出天空和海面，由月亮独步。大海用动荡来迎接月亮，并没让月亮感动。海无须集体摇摆，划区域掀动波浪，鼓过掌的就不用再鼓了。月在海上穿行得很快，它听说海风里的化学物质具有腐蚀性，月亮也不能例外。海边房子的门窗和墙都裂缝了，海风撕裂了它们。在海边待时间太长，会沾染方言。月亮提醒自己，全世界海边的居民都不说官话，无论里昂、悉尼、纽约、上海、青岛，都是如此。这些地方的人又侉又洋。

每天夜里，月亮在全世界裸行一周，用光填平地面的坑坑洼洼，给海浪贴金。害羞的星星躲了起来，只有大胆的星星出来观望。

黑夜如果延长，月亮会不会熄灭？

如果黑夜延长，月亮怎么办呢？会不会黯淡无光？夜只在夜里出现，就像葵花籽在葵花的大脸盘子里出现，这个道理不言自明。如果夜延长了呢？小时候，我不止一次有过这个想法，但不敢跟别人说。它听上去比较反动，会给你戴上怀念旧社会的帽子，尽管我根本不了解旧社会。夜如能延长，不上学只是一个轻微的小好处，睡懒觉是另一个轻微的好处。我想到的大好事是抢小卖店。这个想法既诱人，又让我感到快被枪毙了，那时候，任何一处商店都归国家所有。任何"卖"的行为都由国家之手实施，个人卖东西即是违法。可是小卖店里的好东西太多，它就在我家的后面，与我家隔一个大坑。人说这个坑是杀人的法场，而我们这个家属院有一个清朝武备系统的名字，叫箭亭子。小卖店有十间平房，夜晚关门，闭合蓝漆的护板，好东西都被关在了里面。那里有——从进门右手算起——大木柜里的青盐粒，玻璃柜上五个卧倒、口朝里的装糖块的玻璃罐。罐内的糖从右到左，越来越贵。第一罐是无糖纸的黑糖，第二罐是包蜡纸的黑糖，糖纸双色印刷。第三罐是包四色印刷蜡纸的黄糖。第四罐是包玻璃纸的水果糖。这三罐的糖纸两端拧成耳朵形，只有第五罐不一样，它达到糖块的巅峰，是糖纸叠成尖形的牛轧糖。我们都不认识这个"轧"字，但知道它就是牛奶糖。这里面，我吃过第一、第二和第三罐的糖，憧憬第四、第五罐。家属院那些最幸运的兔崽子们也只吃过第一罐的黑糖，可能在过年时吃过一块，嘎巴一嚼，没了，根本记不住什么味道。他们其余时光都在偷大木柜里的青盐粒舐食。如果夜晚延长，我们可以从后院潜入小卖店，把打更的王撅腚绑上。我先抢第四罐和第五罐的糖，如果还有时间，再抢糕点——大片酥和四片酥，各一片。家属院的小孩有人说抢白糖，冲白糖水喝。有人说抢红糖，冲红糖水。烂眼的于四说他要抢一瓶西凤酒。因为他姥爷临终时喊了一声"西凤酒啊"。有人说抢铁盒的沙丁鱼罐头，我们没吃过，不抢。至于小卖店里的枕巾、被面、马蹄表、松紧带、脸盆、铁锹之类，我们根本没放在眼里，让抢也不抢。然而在我的童年，夜晚从来没有延长过。它总是在清晨草草收兵，小卖店一直平安在兹，我们每天都去巡礼，看糖。

月亮每夜带着固定的燃料，满月带得最多，渐次递减，残月最少，之后夜夜增多。如果夜延长了，月亮虽然不会掉下来，但会变灰，甚至变黑。黑月亮挂在空中，有很多危险，会被流星击中，也会被人类认为是月全食。它燃尽了燃料之后，像一个纸壳子在夜空里飘荡，等待天明，是不是有些不妥当呢？如果月亮不亮了，传说中的海洋也停止了潮汐这种早就该停止的活动，女人也有可能停止月经，使卖卫生巾的厂家全部倒闭。而海，不再动荡，不再像动物那样往岸上冲几步缩回，海会像湖一样平静。这也很好，虽然对卫生巾不算好。

人们在无限延长的夜里溜达，免费的路灯照在他们头顶。道路在路灯里延长，行人从一处路灯转向另一处路灯下。菜地里的白菜像一片土块，哗哗的渠水不知从何处流来又流到了何处。被墙扛在肩膀上的杏花只见隐约的白花却见不到花枝，如江户时代的浮世绘。路灯统治着这个城市，把大量的黑暗留给恋爱的人。夜如果无限期延长，每只路灯下面都有学校的一个班级上课。下课后，赌博的人在这里赌博。多数商店倒闭了，路灯下是各式各样的摊床。人们在家里的灯光下玩，然后上路灯下玩。不玩干啥，谁都不知道夜到底什么时候变为白天。在夜里待久了，人便不适应白天，眼睛已经进化出猫头鹰的视力。他们可以在没路灯的地方奔跑，开运动会。他们开始亲近老鼠，蚊子取代狼成了人类的公敌。

如果亲爱的黑夜真的延长了，河流的速度会慢下来。河水莽撞地奔流容易冲破河堤。侧卧的山峰在夜里吉祥睡，在松树的枝叶里呼吸。星辰在此夜越聚越多，暴露了一个真相——每一夜的星辰与前一夜的星辰要换班，它们不是同样的星星。在星辰的边上，站着另一位星辰。猎户座、天狼星在天上都成双成对。连牛郎织女星也双双而立。夜空的大锅里挤满了炒白的豆子般的星星，银河延长了一倍。动物们大胆地从林中来到城市，它们去所有的地方看一看，比如超市和专卖店。它们坐在电影院的座椅上睡觉，猫在学校的走廊里飞跑，猴子爬上旗杆……

星星上的盐

———————————————

大风让树枝摇动，如千百条蛇在绿叶蹿行，河水掀起巨浪。星星却没被风吹走，仍然挂在遥远的夜空。

这么大的风却吹不走小小的星星，正像风没有吹走大地上的小树。星星在天上很坚固。

白花花的星星，让我想到了盐。这些名为星星的白色的石头不漂移，不融化，如同一颗颗盐做的纽扣缝在夜的帐篷上。月光像奶酪从我手掌淌下，像达利的画。

站在高山看星星，好像钻进了一个黑笼子。星星排列在前方和后方，笼子里挂满星星的银铃铛。那时候会想：星星有气味吗？这样的夜，除去青草的气味、河水的气味、空气中混杂的野生动物粪便气味，剩下的就是星星的气味。它的气味空灵，旷远，或许有一点点咸。那时候我还没有想到星星上有盐。

海岛的星星离地面远，海岛的海拔低，像羊群一样的海浪涌到岸边消失了，岸是海浪的深渊。

海浪去了一个地方，它白色的蕾丝边凝成石块。烈日在海上熬制的盐巴去了哪里？

看星星，人人觉得自己视力不好。所有的星星都比视力表最小的 E 模糊。晴朗的夜里，这些星星边缘不整齐，有一些是半成品。冬天的星星粗糙，堆在天边等待远方的马车，它们是盐。

锡林郭勒草原有一座湖，叫额吉诺尔。蒙古人把这座盐湖叫母亲湖。他们赶牛车从四面八方到这里取盐，这些白色的结晶体最后融化在他们的血液里。蒙古人装上盐准备启程的时候，面对盐湖下跪磕头，感激这个世界上既有他们又有盐。

盐湖里的盐并没有减少，尽管蒙古人拉走了无数车。湖里的盐乘坐灰白色湖水的浪涛往岸边走，盐水的浪是那样缓慢。

额吉诺尔没有什么好看的风景，大凡盐湖周边的植物长得都不好。可是这里的星空漂亮，比别处清廓。蓝幽幽的夜色稀薄而明亮，上面罩着不知从何处射来的白光。

这里看不到星星，额吉诺尔融化了星星上的盐，它们在灰白色的湖水里缓慢动荡。

这些盐的故乡在海洋，海水被太阳蒸煮，盐分上升为星，来到额吉诺尔上空融化，那里有一个星的窟窿。

辑四

风

风到底要吹走什么

湖水的波纹一如湖的笑容，芭蕉叶子转身洒落了一夜的露水。晃动的野菊花仿佛想起难以置信的梦境；旗帜用最大的力气抱住旗杆，好像要把旗杆从土地里拔出——它们遇到了风。

风同时用最大和最小的力量吹拂万物。它吹花朵的气流与人吹笛子的气流仿佛，风竟有如此温柔的心，这样的心让湖水笑出皱纹。水原本没有皮，风从湖的脸上揪出一层皮，让它笑。风到底想干什么呢？风让森林的树梢涌动波涛，让树枝和树叶彼此抚摸，树枝抽打树枝，树叶在风里不知身在何处。风在树梢听到自己的声音变为合唱，哗——哦——这声音如同发自脚下，又像来自远方，风想干什么？风不让旗帜休息。旗的耳边灌满呼啦啦的声响，以为自己早已飘向南极。

风从世界各地请来云彩，云把天空挤得满满当当。风是非物质遗产手艺人，为云彩正衣冠，塑身材，让云如旧日城堡、如羊圈、如棉花地、如床、如海上的浪花、如悬崖、如桑拿室、如白轮船。风让云的大戏次第上演，边演边混合新的场景。剧情基本莎士比亚化，复仇、背叛和走向悲剧的恋爱在云里实为风里爆发。而风，没忘记在地面铺一条光滑的气流层，让燕子滑翔。风喜欢看到燕子不扇翅膀照样飞翔与转弯，风更喜欢燕子一头冲进农舍房梁的泥巢里。秋毫无犯啊，秋毫无犯。这是风对燕子的赞词。

风吹麦地有另一副心肠。它摩挲麦子金黄的皮毛，像抚摸宠物。麦子是大地养育的奇迹之一，黄金不过之二。大地原本无好恶，无美丑，无奇迹。大地养育毒蛇猛兽，还会分别万物吗？可是麦子不同，麦穗藏的孩子太多，每条麦穗都是一大家子人。麦粒变成白面之后，世上就有了馒头面条。上天喜看饥饿人吞吐吃馒头面条比皇帝满足。人虽坏，也得活，是五谷而非金融衍生品养育着他们。植物里，麦子举止端庄，麦穗的纹样被人类提炼到徽章上。风吹麦地，温柔浩荡。风来麦地，又来麦地，像把一盆水泼过去，风的水在麦芒上滚成波浪。风一盆一盆泼过去。麦浪开放、聚拢，一条起伏的道路铺向天边。麦穗以为自己坐在大船上，颠簸航行。

风从鲜卑利亚向南吹拂。春天，风自苔原的冻土带出发，吹绿青草，吹落桃与杏花的花瓣，把淡红色的苹果花吹到雪白的梨花身上，边跑边测量泥土的温度。风过黄河不需桥梁，它把白墙黑瓦抚摸一遍，吹拂江南蛋黄般的油菜花，继续向南。风听过一百种叽里呱啦的方言，带走无数植物的气息，找到野兽和飞鸟的藏身地。风扑向南中国海，辨识白天的岛屿和黑夜的星星，最终到达澳大利亚的最南端。在阿德莱德的百瑟宁山，风在北方的春天见到这里的秋天。世上有二样存在之物无形，它们是时间和风。风说：世间只有速度，并无时间。风一直在对抗着时间。

风吹在富人和穷人的脸上，推着孩子和老人的后背往前走。

风打散人的头发，数他们每一根发丝。风吹干人们的泪痕。风想把黑人吹成白人，把穷人吹成富人，把蚂蚁吹成骆驼，把流浪狗吹回它的家。风一定想吹走什么，白天吹不走，黑天接着吹。风吹人一辈子和他们子孙一辈子仍不停歇。谁也不知风到底吹走了什么，记不起树木、河土和花瓣原来的位置。风吹走云彩和大地上可以吹走的一切，风最后吹走了风。

我至今尚未见过风，却时时感到它的存在。沙尘不是风，水纹不是风，旗帜不是风。风长什么样呢？一把年纪竟没见过风。风与光一样透明，一样不停歇，一样抓不住。不知不觉，风吹薄了人，吹走了人的一生。

风里有什么

世上有好多事情弄不清，最弄不清者一为风，二为云。人遇到风。呼来了，呼走了。啥来了，啥走了？不知道。感受过，但一辈子没见过此物。"风"这个词也是听别人说的。对风，我们是盲人。就像我们在爱情里是盲人。男人只见过女人，谁见过爱情？

树林里，栎树的小圆叶子微微摇动，是风来了吗？人还没感受到风，树叶却已经招手了。走上山岗，传来巨大的风声，树叶像潮水一样喧哗。一棵树身上不知有多少叶子，而每一张叶子都在动并发出声音。风穿越绿叶的隧道。而人却没觉得有什么风。细听，听不清林中的风声从何而来。树叶和树枝只是在抖晃俯仰，竟发出深沉的低音。在主旋律"呜——"结束之后，才是树叶子"唰啦啦"的后伴音。说！"呜——"是谁的声音？

盲人如果来到呼伦贝尔游历，他大脑收获的图景跟明眼人会完全不同，大不同。他看不到雨后的草原在深蓝城堡般的云层下透出的新绿，看不到像刷了石灰粉一样的白桦树互相斜倚，宛如等人来合影，看不到莫尔格勒河如盘肠一般，一里地弯十个弯，陡立的河床上长满了青草。

盲旅人看不到这些，他被呼伦贝尔的风抱在怀里，风拉住他的手旅行。风是另一位盲人，它用一种叫作"风"的手势识别盲旅人的脸，摸他的眼睛、鼻子、脖子和头发。草原的风打扫他浑身上下，衣裤簌簌作响。盲人听到，季风弹拨落叶松的松针，声音似蜂蜜的丝。风捧不起河流的水，却把水的腥气塞进人的鼻子里。风里有什么？大兴安岭南麓和北麓的气味不一样，盲人的脑部地图定位着白桦林的清甜气味，奔跑结束的马群的骚汗味，被露水打倒的青草的气味，还有风。风并没有风味，风里只有远方的味。风里混合着高山岩石的苔藓味，低洼地带的泉水、动物粪便和草原上不同的野花的气味。风大度地、悠然地把各处的气味带到各处，又把各处的气味带到其他各处。对野生动物来说，这些气味是博物馆，气味里有所有动物的表情，花和河流的意思。风里的气味是野生动物的生存依据。

小鸟身上有什么味吗？不知道，它们笔直地飞进蒙古栎树林，不知道给树林带去了什么气味。去呼伦贝尔旅游的人可能忘记了，小鸟始终在他们头顶飞翔鸣唱。我提醒自己，每到一个新地方，先听听有没有鸟鸣。事实上，每一个地方都有小鸟的歌唱，除非下雨或刮大风。我听到这些歌唱，蛮自负，以为别人没听到。他们盯着草原上的野花，笨拙地迈进，忘了鸟鸣。我闭眼倾听鸟的歌唱，它们的歌声光溜溜的，音节或长或短，歌词不相同。别人告诉我，大部分是云雀和百灵的歌声。然而看不到这些鸟儿，草原上没有树，它们在我头顶什么地方唱呢？只好说，呼伦贝尔有数不清的鸟，边唱边飞，我听到了它们路过时的那一段音频。

这么小的小风

　　最小的小风俯在水面，柳树的倒影被蒙上了马赛克，像电视上的匿名人士。亭子、桑树和小叶柞的倒影都有横纹，不让你看清楚。而远看湖面如镜，移着白云。天下竟有这么小的风，脸上无风感（脸皮薄厚因人而异），柳枝也不摆。看百年柳树的深沟粗壑，想不出还能发出柔嫩的新枝。人老了，身上哪样东西是新的？手足面庞、毛发爪牙，都旧了。

　　在湖面的马赛克边上，一团团鲜红深浅游动，红鲤鱼。一帮孩子把馒头搓成球儿，放鱼钩上钓鱼。一条鱼张嘴含馒头，吐出，再含，不肯咬钩。孩子们笑，跺脚，恨不能自己上去咬钩。

　　此地亭多，或许某一届的领导读过《醉翁亭记》，染了亭子癖。这里的山、湖心岛、大门口，稍多的土积之成丘之地，必有一亭。木制的、水泥的、铁管焊的亭翘起四个角，像裙子被人同时撩起来。一个小亭子四角飞檐之上，又有三层四角，亭子尖是东正教式的洋葱头，设计人爱亭之深，不可自拔。最不凡的亭，是在日本炮楼顶上修的，飞檐招展，红绿相间，像老汉脖上骑一个扭秧歌的村姑。

　　干枯的落叶被雨浇得卷曲了，如一层褐色的波浪。一种不知名的草，触须缠在树枝上。春天，这株草张开枣大的荚，草籽带着一个个降落伞被风吹走。伞的须发洁白晶莹，如蚕丝，比蒲公英更漂亮。植物们，各有各的巧劲儿。深沟的水假装冻着，已经酥了，看得清水底的草。我想找石头砸冰，听一下"噗"或"扑通"，竟找不到。出林子见一红砖甬道，两米宽。道旁栽的雪松长得太快，把道封住了，过不去人。不知是松还是铺甬道的人，总之有一方幽默。打这儿往外走，有一条小柏油路，牌子上书：干道。更宽的大道没牌子。

　　看惯了亭子，恍然想起这里有十几座仿古建筑，青砖飞檐，使后来的修亭人不得不修亭，檐到处飞。

　　我想在树林里找到一棵对早春无动于衷的树，那是杨树。杨树没有春天的表情，白而青的外皮皲裂黑斑，它不飘舞枝条，也不准备开花。野花开了，蝴蝶慢吞吞地飞，才是春天，杨树觉得春天还没到。杨树腰杆太直，假如低头看一下，也能发现青草。青草于地，如我头上的白发，忽东忽西，还没连成片。杨树把枝杈举向天空，仿佛去年霜降的那天被冻住了，至今没缓过来。

　　鸟儿在英不落的上空飞，众多的树，俯瞰俱是它的领地。落在哪一棵上好呢？梨树疏朗透光，仪态也优雅，但隐蔽性差；柏树里面太挤了，虽然适合调情；小叶柞树的叶子还不叶，桑树也未桑。小鸟飞着，见西天金红，急忙找一棵树歇息。天暗了，没看清这是一棵什么树。

辑五

云中的秘密

黎明的云朵

天刚亮的时候，天空是青白色的，颜色像玉石一样。树和草半隐半藏在阴影里。这时候太阳还没有出来，太阳不能一下子从黑夜里跳出来，那像是原子弹爆炸，吓人。太阳要在天亮之后缓缓上升。如果这个地方的东方有山，它就从山后边升起。如果有海，太阳从海平面升起。如果一个地方没山也没海，比如华北平原、松辽平原、成都平原，那就从平原的地平线上升起吧。太阳无私，在哪儿都照样升起。然而实话说。太阳愿意从东山后面，特别是有百丈危崖和苍松碧柏的高山后面出升，显出它光芒万丈。

我住在平原，太阳从平原的、住宅小区的楼房东面升起。在天亮了好大一会儿之后，东边的天空出现一条条红云，像红纱巾在地平线飘荡。你会问，云彩不是白云吗？怎么会有红云？日出之前，东方的白云被太阳的光线染红，变成了红云。刚开始的时候，云彩的红里面有一些蓝，有一点暗，桃红色。接着，云彩变成了绯红，绯红的云朵看上去很激动，很热烈。这一点也不奇怪，这些红云是太阳的锣鼓队，为太阳出升鸣锣开道，它们是太阳的先头部队。说红云是锣鼓队是一个比喻，它们手里没有锣鼓，只有万千红绸，在东方的地平线飞舞。

在这么美妙的欢迎下，太阳庄严地升起来了。人们说的红日实际是金色的太阳，它放出的光把天空染得通红，像炼钢炉一样。这时候，刚才说的红云变成了金色，匍匐在太阳的脚下。太阳继续上升，它的脚下堆积着红色的、金色的、粉色的云海，好像是太阳种下的花田。

云　彩

————————

　　小时候，最羡慕云，认为它去过很多地方，饱览河山景色。那时候，以为只有空军才能坐飞机，一般人坐坐拖拉机已经很好。

　　我看到云彩每每和山峰对峙，完全是有意的，想起毛主席的词"欲与天公试比高"。而云彩常常在远处，也是我小时候奇怪的一件事。问大人：咱们咋没有云彩呀？大人支支吾吾，完全不关心这件事。我读过分省地图册之后，以为云彩也是中央分配的，一个地方多少有定额。显见，我儿时即有计划经济即体制内的思维特征。我所看到的云彩，其实是外地的。于是改为羡慕外地人，他们抬头就看到了大朵的云彩，多么享受。

　　后来，去黄山，见白云从脚下的山谷缠绵而过，真想往下跳。他们那儿的云彩实在比我老家多多了。当一拨儿云雾席卷而过之后，再看山峰，神色苍老坚硬。而云，连一片叶子也没有带走，无语空灵。

　　幼时，我相信云分为不同的家族。它们不断在迁移，赶着车，带着孩子和牲畜——自然去了一个很好的地方。云彩怎样看待地上的人群呢？人可能太小了，它们看不见。后来，我曾站在房顶上对着云彩挥舞一面红旗，并相信它受到了感动。

我爱唱一支歌："蓝蓝的天上白云飘……"其实只喜欢这一句，后面的词属不得已。对着天唱歌尤其有意义，只是仰着颈唱歌，气有点不够用，老想咽唾沫。我曾对着云彩把此歌唱过好多遍，像献礼一样。

云的小村庄

————————

　　头一回看到的哈萨克草原，是塔城的铁克力提。那里的丘陵草原跟内蒙古的牧区差不多。大块的云彩飘过，人们看到云的影子在绿草上飞跑，如黑色的马群。像内蒙古一样，这里的草原上会远远地出现一棵树，枝叶繁盛但不高大，它好像走不出草的包围，正在犹豫，在回忆一件事。这样的小树在早晨拉出长长的影子，好像一位矮个子君王从长长的地毯走来，地毯就是他的影子。

　　铁克力提草原到处是草的芳香。这是草、野花和被熊蜂扑散的花粉集体发出的香气。香气在鼻腔和喉咙涂了一层凉丝丝的空气的蜜，让人们想唱歌。我想起的第一首歌是——"流浪的人啊踏过了天山，走过了那戈壁，告诉你美丽的阿瓦尔古丽，我要寻找的人儿就是你，哎呀美丽的阿瓦尔古丽。"走过新疆才知道，天山有多么雄浑辽阔，人和动物在他面前就像蠕动的蚂蚁或比蚂蚁更小的微生物。而唱歌的人越过庞大的天山，仅仅为了寻找娇小的阿瓦尔古丽吗？办这么一件大事只为了两人相爱这么一件小事。在维吾尔、哈萨克人看来，翻越天山是小事，爱情才是大事而且是永恒的大事。这份感情不是人和天山比较出来的，而是旋律里唱出来的。只有越过天山的人才有这样广阔的忧伤。

草原上的小树在天边，从山坡背后站立。距离远得让它们彼此看不到，人们坐在车上可已看到。风向变了，云彩的影子往西边的草原移动，而那边有热烈的金莲花，它如油菜花一样鲜艳，但不是花田。它们按自己的意愿组合，变成小片或大片，比油菜花更野性。云彩的黑影遮住它们，金莲花似乎变白了，而绿草像被野火烧过一样黑。云影移过草地，看上去阴影没动，是金莲花和绿草从黑土里跳出来或逃出来亮出色彩。金莲花的花朵拉着前面那朵花的黄裙子嬉笑着躲避云的阴影。

一只鹰飞过去，让我感到这里是新疆的草原。我看到鹰是先看到它在草原上飞逝的黑影，如一只黑兔掠过。抬头看，一只鹰从头顶划过，它双翅宽阔，比身体宽几倍，翅尖向上挑起，如佛教徒用中指做的手印。我没见过鹰扇动翅膀，它一直在滑翔。空气对鹰来说是起伏的冰原，它从巅峰滑下来，只需滑下去就够了。鹰把人的视线引向天边，山川轮廓柔美，合抱着耀眼的蓝天。白云像洪水一样从山隘泻出。在新疆，白云包围了所有的山脚，如蒸汽火车的雾气围绕车轮那样。山显出高大，但近看并不高，只是山和云的关系好，隔一会儿拥抱一下。

世上有多少朵云？这问题真不好回答。一天之中，从铁克力提草原天空飘过多少朵云？谁也答不上来这个提问，上帝也忘了今天早晨往天空撒了多少朵云。大云被风撕成小云，有的云被山顶的松树挂住了胳膊，有的云在山坳里睡着了。早上出门的云在晚上回家时，它们的数量、形状、长相都不一样了。我喜欢云层里的灰云。灰云仿佛让天的蓝色含一点绿色，更湿润。草原在灰云下面显出深绿，好像里面汪着水。

云彩什么时候可以变成有用一些的东西呢？像棉花一样堆在地上，人钻进去散步或谈恋爱。冬天，把云加工成热云，在夏天加工成凉云。在云里安床，放桌椅板凳，拿鼓风机吹出一条道。云的地板是白色的橡皮泥，踩上去有弹性和香味。如果云足够大，人们在地面的云里建一座小村庄，建造刷红漆和绿漆的木头房子。在那样的屋子里，人们不看电视只吃棉花糖。

云是一棵树

我见过喀纳斯的云在山谷里站着，细长洁白，好像一棵树。我过去看到的云都横着飘，没见到它们站立不动，这回见到了。

旅游者很难形容喀纳斯的景色。喀纳斯不光有一个湖，它还有神秘的、用蒙古名字命名的黑黑的山峰，有碧玉般的喀纳斯河，有秀美的白桦树和松树。我喜欢把白桦树和松树放在一起说。在喀纳斯，白桦树和松树常常会长在一起。白桦树像水仙花那样一起长出几株来，树身比白杨树更白，带着醒目的黑斑节。松树比白桦树个头矮但更壮实，一副男人的体魄。松树尖尖的树顶表示它们在古代就有英雄的门第。它们长在一起，让人想到爱情，好像白桦树更爱松树一些，它嫩黄的小叶子在风里哗哗抖动，像摇一个西班牙铃鼓，看上去让人晕眩。喀纳斯松树的树干，色泽近于红，是小伙子胳膊被烈日晒红了那种红，而不是酱牛肉的红。松树如果有眼睛的话——这只是我的想象——该是多么明亮、深沉与毫不苟且的眼睛，一眼看出十里远。

喀纳斯的云比我更了解这一切。它每天见到黄绒的大尾羊从木板房边上跑过去，看到明晃晃的油菜花的背后是明晃晃的雪山，雪山背后的天空蓝得让人睁不开眼睛，眼睛成了两只紧闭的蚌壳。云的职责是在山间横行，使雪山不那么晃眼。它在白桦树和松树间逛荡，好像拉上一道浴室的门帘。云从山顶一个跟头栽到地面却毫发无损，然后站在山谷。我在喀纳斯看见山崖突然冒出一朵云，好像云"砰"的一下爆炸了，但我没听到声音。我看到白云蹲在灰云前面，像照合影时请女士蹲下一样。白云在灰云的衬托下如蚕丝一般缠绵，我明白我在新疆为什么没见到白羊却见到了黄羊，因为云太白，羊群不愿意再白了。

喀纳斯的云可以扮演羊群和棉花糖，可以扮演山谷里的白树。喀纳斯河急急忙忙地流入布尔津河与额尔齐斯河，云在山的脚下奔流。它们尽量做出浪花的样子，虽然不像，但意思到了，可以了。云不明白，它不像一条河的原因并不是造不出浪花，而是缺少"哗哗"的水声，也缺少鱼。这些话用不着喀纳斯的云听到，它觉得自己像一条河就让它这么去想吧。

我写这篇短文时更愿意写下布尔津、额尔齐斯、喀纳斯这些蒙古语的地名，听起来多么亲切。这些名字还有伊犁、奎屯、乌鲁木齐以及青海的德令哈，它们都是蒙古语。听上去好像马蹄从河边的青草踏过，奶茶淹没了木碗的花纹。蒙古语好像云彩飘在天山的牧场上，代表着大大小小的河流和山脉，更为尊贵的名字是博格达峰，群山之宗。蒙古语适合歌唱、适合恋爱、适合为干净的河山命名。这些地名用维吾尔语、哈萨克语、塔塔尔语说出来好像是一个动人的故事的开头。它们是云，飘在巴旦木花瓣和沙枣花的香气里。

喀纳斯的云飘到河边喝水。喝完水，它们躺在草地上等待太阳出来，变成了我们所说的轻纱般的白雾。在秋天的早上，云朵在树林里奔跑，树枝留下了云的香气。夏季夜晚，白云的衣服过于耀眼，它们纷纷披上了黑斗篷。

喀纳斯的云得到了松树和白桦树的灵气，它们变成了云精，在山坡上站立、卧倒、打滚和睡觉。去过喀纳斯的人会看到，云朵不仅在天上，还在地下。人们走过青冈树林，见到远处横一条雾气荡漾的河流，走近才发现它们是云。喀纳斯的云朵摸过沙枣花，摸过巴旦木和核桃，它们身上带着香气并把香气留在了河谷里。早上，河谷吹来似花似果的香味，那正是云的味，可以长时间地留在你的脖子和衣服上。

喀纳斯的云会唱歌。这听起来奇怪一点不怪。早上和晚上，天边会传来"哟——"或者"哦——"的声音，如合唱的和声。学过音乐的人会发现这些声音来自山谷和树梢的云。它们边游荡，边歌唱。在喀纳斯，万物不会唱歌将受到大自然的嘲笑。

乌　云

大朵的白云何时换上了檀香木的黑衣？

乌云轮廓鲜明，比白云沉重，从天空降落到大地。雨水让乌云沉积在天空最低一层。

谁见过云彩装满了雨水飞行？这是乌云。

乌云动作快，它们在天空排兵布阵，争夺山头。乌云把一切扯平之后，渐渐稀薄。云的峰峦消失了，滚动的云轮停驻，雨水滂沱而下。

乌云仿佛是最委屈的人。雨前，乌云的翻滚让时间停滞，地上弥散腥味，院里的鸡、树上的鸟和草里的虫子集体焦虑。被乌云遮住阳光的大地笼罩黄而灰的色调，柳枝一动不动，空气不再流通，乌云的烦恼到达了顶点。时间、空气、母鸡和虫都要借助雷电的力量而获解脱，咔——雷炸响，雨水终于挣脱乌云的怀抱，飞向大地，哗、哗、哗，地界立马清凉。

最热的时候，雨水落在人脸上如温汤，雨藏在乌云里更热。乌云是雨的产房，产房里铅灰的洪炉，把雨炼成滴、熬成串、编成丝藏在云层。不这样，雨水如像湖水一样掉下来，就很不像样子。

不是每一朵云都能变成乌云。乌云是云里的矿工，是云里的马帮和船队，它们穿着海带色的雨衣在天的江岸旅行，把暴雨和冰雹送到闪电的点火处。

闪电是雷的导火索，是下雨降雹的发令官。乌云禁受不起雷电的暴喝，一哆嗦，兜在襟上的雨全都洒在了地上。雷并不知大地何处干旱何处缺水，乌云更不知道。它们只是把雨水运到自己驮不动的地方，随意卸车。

白云悠闲，它身穿崭新的白绸衫，绸衫上下没接头，在清风里徜徉。白云轻，禁不起风吹，一吹就飘。它们越飘越高，越飘越远，在天空聚成岛，划分云屿和云礁，让天空有一些家当。

白云被乌云的阵列吓跑。白云有洁癖，一朵比另一朵更白，它们拖着用不完的被褥，在阳光下晾晒。白云只记得"富贵"二字，只爱穿戴只爱飘。

乌云不是穿黑衣的白云，乌云是在天海里沉没的轮船，它拼命往上浮，但一点点向下沉，甚至触到大地的山峰。乌云装载着雨水，没等运到既定的港口，船已经漏了。乌云的黑檀木船板被闪电击穿，雨水集体弃船。

草原上，乌云飘过来，让大地变窄。草原辽阔，是八份天空两份大地的立体图景在人视野里的映象，天的高远衬出大地的宽长。乌云低垂，包住博格达山顶的巨石，大地窄成一条，像一张兽皮铺向远方。乌云下坠，雨后坠。哗哗哗哗，不知雨和什么东西撞击而喧哗。雨滴在空中砸在另外的雨滴上，出声响。雨在草地一瞬成河，招来更多的雨声。草原的雨幕比玻璃还乌涂，看不清十米以外的景物。拴马的桩子露出半面的白茬，干牛粪在暴雨中膨松、漂走，积水变成绿褐色。就在暴雨狂倾的时候，往远看，山峰已显出翠色，背后是浅浅的蓝天。雨不知何时停歇，不知为什么停歇，也不知哪一部分雨先停。嘈杂的雨声稀疏之后，雨滴说没就没了。大地睁开眼睛，屋檐假装在下雨，越下越少。

不降水的乌云痛苦，翻滚却不降雨，像辗转产床的孕妇生不出孩子。肚子里没孩子，只有肠梗阻。乌云为下雨而高兴，那么不安，那样翻滚，终于洒雨成兵。最奇妙的是雨把乌云下没了，乌云在雨水里变浅变薄变白，没了。天空竟无一丝云。原来，雨是乌云的脚，它已经走在大地上，钻进泥土里仰面休息。生完蛋的母鸡还在，雨水降落，乌云却没了，正所谓"空不异色，色不异空"。不下雨的乌云已被天空阉割。

云中的秘密

云彩是谁的衣裳，脱到岸边被风吹走这么远？

云的衣裳像洗衣机冒出的泡，堆在山的头顶。

云不散，虽然最后散了，但在天上依存了最多的时间。从飞机上看下面的云，很薄，飞机不忍心去撞这块被单似的云。从天上看，云彩不是团，它的缝隙露出大地的黑色。云所以没被风吹破，是后面的云手抱住前云的脚，说它们搭一个梯子也行，平行的梯。云毫无目标地漂泊，听从风的摆布，身板越来越薄。飞不了多久，云的全身都变成了肋条——天上常有梯田形、洗衣板形、台阶形的云，那是云的肋部，脑袋和手都累没了。

云是衣衫，虽然不知道这是谁的衣衫。姑且算是星座的衣衫，洗澡脱在岸边，被漫出河岸的水冲跑了。不要说天上没有河，我过去也这么想。自从 2011 年 6 月 23 日北京下了大暴雨之后，我觉得一切地方都可能突然出现一条河，从地铁站口涌进站里，从高架桥悬下瀑布。谁知道，北京的"天"上，竟会有这么多的水，几百上千吨。水开始并不遵从重力定律，在云的一个什么地方待命。后来出发，按重力定律一倾而泻，没让牛顿惊讶，但北京人民都惊讶。远望北京机场如洞庭湖一样波光潋滟，这时，水面实应划出一只又一只小船，赤卫队队长韩英（机场旅客中找到这样的人不难）站船头唱：洪——湖唔唔水呀啊啊，浪呀么浪打浪啊。机场如果不是泡着一架架呆鸟似的大飞机，这里多么像红区，像鄂豫皖边区老革命根据地。旅客们在候机楼合唱——太阳一区（读区，不要读出）闪呀么闪金光呀啊。（男合）清早噢——（女合）船安儿——（众合）去呀么去撒网，晚上昂昂回来鱼满舱，昂昂昂……昂……多好！跑道修得平，水上波纹细腻，如宋代古画的水波纹。

天有天的庄稼，云是天的大豆高粱。天有天的河川，云是河川。地上的人仰面看云，想到云像棉花堆、像羊群、像城堡。在天人的眼里，云有五色，分成红黄绿青蓝。此中奥秘，不足与人类视网膜道也，各有各的乐趣。从一堆乱糟糟的云里，天人看到小麦青青，看到云里的森林苍郁高古。云的河水有轻柔也有泛滥，鱼虾乱蹦。天上的矿是铅灰低重的云层，矿工是天堂疲惫的飞鸟。你以为小鸟飞来飞去在天上玩吗？不能这么说，它们是天上的劳动人民。

鸟儿在天的春天叼来种子播种，看护小苗生长，长成穗，灌浆，成熟。秋天的黄昏，老鸹从天际低飞，它们背负粮食，只不过人眼看不清天上粮食的模样。人眼睛分不清的东西太多了，分不清光线里的红外线和紫外线，而昆虫一眼就看得清清楚楚。红外线红，紫外线紫，如此而已，人类怎么了？

在天边，大雁驮着成捆的麦子，运到南方。燕子驮着小把的油菜，运到另一个地方。云的河流开航，大船装满了粮食、丝绸和矿石，运到云的第一和第二世界做买卖。云上的矿可提炼水晶，提炼翡翠。玉在天上是最平凡的东西，像鹅卵石一样。地上有什么天上就有什么，五谷稼穑，堆在天堂。

你去问开飞机的飞行员在天上有过多少奇遇？烫金的云彩凭空奔忙，紫色的云彩搭一个玫瑰色的拱门。云彩有云的手语，它与其他的云对话，谈风向、风速和爱情。飞行员都是守口如瓶的人，他们为了自身安全决不透露天上的事情，不说出他们看到了碧绿的雨滴、云里的动物大战——它们的名字全带"豸"字边，但念不出读音。飞行员独处时会陷入冥想，会欲言又止，他们又想起天上的奇遇。没人对飞行员严刑拷打，逼他们说出天上的事情。

云湿衣

———————————

下石壕村坐落在太行山万丈悬崖之上，这是我们坐车环绕山路所看到的情景。村名唐代就有，现在还在叫。

我们下榻在老乡的石屋，这里所有的房子都是石屋。砖运不上来，也没有土坯房。第二天早上推门，白云像棉花一样挤进屋。好在上了门闩，否则它们半夜就冲进屋了。我和陈东捷住一个屋，我们俩像盲人一样张开手臂走出屋，走进云里，咧嘴笑。云浓到什么程度？裤裆以下都是云，低头看不清脚下的路。

我俩有意高抬脚，听自己的脚啪嗒啪嗒落在石板上，才敢往前走。走了一会儿停下来，怕前边有悬崖。东捷说歇歇。

站立不到一分钟，云没了，露出这个村的唐代风貌——石墙石板房，红辣椒和黄玉米挂在门两侧。石墙上开放嫩黄的南瓜花。老人和小孩在街上走，他们也是刚从云里走出来。我和东捷对笑，云又来了，彼此看不见笑容。

不知道这个云是不是前面那拨云，我们又钻进了棉花糖里。我在云里大口呼吸，没感觉到有什么呛嗓子的气味。

可能我吸的云比较多，云很快散掉了，看到另外的风景。前面有一棵槐树（太行山顶竟然长着一抱粗的槐树），槐树下有老人坐着聊天，他们也是刚从云里露出面貌。

我们往老槐树走，准备以手抚树，默念"树犹如此，人何以堪"。没等走到树边，又有两米高的白云飘过来，我俩站立不动。就像小时候玩的游戏，有人喊口令，跑的人立刻站住脚。口令再起才能跑。我知道老槐树就在前边，但看不到。云消散，看见了坐在槐树下的老人们，他们健康慈祥，对我们笑，好像是他们派云把我们裹住了。我们也对他们笑。我笑的意思是他们享有高寿一点不奇怪，天天有云缠绕。

继续走，所见的一切都珍贵，包括前边跑来的一只黄狗，边跑边嗅路上的石头。云从前面的胡同拐弯儿而来，包围我们。

这一回云散得慢，我们在云中立定二三分钟。我突然想，这工夫把衣服裤子脱掉，做一个云浴岂不很好？又想云散了，来不及穿衣服把人吓到也不好。

村子不大，我们走走停停在云里转，脸上带着笑容，所见很好笑。

过去我只看过蒸馒头揭锅盖冒出的大雾，以及月台上火车头喷出的白雾，没见过平地生云。白云在天上飘，不知道里面究竟是怎么回事，这回知道了，白云里并没有特殊构造，伸手在云里抓来抓去也抓不到什么东西。说它是云，只是眼睛所见，手根本摸不到。站在云里宜朗诵"空即是色，色即是空"，云里啥也没有。

云散了，再往前走，眼前还是石片垒的石路、石墙和石房。

老年人长得差不多，都说山西话。我们在云里转一圈回到屋里，东捷说很惊险，我说相当惊险。我们呵呵笑了一会儿。我用手摸衣服，潮乎乎的。衣服吸入云的水分，我用手攥衣服就像攥着云一样。

辑六

穿着夜色出行

穿上夜色出行

夜是树木华贵的礼服。夜的黑金丝绒遮去了杨树身上的疤节和斑痕，夜色把它从头包到脚。每一片树叶的正反面也遮盖了夜色，防止水分流失。杨树，还有椴树、槭树都穿着这样的睡衣进入梦乡。在梦里，它们模仿乌鸦在金黄的麦地里飞翔。无论怎么飞，睡衣都没被风刮走，还紧紧裹在身上。树叶虽然在风里哗哗响，但刮不走夜色。树叶的正反面同样黑，如同乌鸦背上的羽毛。

白桦树每到夜晚要犹豫一下，它问有没有白一些的夜色，或与它树皮颜色一样的睡衣？夜不回答任何问题，它默默包住桦树的树干和树枝。桦树看自己一点点黑下来，先是灰色，后来变成深灰色，跟其他树没什么颜色上的区别。它很怕别人管它叫黑桦树，虽然俄罗斯和呼伦贝尔有这种树，但不是它。白桦树要永远白下去，夜懂不懂这个？不懂当什么夜？夜没时间管这个，它甩一下大氅的左襟，包住一半山河，甩右襟包住另一半山河。万物在夜色里变得矮小，灌木本来矮小，夜里显得更矮，根本看不出是树，倒像草墩子。夜用大襟扇动，搅拌夜色，夜色越来越浓。

黑过松树的树干，黑过渍酸菜的石头，黑过大酱，黑过黑莓，煤堆在夜色里失去了轮廓。夜的被褥在大地上铺好了边边角角，"世界是你们的，也是我们的"，归根结底，在夜里世界只属于夜。夜没用水也没有水就把夜灌满了大地和天空，没被夜色淹没的只有星星。

小甲虫披着夜色行走，不仅凉爽，而且隐蔽。甲虫早就厌倦了身上花哨的、带斑点的外壳。这样的外壳，除了轻浮，还有哪样好处呢？夜色多么深沉，它让甲虫像一颗黑钻石。不睡的鸟儿也不敢吃一颗黑钻石，那会噎死它。甲虫觉得自己爬行如一颗钻石爬行，其他生物都会让路。它看到同样乌黑的甲虫爬动时，以为见到了梦游的自己。兔子在夜里跑得更快，它庆幸自己每天晚上可以换上一身黑兔的皮草，它比白皮草更光滑，跑起来阻力更小。在夜里，黑兔子无论打滚、拉屎或竖耳朵都不会暴露目标。黑兔子靠在松树边上站立，看上去就是松树的一部分。如果不伸手摸，谁也不知这里有一只兔子。黑夜毫不费力就把兔子变成一块石头、一个树桩或一只狐狸。在夜里，兔子跑起来跟狐狸没什么区别，都是一道黑影，除非狐狸用放屁证明自己是狐狸。大部分鸟儿有夜盲症，夜里不飞，怕撞到树上。我看到夜里也有鸟儿在飞，可能是治好夜盲症的鸟。它们飞起来像乌鸦，听得见翅膀拍打树枝，却见不到踪影。一次有鸟群从夜空飞过，星星和月亮显出了它们的轮廓。它们急促扇动翅膀，如躲藏，飞过的夜空有一些发白。

云在夜空上依然很白，夜色包不住云，云和星月一样，仍在夜里面。夜有夜的不足，虽然白桦树变黑，白兔变黑，但云彩仍然白着，仍然在天上飘。云并没因为黑夜的降落到大地上睡觉。

白云变黑无须夜色帮忙，雨来之时，云变灰变蓝甚至变黑，但还没有黑牛那么黑，却比老榆树还要黑一些。白昼的雨云俗称乌云，它乌而低而翻滚。如果下的是雷阵雨，太阳一出来，它立刻变白，比通常的白云还白，如蚕丝一般。我的理解是：它把雨水泄尽就白了，但雨水并不黑呀！它身上的黑去了哪里？我在黑夜里没见过乌云。夜里下大雨时，看不清天上有云，也见不到雨，只听到雨声。清朗的夏夜，天上的白云比白天更悠闲。一般说，夜里白云不多，只有几朵值班的云，它们飘得也不快。月亮钻进云里好长时间才钻出来，证明月亮和云移动得都不快。夜里没什么事，太快没用。月亮边上的白云如一座岛屿，它的大小对月亮刚刚好。你可以想象那片云是月亮的温泉。

　　风穿上夜色出行。夜色是风最好的衣衫，比丝绸柔软，比风还轻。如果拿一立方米夜色和一立方米风在秤上称，还是夜色更轻。风觉得夜色是天生的翅膀，宽广而适于起伏。身穿夜色的风钻过树林竟无声音，也不担心被树杈刮破衣衫，因为前方的夜色会为风打好补丁。风想象自己的拖地大氅很长，扫过草地，收拢更多的夜色。风跃过山冈，纵身跳入河流，衣衫丝毫无损。在夜里，风摸到堆积在水面上的更多的夜色。水仍然是透明的，但夜色让水面看上去有一点凝固。水有皱纹但夜色无纹，因此河水看上去流淌缓慢。河流慢慢地把夜色推到岸边，让星星回到原来的位置。风把大氅盖在水面上，飞进山里。无论从哪个方向看，山里都藏着最多的夜色，如沉淀的古墨。

谁在夜空上写字

　　夜里，登上罕乌拉山的山顶，风吹石壁，仿佛已经把山推出了很远。站在山上看远方的星空，如平视墙上的一幅地图。夜空像百叶窗一样倾泻而下，不用仰脖子。这样慢慢看就可以了，先做的事情不是辨寻猎户座在哪儿，以及牛郎织女星的位置，它们跑不掉的。先看夜幕有多大，这像一只蚂蚁探究沙漠有多大。大地之上皆为夜空，眼前的不算，夜从头顶包围到我身后。转过身，夜又从头顶包围到我身后。这么大的夜，却不能说是白天变黑了。我宁愿相信白天和黑夜是两个地方，就像大海与森林不一样。

　　流星划下，由天穹划入霍林河方向。我以为它落地三四秒后会发生爆炸，起火，照亮那一小片地方。但没有，我在心里重新数了三个数，还是没有。流星也不一定诚实，或者它掉进沙漠里了。科尔沁的沙漠漫无边际。在流星划下那一瞬，我觉得有一个高大的神灵在夜幕上写字，刚才他只写了一撇，他的石笔断了一个碴，化为流星。为什么是撇呢？他可能想写人。人没意思，神怎么会写人呢？他不一定写汉文，天神写字最有可能写回纥文。

这是神奇的文字，催生了藏文和蒙古文。它的字形更接近自然，像木纹、冰纹或绳索的纹样。

面对这么一幅夜空，难免想在上面写写画画。罕乌拉山顶的灌木如一簇簇生铁的枝叶。风钻进衣服里，衣服膨胀为灯笼。夜色最浓重的部分由天空滑落并堆积在地平线，那里黑重，堆着夜的裤子。夜在夜里裸露身体，否则谁也看不到星星。夜只在傍晚穿两件衣衫，入夜便脱掉了。没有人能在夜里看清夜的身体。横卧的银河是天河的身体，夜在澄明中隐蔽。虽然有光，夜在光里交织了无数层纱幔，黑丝编造，细到了纳米级，让人的视力不管用了，兽眼管用，但兽对夜不起妄心。风吹到山顶后变得无力，软软地摊在石头后面，往下走几步，便感觉不到风的气流。河流白得不像河了，如一条蜿蜒的落雪地带，雪花满满地堆积在河床。

天比地好，它不分省市县乡，我眼前的夜空应该比两个县大，但它不说自己属于哪个县，也不设天空的县长。以后官不够当了，也许会在天上设省和县，让后备干部先当天上的省长和县长，慢慢过渡。夜空上面的群星，我以为跟星座什么都无关系。把星星划分为星座，不过是人类的臆想。星星是密码，是航标，是人所不辨识的天的文字。人类从古到今所看到的星空只在一个角度，是扁平的对望。而进入夜空，譬如上升到100万公里之后看星星，看到的就不是什么大熊星座、猎户座了，序列全变了。星星像葡萄一样悬挂在眼前，在运行中变换队伍，传达新的密码。星星把地球人管它们叫大熊星座当成一个笑话。近看，星星有粉色、蓝色和地球人没见过的颜色。地球人离星星太远，星星仿佛是白色，实际这仅仅是光亮。正像灯光所发出的光，与白无关。

　　群山在夜里隐藏得最好，巍峨陡峭。这些外貌全被夜色藏了起来，山的轮廓变矮，只是稍稍起伏一下作罢。山坡的树终于变成跟山同样的颜色。月亮照过来，树林的叶子竟白成一片，像漂在树顶的河流。山石变成灰色，山上的泥土变成黑色。鹞鹰的叫声如同恐惧于这样的寂静。风再次吹来，仿佛我是麦子，把我一吹再吹，让我成熟。我想如野兽一般从风里嗅到五十里外其他野兽的气味，但嗅不到，只嗅到苔藓的腥气。谁忍心和这么大一片星空道别？星星眨眼、荡漾、飘忽、航行。在无人的夜里，在山顶对星星打什么手势都被允许，与它们对话却显得徒劳，太远了。看一会儿，我大体的想法是星星散布得不够均匀。一是头顶少、四外多，二是东南少、西北多，蹿一蹿不行吗？远方的河水只白不流，如果走近，见到月光拦腰横在河面上，不让流。我知道狐狸、獾子、狍子在树林里活动，那里很热闹。又有流星一头栽到地面，太快，没看清这只流星多大个，也看不清它落到了哪个旗县。天上又有人写字了，折断的石笔头落在人间，它写的字在哪儿呢？

屋顶的夜

夜是什么？首先它不是一个对时间的描述。时间是穿过夜与昼的扦子，既不是日，也不是夜。夜是光线缺席？也不是。人们所说的光指太阳光，它只是光的一种。夜里亮起一盏灯，照亮墙壁和书本上的字。但夜还在，灯光撵不走夜。

夜像太阳和露水，每夜来到人们身旁，来到草的身上，站在大路两边。夜色为眼睛而不是手而存在，手摸不到夜的身体，夜在人的眼里像漆黑的金丝绒，像山峦，像典雅的雾。

月亮从东山俯瞰山路，夜藏在鹅卵石和树干的背后。夜没有影子。烟囱和院墙的影子是月亮的随从。无月之夜，夜把丝线缠在每一根树枝上，让黄花和蓝花看上去像一朵朵灰白的花，让人感到狗看东西的局限——狗的视网膜看不到彩色。夜站在山坡，跟松树并排站立，看公路睡眠的表情。

夜没在河里，夜进入不了水。夜看见无数大河在峡谷奔跑，像一条条宽阔的道路，且平坦。河水没被夜色染黑，不像草和树，它们每一夜都穿上夜送来的睡衣。

喜欢夜的不光是小偷，还有猫和猫头鹰。猫在夜里走路舒服，毫不费力地上房和上树。夜对猫头鹰来说是巨大的游泳池，被染成黑色的空气是池里的水。猫头鹰每夜游过十几个街道，体验有氧运动。

有几次，我后半夜在大街上走，遇到了更多的夜。它们站在玻璃幕墙的大厦的边上，趴在没竣工的楼房窗台上向外望。被月光漂白的草坪下面，潜伏着夜的碎末。我在马路中央的双黄线上行走，谁都没走过。我大声唱歌并朗诵，没人阻止，路灯躬身聆听。我说——夜！叫上去像是——耶！再说一遍夜还像耶。在这么好的夜里，人们为什么执迷不悟，钻进被窝里睡觉呢？

昨晚，夜来自一个未知的地方。那个地方如此之大，可以装下密密麻麻的夜。黎明前，夜悄无声息地撤离，干脆利落，没给白天留下哪管一小片条缕。它们撤退以吸铁石的方法集结，所有的夜被吸入一个折叠的口袋。

夜站在屋顶，像一层庄稼，风吹不散，它们认得每一片瓦。夜在瓦的下面做上记号，第二天看一下有没有虫子爬过。

钻入屋子里的夜安静，能忍受鼾声和难闻的酸菜味，它们在床上、桌上随便睡下，熟悉人的气息。外面的夜高大，监管着每一颗星星的位置，校正星座与地面的数据。

夜在哪里休息？绵绵不断的夜趴在花朵下面和向日葵脸盘子上打盹。夜走过昼的日光走过的所有路。夜知道所谓人生历史与时间的背面都贴着一个标签，上面写着："夜。"夜比昼更享有恒久。

夜河两岸的灯火

坐船在夜里的河流里航行，船往东西南北哪个方向开都无所谓，这件事船长知道就好了。我希望船长迷路，开回去，然后再开过来。我曾到前舱隔着玻璃看船员开船，他们双手把着舵，认真地目视前方行进。我觉得不这么认真也是可以的。他们用力看着前方，实际上什么也没看到。河水只在船灯照耀的地方闪耀碎光，而正前方是巨大的黑暗，我们认为那都是河水。船似乎并没走，而仪表证明着它在走。坐船感受不到坐车才有的车轮轧在公路上的实在感，船漂浮。发动机以巨大的轰鸣声证明它在行走，在巨大的黑暗里行进，我替船想象船首分开波浪，本该是白色的浪花在黑夜里无声无息。

在这么宽阔的大河上，夜里只有一艘船行驶，仿佛它去的不是一个码头，而要把船开进更深的夜。城里的夜不深，像给夜上漆的人半道跑了。城里的夜色没等堆积到土地上就被车冲跑，夜只在城里的树冠和灌木里藏了一小部分，大部分夜还在笔直的高楼墙壁上爬行，常常爬不到楼顶就溜了下来。夜被酒吧和大卖场的灯光晃得睁不开眼睛，只好转身跑掉。更多的夜躲在下水道里，等待汽车和人的喧闹停下来之后回到地面。夜的听觉器官敏锐又容易受损伤，同样容易损伤的还有夜的金丝绒礼服。它们的礼服不怕风，甚至有防雨的功能，像鸟儿的羽毛那样。但这样的衣服怕沾上餐馆的油烟子味，怕车辆冲撞。在闹市区，夜的衣衫被车辆剐得像笤帚一样褴褛，挂在树梢。夜因此显出白，其实是薄了。夜的衣服不够穿，才会单薄。

河上有真正的夜。它们一层层铺在水面上，幽暗沉重但不妨碍河水流动，也不影响鱼往水面吐泡。像花骨朵一样的水泡被夜一一没收，夜不相信河水能开什么花。河流上的夜色是巨大的黑米面的切糕。我们这条船在分割这块切糕。船在河中心航行，切糕被切成两块，分属两岸。我站在船舷看水，水在哪里呢？天上无月，星星太远，看不清夜色下面的水。我以为，天光会给河的波纹描上银边儿，使水浪如一根根银条追逐。但没有，银子跟杜十娘的珠宝一起沉入了河底。

船离城市渐远，两岸的树林如黝黑的山丘，中间夹杂灯火。远处的灯火给我的印象是十分微弱，仿佛会被大风吹灭。这些光如伫立荒野里的灯，径直点亮。这些发出金色光芒的灯正在观察我们的航船，它们看我们比我们看它们更好奇。我回头看看这艘船，两层客舱灯光通明，还有人在甲板吃鸭脖、喝啤酒，很壮观。我看到岸上的灯光渐渐离远，就有一些难过。我也不知道为什么难过。这些灯火并不在旷野里，它们来自居民的房子。仿佛我应该走近看一看这些灯光，感谢它们对我们的凝视。灯火一点点隐入树林里，再也见不到了。如果没有河水，跑过去看看这些灯火并不难。

船在航行，没人知道它在向哪里航行。四面八方都是浓密的夜色，但船只往前开。站在船上看星星，那些放射十字光芒的星星也像在夜的河流里航行。它们没有目的地，星星已在夜空的河流里航行了亿万斯年，没人在星星上吃鸭脖子、喝啤酒，星星上也没有船长。船的轰鸣声小了下来，我估计它进入了一条顺流的航道。两岸的灯火居于高处，那是山上的灯火吧。船又开了一会儿，看出衬在夜空背景的山峦。同样在夜里，山峦比夜空更显黝黑，仿佛是不长草木的黑石头。夜空比山峦清明一些，也许因为星星相互照亮，空域无限辽阔。人说大气层之外的空气稀薄。看夜空，最远处的夜色也稀薄。也许到牛郎织女星那里已经没什么夜了，最多是一个傍晚。看星星，如果你在原地旋转仰望，星星会像蝴蝶一样飞旋，仿佛大片的雪片欲落下来却被风吹走。这是跟星星玩儿的方式之一。除此，没找到其他跟星星玩儿的方法，还没人发明出来。船在行驶中微微动荡。河流此刻如果正在沉睡，船行的阻力会比白天大。如果河睡着了，便是巨人的睡眠，从它肩膀后背走过都不会吵醒它。船开得很慢，虽然我不知它有多慢，却能听到鱼儿跳出水面的"扑刺"声，鱼表示有一点点不耐烦。开过山区的航道后，两岸又有新的灯火，它们早早就对我们的船眨眼睛，眨的频率很快，快到岸边时，看到屋舍前长着高大的棕榈树，船行时树木遮住了灯光，如眨眼。我数了数，两岸的灯火数量不一般多，跟路灯不一样。灯火在两岸对视，均含情脉脉。白昼里太阳普照大地，谁也注意不到河边的房子里有一盏灯，它在夜里成了主角，在夜色、河流和山峦里，它们最明亮。

夜空栽满闪电的树林

闪电是上帝的胡须，我们终于有机会见到上帝的侧面肖像。相信上帝的人才怀疑过上帝的存在。契诃夫一辈子都在怀疑上帝。他的父亲对上帝过度信仰，契诃夫在打骂和唱诗中度过了悲惨的童年。契诃夫看到俄罗斯农民在信仰中愚昧地活着，没有人也没有神灵帮助过他们。巴斯德是微生物学的创始人之一，发明了疫苗，他总结一生的科学研究，结论是上帝存在。

被闪电照亮的地面如发生了地震，看得清草的颤抖。闪电下，河流的浪头比白天更多，如同石块倾泻。

闪电更像一棵树，它的根须和树干竟然是金子做的。当雷雨越来越浓时，天空栽满了闪电的树林。一瞬间长出一棵。雷雨夜，天上有一片金树林。

草被闪电照得睁不开眼睛，手里接的雨水全洒在袖子上。草刹那间看到自己的衣衫变成了白色。秋天还没到，闪电收走身上的绿色。草想象不出自己明天变成一身素衣。

闪电照亮山峰的面孔。山沉睡的时候脸上柔和，崖上的松枝有如乱发。山睡了之后，一堆堆灌木向上潜行。山在闪电里醒来，看清了云的裂缝。云被沉雷震裂，如黑釉的大碗分成两半。

闪电之下，河岸的树林比河水走得更快。明天出现在河岸的树将是陌生的树。人并不认识每一棵树，就像不认识每一只羊，每一只甲虫和蚂蚁。河岸的树趁着夜色奔向了远方，走得相当远。我在贝加尔湖左岸见到一株斑驳的杨树，像我老家的树，摸一下更像。我问它，你到过赤峰北河套吗？树飒飒然，在风中吐露一串话，如布里亚特口音的蒙古语。我看它周围的树，觉得这是个移民部落，阜新的、朝鲜的，甚至有一棵树来自布加勒斯特。闪电照亮奔袭的树林。树停不下脚步，前呼后拥，枝叶牵携，脚下溅出泥浆。

闪电是天的烙铁。我老家早先把熨斗叫烙铁，其实它们是两种东西。在马的臀部做记号的是烙铁，而非蒸汽熨斗。天的烙铁把云烙得大叫，叫声传出十八里。天为什么在云上做记号呢？怕云跑丢了或云犯了罪？天的事只有天知道，富兰克林用铜线风筝把闪电招下来，差点被电死。

闪电是天送给地的焰火，让人间娇滴滴的、化学药剂的带图案的焰火显出可笑。闪电是力量，所有力量都带有野蛮特征而不是表演性。闪电多么美，瞬间照亮一切瞬间，收回自己的光，让夜空继续深厚。闪电让夜里的生物清晰。蓬松的泥土里藏着白色的虫卵，松针比松鼠尾巴更蓬松。

闪电是一条站立的火的河流，它不会是上帝的胡须。这条河流分成许多干流和支流，从雷流出，回到雷里。

闪电像夜空突然醒来。

夜　雾

　　夜雾让夜更像水墨画而不是油画。我印象里面，雾是早晨的客人，像小鸟和露水都是早上的客人一样。夜雾晚上不睡觉，它们找不到睡觉的地方。山谷被核桃树占领了。核桃的青皮上的刺让雾不舒服。是的，雾怕剐蹭，你可以把雾看成没缝被面的棉胎。棉胎被风的鼓风机吹大膨胀却找不到变回棉胎的办法，只好随风飘荡，不明就里的人名之为雾，那就雾吧。

　　雾在河面徜徉。雾的想法是用一条比羊毛衫还薄的雾被单把河盖上，一是怕鱼着凉，二是让河睡一觉。古往今来，没听说河睡觉，就像没听过心脏睡觉。如果雾让河睡着了，便可申请吉尼斯世界纪录。睡觉的河水不再有波浪，连小小的涟漪也止息。雾的薄被单盖在它的身上，河反而觉得身上更凉，但生出睡意。河从降生那天起就开始奔流，它的童年叫作小溪，而比小溪更小的胚胎期是一溜从石缝流下的雨水。雨水汇入小溪，小溪又遇见了其他的小溪。它们匆匆流向低洼处。溪水占满低洼处后外溢，寻找更低的地方停留。低处对水来说意味着长久、存留、安详，因卑下而圆满，相当于人类憧憬高处。无论在哪一个地方，更低处都是河道。溪水在河道汇合，被命名为河。它们最初来自不同的山、不同的云彩，化为雨水洒在不同的树上。如果溪水给自己起名，它不知叫什么名字好。如果把山名、树名、石头名都串联在一起，就会变成"威廉·伯纳德·珀尔·阿德莱德·帕德里特"等等，比英王的封号还要漫长。万千溪水进了河里就只有一个名字：河。就像成吉思汗统一各个部落之后就叫蒙古。八百多年过去，蒙古的名字没被改变，没被分割，没被取代。语言具备超过物质的价值，如蒙古。

河的名字还连着一个字——流，河和流生长在一起，就像无数溪流生长在一起，无法分割。河流一直在流，带着一肚子鱼虾，带着各地的土壤和方言。站在岸上看河流，它争先恐后，事实上它想停也停不下来，就像被裹挟到马拉松起跑方阵里的选手，只好跑下去。后面的水推着前面的水，新水渗入旧水的骨骼和血液里，难分彼此，只有跑下去，跑到名为大海的水的平原中。

河在夜雾的笼罩下睡意蒙眬，河流睡一下未尝不可，如此良夜，东山魁夷。写到这里，我忽然想起东山魁夷画的北欧的夜，如香水一般静谧。如果雪花可以提炼出一种香型的话，尽在东山魁夷的画里散发。那是冰雪的气息，清甜，如一个纯洁者的体香。她经受了江河沐浴，大自然赋予她复合的、精微的无味之味，一如夜河的气味。夜的河在白雾的抚慰下酣然入眠，鱼虾亦尽眠。河从此知道睡眠是一件美好的事情。有一位年迈的哲学家被问及一生最美好的事情。提问者以为哲学家会回答结婚，当教授，买车买房，得奖或主持公平正义等豪迈的话题。哲学家答：此生最好的事情是睡眠。提问者再问：那活着与死亡有什么区别呢？哲学家想了半天说：不知道，这个问题放到下辈子考虑。在睡眠里，河流的面容在月色下极为柔和，如婴儿在睡梦中的面容。风吹过岸边的青草，竟无声音。星星踩着更矮的星星下来看河流睡觉的样子。

月光洒在大地，地面呈现两种白色。撒在泥土上的奶白的月色仿佛给土地覆盖一层膜，黎明时由晨光启封。落在雾上的月光呈现锡白色。月亮仿佛嫌雾的颗粒不够密集，在雾的缝隙灌注了月光，二者合一，分不清雾与月亮哪一样更白。河流停止流动之后，雾在大地奔涌泛滥，雾成了空中和地上的河。雾把山的裸露的峭岩包上纱巾，绕山铺一层白莲花的底座。雾冲进树林，淹没了所有的树。树的梢头向夜空呼救。雾在所有的土地铺上白毡子，比哈萨克人的毡房还要白。昆虫和蛇察觉到这条毡子的湿润，以为自己进了澡堂子里面。在这样的夜里，夜色不好意思太黑，天空几乎露出蓝意，星星露出金意。白雾在夜里仍然是白的，它把山峦一座座分开，使之圆润，座座山峰都有白雾的莲花座。刚才说过河流已被夜雾哄睡了，树林在雾中露出一半枝叶，草上的露珠不再闪光，草叶早被雾气吞没。只有月亮高高在上，欣赏着大地的一切，雾改变了一切，让大地黑白分明，简洁有力。月亮认为所谓艺术不过如此而已。

辑七

雨，晚上好

玻璃上的雨水

　　想走进屋里来的雨水被玻璃挡在外面，它们把手按在玻璃上，没等看清屋里的情形，身体已经滑下。更多的雨从它们头顶降落又滑下，好像一队攀登城堡的兵士从城头被推下来。

　　落雨的玻璃如同一幅画——如果窗外有青山，有一片不太高的杨树或被雨淋湿的干草垛，雨借着玻璃修改了这些画面，线条消失了，变成色块，成为法国画家修拉的笔触。杨树在雨水的玻璃里变得模糊，模糊才好。它们的枝叶不再向上生长，而化为绿色的草窝。雨水仿佛要劈开这些树，树们用尽气力复原，最后变成草草涂抹的油画的草稿。在我的窗外，高挑的蒙古栎树的树冠被雨水修改成一朵挂在木杆上风吹不走的绿云，它竭力往地上甩掉雨水。它并不知道，雨水是甩不掉的，就像被雨水淋湿的衣服怎么拧也拧不干。隔着雨水的玻璃看，树脚下蔷薇花的树墙仿佛在跳跃。雨水像擦黑板一样擦掉一朵朵蔷薇花，雨水刚淌下去，花又冒出头来。我才知道，雨在玻璃上爬上爬下，是为了重新画一幅蒙古栎树和蔷薇树的画。雨见到修拉的画之后认为这才是画。雨觉得绘画的要素有三个，第一个是笔触，第二和第三个要素是笔触与笔触。笔触是充分的水分与毫不犹豫，是不断修改。雨从开始下到结束一直没停止在玻璃上修改它的画。雨用第二笔覆盖第一笔，然后用第三笔覆盖第二笔。雨不想让人看清楚它刚才在画什么。作为艺术家的雨，除了笔触，不懂其他。如果你跟它讲构图，它会说构图都是由上而下的直线，线条像木梳齿一样，像垂下的手指一样，像雨一样。

另外一些雨不搞艺术，它们比较务实。这些雨从天空看到我所居住的这间房子，看到房子上的窗子。它们要进屋转一转，看看屋里的摆设，到沙发上坐一下，到床上躺一会儿。它们从空中冲下来，瞄准了窗子但被玻璃挡住，流行的话叫被"截访"。雨不知道什么叫玻璃，它们视玻璃为无物。当大批的雨滴冲到玻璃上流淌化为水溜时，更多的雨冲过来。雨也很倔，它们又被挡住，从窗台滑下。雨认为这是不够猛烈的结果，继续冲击窗子，玻璃发出噼噼啪啪的声响。所有的雨到底也没弄懂什么叫"玻璃"，它们只觉得那扇窗户是一个怪物。它们发现，许许多多的窗台都是怪物，雨水进不去那里的屋子。

从云朵里冲出来的雨滴在天空遇到了无数同伴。它们冲进风里，朝大地飞行。湿淋淋的大地一派苍郁，混浊泛白的河流在黑黑的土地上弯曲着流淌，浅绿的麦穗在风里吃力地抬起头又垂下。风如马队一排排踏过麦田，留下凹凸不平的麦浪的坑。鸟儿全藏了起来，站在某一片树叶下面等待雨歇。远处的灰云缓缓下沉，仿佛低于地平线。一部分没有抱团的云散开了，在河面薄薄地飘荡。雨在俯冲，无数雨滴撞在别的雨上，碎成新雨接着俯冲。雨落得太快，没办法在人的视网膜上成像。如果人眼达到鸟眼的分辨率，雨是一颗颗亮晶晶的圆球在空中飞。雨并非在

"下"，而在风的推动下飞行。如果光线充足，雨滴像水银的颗粒向地面灌注。雨滴在飞行中保持流线的形态，圆脑袋，有一个小尾巴。如果分辨率更高，可看出雨滴在空气中拉成片儿，又聚合一体。雨滴在风里动荡、摇摆。雨跟雨汇合，又被风吹散。雨像梳子，像笤帚，像大片的水被筛成小水滴。雨往大地俯冲，在风和其他雨滴的推动撞击下一点点接近大地。大地在雨的视野里越发清晰。雨滴将要降临地面，它们看到树林张开枝叶的手臂拥抱雨。树的面孔挂满雨滴，雨滴从树叶流到树丫再顺树干流到地面。这些水流的流淌声被树叶上的沙沙声所遮蔽。树张开手臂，企图把所有的雨水都抱过来，把自己变成漏斗，让雨水流到根上。雨飘在河流的上空，河水下面的泥沙在水面翻滚。没有哪条河流在下雨时是清澈的。雨滴的脚步刚刚踩上水面，就被河水放大为圆圈儿。圆圈儿似乎可以放得无限大，但被别的圆圈儿顶破。对河来说，下雨如同天上撒铜钱，圆圆的铜钱一瞬间沉入河底。即使下雨，河水也没停止流淌，其实它可以停下来避一避雨，雨增加了它奔流的体积。下在河里的雨如同下在传送带上，河把这些雨水带到没下雨的地方。雨把乡村的土路变得泥泞，被风刮断的树枝躺在草里。所有的野花都低下了头。被雨水打乱的花瓣贴在背上，如浇湿的衣领。脚步敏捷的雨滴准确地落在电线上，有的雨滴直接落进下水道井盖的圆孔，有的雨让旗帜贴近了旗杆。

往屋子里冲锋的雨依然被玻璃挡回来，它们还没来得及摸一下玻璃就掉在窗台上。雨集合更多人马往屋里冲，到沙发上坐一坐，到床上躺一躺，但全体从玻璃上垂直落下。从屋里往外看，雨像壁虎一样趴在玻璃上，如一幅画，朦胧的树像在雨里行走。

金毡房

今天的雨，刚下时竟看不清它在哪里。我以为是自己没戴眼镜的缘故，戴上仍看不清。这里原来不曾下这种江南的雨，沾衣欲湿，让人不好意思。此地人习惯暴雨骄阳或干旱。

我撑伞到桥下，找一处沉黑的背景看雨。雨丝清晰了，每根约有半尺长，倏尔钻地。对人视网膜而言，雨滴如丝。落地的速度再快一些，此丝则有一尺或二尺长。

少顷，雨大起来，在黑色的马路上溅起水花。看上去，千百之众的年轻的雨滴在跳迪斯科，在街上使劲跺脚。

雨滴落下来，有的沉寂，有的宛然成泡———一座透明的宫殿，原来雨滴下凡造宫殿玩儿。水泡浮游，转瞬被雨滴砸灭，很娇嫩。这时，又有新的玻璃宫耸然水上。当水泡连成一片时，使人想起刘皇叔的八百里连营。

雨神下雨，也是不得不做的工作，不妨弄出些水泡自娱。说话间，西边落日灿烂，把水泡染得如可汗的金毡房。

没有人在春雨里哭泣

雨点瞄着每株青草落下来，因为风吹的原因，它落在别的草上。别的雨点又落在别的草上。春雨落在什么东西都没生长的、傻傻的土地上，土地开始复苏，想起了去年的事情。雨水排着燕子的队形，以燕子的轻盈钻入大地。这时候，还听不到沙沙的声响，树叶太小，演奏不出沙沙的音乐。春雨是今年第一次下雨，边下边回忆。有些地方下过了，有些地方还干着。春雨扯动风的透明的帆，把雨水洒到它应该去的一切地方。

走进春天里的人是一些旧人。他们带着冬天的表情，穿着老式的衣服在街上走。春天本不想把珍贵的、最新的雨洒在这些旧人身上，他们不开花，不长青草也不会在云顶歌唱，但雨水躲不开他们——雨水洒在他们的肩头、鞋和伞上。人们抱怨雨，其实，这实在是便宜了他们这些不开花不长青草和不结苹果的人。

春雨殷勤，清洗桃花和杏花，花朵们觉得春雨太多情了。花刚从娘肚子钻出来，比任何东西都新鲜，无须清洗。不！这是春雨说的话，它认为在雨水的清洗下，桃花才有这样的娇美。

世上的事就是这样，谁想干什么事你只能让它干，拦是拦不住的。春天的雨水下一阵儿，会愣上一会儿神。它们虽然在下雨，但并不知这里是哪里。树木们有的浅绿，有的深绿。树叶有圆芽，也有尖芽。即使地上的青草，绿得也不一样。有的绿得已经像韭菜，有的刚刚返青。灌木绿得像一条条毯子，有些高高的树才冒嫩芽。性急的桃花繁密而落，杏花疏落却持久，仿佛要一直开下去。春雨对此景似曾相识，仿佛在哪里见过。它去过的地方太多，记不住哪个地方叫什么省什么县什么乡，根本记不住。省长县长乡长能记住就可以了。春雨继续下起来，无须雷声滚滚，也照样下，春雨不搞这些排场。它下雨便下雨，不来浓云密布那一套，那都是夏天搞的事情。春雨非不能也，而不为也。打雷谁不会？打雷干吗？春雨静静地、细密地、清凉地、疏落地、晶亮地、飘洒地下着，下着，不大也不小。它们趴在玻璃上往屋里看，看屋里需不需要雨水，看到人或坐或卧，过着他们称之为生活的日子。春雨的水珠看到屋子里没有水，也没有花朵和青草。

春雨飘落的时候伴随歌声，合唱，小调式乐曲，6/8 拍子，类似塔吉克音乐。可惜人耳听不到。春雨的歌声低于 20 赫兹。旋律有如《霍夫曼的故事》里的《船歌》，连贯的旋律拆开重新缝在一起，走两步就有一个起始句。开始，发展下去，终结又可以开始。船歌是拿波里船夫唱的情歌小调，荡漾，节奏一直在荡漾。这些船夫上岸后不会走路了，因为大地不荡漾。春雨早就明白这些，这不算啥。春雨时疾时徐、或快或慢地在空气里荡漾。它并不着急落地。那么早落地干吗？不如按 6/8 的节奏荡漾。塔吉克人没见过海，但也懂得在歌声里荡漾。6/8 不是给腿的节奏，节奏在腰上。欲进又退，忽而转身，说的不是腿，而是腰。腰的动作表现在肩上。如果舞者头戴黑羔皮帽子，上唇留着浓黑带尖的胡子就更好了。

春雨忽然下起来，青草和花都不意外，但人意外。他们慌张奔跑，在屋檐和树下避雨。雨持续下着，直到人们从屋檐和树底下走出。雨很想洗刷这些人，让他们像桃花一样绯红，或像杏花一样明亮。雨打在人的衣服上，渗入纺织物变得沉重，脸色却不像桃花那样鲜艳而单薄。他们的脸上爬满了水珠，这与趴在玻璃上往屋里看的水珠是同伙。水珠温柔地俯在人的脸上，想为他们取暖却取到了他们的脸。这些脸啊，比树木更加坚硬。脸上隐藏与泄露着人生的所有消息。雨水摸摸他们的鼻梁，摸摸他们的面颊，他们的眼睛不让摸，眯着。这些人慌乱奔走，像从山顶滚下的石块，奔向四方。春雨中找不到一个流泪的人。人身上有 4000 到 5000 毫升的血液，大约只有 20 到 30 毫升的泪。泪的正用是清洗眼珠，而为悲伤流出是意外。他们的心灵撕裂了泪水的小小的蓄水池。春雨不许人们流泪，雨水清洗人的额头、鼻梁和面颊，洗去许多年前的泪痕。春雨不知人需要什么，如果需要雨水就给他们雨水，需要清凉给他们清凉，需要温柔给他们温柔。春雨拍打行人的肩头和后背，他们挥动胳膊时双手抓到了雨。雨最想洗一洗人的眼睛，让他们看一看——桃花开了。一棵接一棵的桃树站立路边，枝丫相接，举起繁密的桃花。桃花在雨水里依然盛开，有一些湿红。有的花瓣落在泥里，如撕碎的信笺。如琴弦一般的青草在桃树下齐齐探出头，像儿童长得很快的头发。你们看到鸟儿多了吗？它们在枝头大叫，让雨大下或立刻停下来。如果行人脚下踩上了泥巴应该高兴，这是春天到来的证据。冻土竟然变得泥泞，就像所有的树都打了骨朵。不开花的杨树也打了骨朵。鸟儿满世界大喊的话语你听到了吗？春天，春天，鸟儿天天说这两句话。

桑园的雨

———————————

　　每一场雨，在桑园的小虫看来都是汪洋。尽管是小雨，雨滴落下来，对小虫来说也是可怖的事情。譬如，一个比你身体大三倍的水坨子啪叽砸下来，很意外的。

　　我想，即使如雨滴般大小，也是按人的身体比例设定的。它只有人的泪珠那么大，只有半个耳垂大，千百滴于人身上，砸不坏也吓不坏人。雨水即使多到让江河决堤，也给人留有余地。它下几天几夜，有时间让你撤退。这里面仿佛有上帝的恩典。

　　我不知道桑园的瓢虫怎样看待雨。雨水灌注它的洞穴时，瓢虫是否用椭圆的背抵在洞口？雨在天上一看，瓢虫你别没大没小了，下！一夜的光景，把瓢虫冲出六道街之外。鸟喜欢雨，它以为这是水珠的落地比赛，而且自己羽毛不沾水，它早就想让昆虫之类知道此事了。但别打雷，即使是一分贝的噪音，鸟也很烦。鸟站在松枝上，看雨丝像门帘子一样挂着下。老下，不见上来，不知雨后来做什么去了。松树在雨中睡着了——一下雨它就困——梦见自己穿上了黑礼服，偷偷散发着松香气味，和后街的柏树幽会。鸟看了一会儿，换一换脚。蚂蚁前天就知道有雨，弄好了遮蔽措施。但洞里很小，蚂蚁们只好整齐地坐着，像赴前线的士兵。走惯了，蚂蚁感到六足不适。后来，它们搞无伴奏合唱，用人类听不见的 600 赫兹的波长。

　　人不把雨放在眼里，家里外边都能待，不搭你上帝的交情，什么把雨点设计很小之类，不信。雨停时，我曾在桑园坐着，在许久的寂静后，传来一声怯怯的鸟啼，仿佛第一个推门张望者的悄悄自语。这时，昆虫蹑足活动。风一吹，树甩头发落下一层雨滴，它们吓得往回跑，以为雨又来了。其实，阳光明晃晃地洒得哪儿都是。

水滴没有残缺

　　每一滴水都是圆的，水比所有的东西都看重圆满并保持圆满。水珠将滴未滴之际，是瞬间的椭圆，坠下马上修复成为标准的圆。水滴在空中坠落，水分子拉紧了手，绷紧了身上的衣衫。每一滴水都抱着如此大的力量和信念——保持一个圆。圆不会分散，圆没有残缺，圆可以保持自己的力量又借助别人的力量。水在空中被打碎，化为新的水珠，新的圆。把水称为兄弟何等准确，它们用看不见的手抱在一起，不分离。

　　水透明，人看不清水的容貌和水的个体。所谓"水分子"只是科学的一种说法。每个水一定有小到人眼看不见的身体，它们彼此相识相亲，不分你我。

　　把一碗水、一壶水、一桶水倒入河水江水海水里，它们瞬间融合，找不到过去的"我"。水有神奇的融合能力，不固执、不拘泥、不自我，最在意和合。把瓶里的水倒入杯里的水，分不出先后，它们如同自古以来就在一起，没区别。

　　相比较，人的融合最难。与其说性格难合，不如说文化难合，文化所包含的真实与虚伪、虔诚与诡诈、信仰与傲慢，让每个人都抱着自己的文化和利益绝不妥协，宽容在大部分情况下是一句空话。有的夫妻过了一辈子还在争吵，文化或价值观把每一件事都变成导火索。人看到水的融合会不会自省？只要是水，一杯脏水倒进干净水里，也会被均匀地淡化与净化，干净水慷慨地接纳了"脏水"，使它们比原来清澈一些，尽管水的整体浊了一些。

天下没有比水更加包容的物体。水无差别，无分别，水尽最大力量维持着平衡。水比钢铁坚硬又懂得温柔，水动驰万里，静守千年。人不知水的衣服在哪里，波浪是水奔跑的身姿却不是它的衣服。有一天，冬天洋井的铸铁包了一层透明的膜，是冰，这就是水的外衣。水最巧，这一层冰多么薄，多么均匀。水可以分成多少层呢？它可以分成无数层却不分层。"浑然一体"这个词最适合于水。

水不挡光。生物的生长离不开阳光。阳光对植物而言，不只是温度，还是能量，像粮食一样。水的透光性保证了水中生物的生长。水无私，生育万物。

我们抓不住一滴水，更没办法用手捧着水走过千万里。水爱自由，它不想成为人的装饰或附庸。但人们身上有水。血液中99%的成分是纯净水。这些水里携带着人赖以生存的氧气，含着把水变红的血红细胞。血水运送人体的养料和废料。而人体细胞内有更多的水。水做的女人是红楼梦的说法，水做的人是上帝的说法。我们生活在身体的水中。但我们还是不像水，像我们自己。

铁皮屋顶上的雨

雨的脚步不齐，永远先后落在铁皮屋顶上。铁皮屋顶是我家窗下的 100 多米长的自行车棚的棚顶，里面有 20 多辆自行车，一半没了鞍座与钴辘。

自行车棚顶上的铁皮涂绿漆，感觉它特招雨，也许云彩下雨正是因为相中了这个铁皮车棚。

听雨声，雨滴的体积不一样，声音就不一样。大雨滴穿着皮靴，小雨滴连袜子都没有，人字形铁皮上的雨滴打滑梯滑到边缘，变成水溜儿。

雨滴落在芭蕉叶、茄子叶、石子和鸡窝上的声音不一样。有一年，我在太行山顶峰的下石壕村住过一宿。开门睡觉，雨声响了一夜。我听到从瓦上流进猪食槽里的雨水如撒尿。而雨落在南窗下的豆角叶和北窗下的烟草叶子上的声音完全不同，像两场雨水。豆角叶上的雨声是流行乐队的沙锤，沙啦沙啦莎拉曼，成了背景。烟草叶上的雨滴噗噗响，像手击鼓。或许说，烟草里有尼古丁，雨滴的声音就沉闷？没准儿。再细辨，雨落石板是更加短暂的清脆声，几乎听不到。我听一会儿南窗，听一会儿北窗，忽然想，主人为什么不把豆角和烟草种在一起呢？就为了让人来回跑吗？

从家里的窗户向自行车棚瞭望，雨小而大，缓而急。离铁皮屋顶一尺的地方，雨露出白亮的身影。转而急骤，成了白鞭，一尺多长，落地迸碎。瞧一会儿，觉得这些雨成了屋顶长出来的白箭。这块不知什么年头铺盖、什么年头刷绿油漆的铁皮屋顶清洁鲜艳，像铺好地毯等待贵宾。贵宾是谁呢？是后面更大的雨。小雨的雨柱细小，落在屋顶上，像撒沙子。不常吃六味地黄丸的人的耳朵听不出这么细腻的雨声。雨大之后，什么丸也不必吃了，满耳哗哗。雨滴落在铁皮屋顶上发出金石之音。自行车棚这个共鸣箱太大了，比钢琴大几千倍，比小提琴大一万倍，它本来可以装1000辆自行车但只装了20多辆，其中一半是没有盗窃价值的废车。里面的好自行车也就值20元钱，在销赃市场卖10元钱，现被车主用码头用的粗铁链子锁着。豪雨见到这一块发声的屋顶喜不自胜，它们跺脚、蹦高、劈叉。雨没想到它竟可以发出这么大的金属声音。以前下过的雨，下在别处特别是沙漠上的雨全白瞎了，是哑雨。"好雨知时节，当春乃发生。"应该是"发声"吧？古代雕版工是不是把字刻错了？

风吹来，风像扫帚把空中的雨截住甩在地下。铁皮屋顶的响声轻重不一，重的如泼水。泼一桶水，"哗——"地流下来。自行车棚里的老鼠可能躲在角落里诅咒这场雨。雨在屋顶上没完没了，让酷爱安静的老鼠没法耐受。我想象它们拖着尾巴从东到西，寻找声音小点的区域，没有。

我听一会儿雨，忍不住向外面瞧一会儿，铁皮屋顶如此鲜艳，不能比它更鲜艳了。都说计划经济时的中国贫穷，这要看什么事。拿援助阿尔巴尼亚和往我家楼下铁皮屋顶刷油漆这两件事来说，很阔绰。如果阔绰这个词不高雅，可改为放达。哪个富裕国家往公用自行车棚的铁皮上刷过油漆？没有的，况且里边只有20多辆车和30多只老鼠。铁皮值不少钱，制成炉筒子、小撮子能卖多少钱？计划经济并非一无是处，让人在雨中目睹鲜艳的绿和听取不一样的雨声。

如果把铁皮屋顶的雨声收录下来，做成一首歌的背景也蛮好。它是混杂的、无序以及无边际的声音，能听出声源中心的雨声和从远处传来的雨声，层次感依次展开。我考虑，这一段录音可以当作念诵佛经的背景，可以作一小段竹笛独奏的背景。做电影的话，可以考虑一人拎刀找仇人雪恨，他在鹅卵石路上疾走。人乱发，刀雪亮，铁皮屋顶的雨声表达他复仇的心情有多么急切，七上八下，心律不齐。

雨还在下，天暗下来，绿棚顶变黑。铁皮屋顶上的小雨妖们在继续跳舞。我忽然想听到雹子打到屋顶上是什么音效？飞沙走石，多好。可惜没听过。有一回天下雹子，我在外面，没听到雹子落在铁皮屋顶上的轰鸣，雹子白下了。

阳光金币

————————

太阳雨的景象委实珍贵。在灿烂的阳光下，雨挥霍地下着，像有人站在楼顶撒下大把的金币。

放学的孩子赶紧跑回家，取伞，在这美妙的亮雨里扭着小屁股走。

我想起一句唱词："赌场里下起金币的雨。"——出自田中角荣传记，他在聚餐会上因为唱这句日本戏文受到攻击。此书是我小时候看的，竟还记得。

雨唤醒了记忆。

屋里放着 Eagles 的《加州旅馆》，吉他在劲手之下弹得落花流水，为雨伴奏。法国的让·艾飞尔画过许多关于雨的漫画，所谓雨就是上帝在天上拧床单的水，上帝为梦中的小天使把尿。太阳雨大约属于后者，因为它很快就停止了。即使是天使，也没有过多的尿。而上帝为天使把尿的时候，竟忘记了拽云彩过来遮住太阳。

夜雨光区

雷声响时，像空铁罐车轧过鹅卵石的街道，这是春雷。响过，引发远处的雷，呼应、交织，像骨牌倒下。乡村的夜，只有狗叫才引发其他的吠声。雨水应声而下，仿佛晚一点就让雷声成为谎言。声音唰唰传来，街道挤满雨水行进的队伍，

现在是夜里两点，雨把街道全占了，没有人行。而窗外有唧唧咕咕的声音。我开窗，见屋檐下的变压器下面站着一男一女。男的用力解释一件事，做手势，声音被雨冲走。女的在雨中昂立，额发湿成缕，高傲倾听。男的讲完一通，女的回答，一个字：

"你！"

男的痛心地解释，做手势。隔一会儿，女的说：

"你！"

这个字响亮，雨拿它没办法，被我听到。这是什么样的语境呢？男人说："我……"回答："你！"他翻过头再说，返工。比如：

男："我对你咋样？你想想。哪点对你不好？难道我是一个

骗子?"（手势）

　　女："你!"

　　水银路灯凄凉地罩着他们，光区挂满鲍翅般的细丝。男的上衣湿透，像皮夹克一样反光，眯眼盯着女的不停言说。女的无视于雨，颈长，体形小而丰满，无表情。我想起艾略特《四个四重奏》，最后一首《小吉丁》写道：

> 又是谁发明了这么一种磨难，
> 爱情。
> 爱呀，是不清不楚的神灵，
> 藏在那件让人无法忍受的
> 火焰之衣的后面。

　　此时，人都睡了。今天夜里，只有他们是春雨的主人。

雨，晚上好

从蒙古高原回到沈阳，仰视楼房，人感觉行走在峡谷里，一条灯红酒绿的峡谷。灯与灯群弥漫遥远，人如隐身海底，坐观天上星星游行。在街上走，迎面于所有的灯的闪烁。夜之都市是一处由灯装饰的财富盆地，而楼房不过是一座座华表而已。

雨至，雨随天光消退而密集，在街灯全亮之后整体降临。这场雨气质沉静，在街灯的灯盏下不留身影，甚至看不到"丝"。路面一片片反光，巴掌大的水洼光影摇晃。

今天是正月初十，头一回遭逢正月的雨水，正式的、不疾不徐的春雨刷新了过年者的记忆。有人对"正"字误读，实为误解。正黄旗读"整"，旗帜完全满幅之态。正月读"郑"，不偏不倚，正阳之月。如同西历一月为首月，即元月。而"争月"，是京津一带的土音。

雨下正月，点滴都不偏斜，满地的草木比过节的人都高兴。人常说什么事多少年一遇，斯雨五十年一遇，1956 年沈阳的正月曾来过一回。

雨中没人放鞭炮。好雨早来，比商号开张值得庆贺。雨把富人区穷人区、楼房街道冲刷一遍，耐心之至。而万木仰面于雨，连喝带洗，回忆起春天的味道。雨落土里，八方争夺，泥泞是土跟土打了起来，谁都不松手，为野草挣一份口粮。

夜里看雨，如同白昼观风，无迹可寻。敞开窗，听一听雨的话语。雨本无言，遇到枯叶和铁皮屋顶才有问候商量。春雨是数不清的投胎者直奔大地而来，甫出三月，转骨化为初蕾青苗，经历天上人间。

次日晴好，天地一新。报纸上股评说："大盘在十多分钟的横盘后，再次跳水，成交量明显放大。不到二十分钟，纳斯达克指数跌落 50 多点，至此，全天下跌已经超过 100 点。"

超过 100 点会怎样？雨不知其然，我也不知。青草在辽大主楼地角长出一线，叶子蓬张，像哄抢从天下扔下的好东西，也就是阳光吧。

雨从窗台进屋，找水喝

那些想进屋的雨趴在玻璃上。它们像小鸟一样飞过来，以为玻璃是透明的空间。雨水像沙子那样从玻璃上滑下来。透过雨水的玻璃向外看，景物是模糊的，像一幅油画还没画完，用笔粗犷。

雨中的房子如同一艘密封的船，屋顶得到比地面更多的雨水击打出来的白花。白花旋开旋灭，每滴水都想踩在前一滴雨的脚印上。

从模糊的布满雨的足迹的玻璃往外看，窗前的花朵像在奔跑——它们一晃而过，留下动态的映象。这些两尺多高的秋秸花开着茶碗大的粉花和红花。它们的花容淋漓不清，如同开着摩托车低头在雨里疾驰。透过雨的玻璃看花如看印象派绘画，不知塞尚看没看过。我看白瞎了，他看才有用。雨中，让一个红胡子戴窄檐礼帽的人站窗外，塞尚隔着玻璃为他画肖像，画出来全是印象派。色彩像从画布淌下来，脸被冲刷过。如梵高那样的荷兰式的眼睛如两只纽扣一样无神。从玻璃看出去，远山的山峰边缘被修改成锯齿式，其实这样也不错。云层越来越低，下面的云层明显被压得垮下来，好像再压就会有什么东西漏下来。什么东西会漏下来？云里除了大堆的、被分成小滴下落的水之外还有什么？

雨滴从玻璃上滑下来软着陆。它们从木头窗户的缝隙钻进来，积在刷着绿油漆的窗台上。进屋的雨水很羞涩，不像在天空那么奔放。它们知道这是别人的房子，产权七十年。雨水静悄悄地爬，要打量屋里有什么。实际上没啥。红砖铺地，有两张钢管焊的床。一张睡人（我），另一张放我的跑步装备。墙上贴一幅伟大的财神爷的画像。他坐在元宝堆上，玉面红唇。岁数……中国年画上的神看不出岁数，光滑无褶的脸似乎超不过三十岁（人家三十岁就当神了，大学生三十岁还没找到工作呢），但脸上蓄有八十岁老者才有的漆黑的五缕长髯。神，八十岁或八百岁都有三十岁的面庞，这是修行的结果。凡间的人由于缺钱，三十岁就像四十岁了。财神爷怀里抱着玉如意，微笑远瞻，对堆在脚下的金元宝甚至不看一眼。这是乡税务所厨师张贴的画，我正住在他的屋子里。但雨水分不清税务所和工商所（在隔壁），它们静悄悄地从窗户缝进屋，在窗台集合成一小片水。财神爷的丰仪把它们震慑得手脚没地方放，雨哪见过这么好看的神灵。管钱的，明白不？况且，屋里还有一个学生上课的桌子，有两个桌洞，里边放着我的炸蚕豆和赛弗尔特的《世界美如斯》，桌上有西红柿和柿子椒。雨，是这些东西让你们不敢下来吗？雨水聚成团，摊开，顺窗台沿流下来。流过白灰的墙，流到墙根那只猫饮水的蓝碗边上。猫是厨师养的，黄得像南瓜，像毛线团一样趴在椅子上睡觉。我每天给它换水。

雨进屋是为了喝水。雨奔波，雨在风里凌乱，雨不知跑了多远的地方才来到这里。像人一样，雨在长途跋涉之后第一个需求是喝水。它们渴了。有人不解，说雨还喝水么？雨怎么不喝水呢？喝不到水的雨最后都干渴死掉了，死后在地上留一小片痕迹。有人以为雨如果喝水就在雨里喝，这怎么能行？这不成人吃人了吗？哪滴雨也不愿被其他的雨吃掉。它们自由地飞翔，奔跑。雨滴虽然小，小到常常有人比喻"像雨滴一样小"，但它是世上唯一的雨滴。它落在河里，落在花朵上，落在一坨牛粪上，都是宿命。雨最爱自由，爱自由就要忍受一切境遇。

　　窗外的雨说晴就晴了，牧区的雨下不到做一顿饭的时光。税务所院子里的彩钢瓦比下雨前更加鲜红，好像重新刷了油漆。天也蓝得好像刷了油漆，是给瓦刷漆的同一个人刷的漆。天上的漆蔚蓝如洗，简直像天空一样蓝，白云——刚才不知在哪里藏着——慢悠悠飘过来，飘到彩钢瓦上方不动了，等人夸它们是一座山峰。喜鹊成群飞过来。第一只落在彩钢瓦的最南沿，后面的喜鹊挨着落下，几乎排成了一排。（第五、第六只喜鹊之间有空隙），它们在等待什么？它们灵活的脖子扭来扭去，像等着看戏。院子里空无一物，商贩们每月 30 日来办税。此刻，院子只有我和猫，有两畦子花，秋秸花开得最高，串红第二高，老鸹花贴着地面开点小黄花。秋秸花的大粉花刚从雨里苏醒过来，粉脸略显苍白。电线上落下一串麻雀，电线被它们蹬得颤颤悠悠。麻雀与西面的喜鹊对视，但数量没有喜鹊多，它们好像有事来此谈判。

　　进到屋里的雨水聚在碗边，地面有篮球那么大的地方湿了。天晴之后，雨想回也回不去了，留在了屋里。

雨的灵巧的手

雨是世间的伙计，它们忙，它们比钟点工还忙，降落地面就忙着擦洗东西。雨有洁癖，它们看"这个名字叫地球的小星星"（阿赫玛托娃）太脏了，到处是尘土。雨在阴沉天气里挽起袖子擦一切东西。裂痕斑驳的榆树里藏着尘土，雨用灵巧的小手擦榆树的老皮，擦每一片树叶，包括树叶的锯齿，让榆树像被榆树的妈刚生出来那么新鲜。不光一棵榆树，雨擦洗了所有的榆树。假如地球上长满了榆树，雨就累坏了，要下十二个月的雨才能把所有的榆树洗成婴儿。

雨把马车擦干净，让马车上驾辕的两根圆木显出花纹，轼板像刚刚安上去的。雨耐心，把车轱辘的大螺丝擦出纹路。马车虽然不像马车它妈新生出来的，但拉新嫁娘去婆家没问题。

雨擦亮了泥土间的小石子。看，小石子也有花纹，青色的、像鸽子蛋似的小石子竟然有褐色的云纹。大自然无一样东西不美。它们降生之初都美，后被尘埃湮没，雨把它们的美交还给它们。雨在擦拭花朵的时候，手格外轻。尽管如此，花朵脸上还是流下委屈的泪。花朵太娇嫩了，况且雨的手有点凉。

　　雨水跑步来到世间，它们怕太阳出来之前还有什么东西没擦干净。阳光如一位检察官，会显露一切污垢。雨去过的地方，为什么还有污垢呢？比如说，雨没把絮鸟窝的细树枝擦干净，鸟还能在这里下蛋吗？——雨的多动症越发强烈，它们下了一遍又一遍。雨后，没有哪一块泥土是干的，它们下了又下，察看前一拨儿雨走过的每一行脚印。当泥土吐出湿润的呼吸时，雨说这回下透了。

　　雨不偏私，土地上每一种生灵都需要水分和清洁。谁也不知道在哪里长着一株草，它可能长在沟渠里，长在屋脊上，长在没人经过的废井里。雨走遍大地，找到每株草、每个石子和沙粒，让它们沐浴并灌溉它们。石子虽然长不出绿叶子，但也需灌溉一下，没准能长出两片绿叶，这样的石子分外好看。

　　雨有多么灵巧的小手，它们擦干净路灯，把柳条编的簸箕洗得如一个工艺品；井台的青石像一块块皮冻；老柳树被雨洗黑了，像黑檀木那么黑，一抱粗的树干抽出嫩绿的细枝。

　　小鸟对雨水沉默着。虽然鸟的羽毛防水，但它们不愿在雨里飞翔，身子太沉。鸟看到雨水珠从这片叶子上翻身滚到另一片叶子上，觉得很好笑。这么多树叶，你滚得过来吗？就在鸟儿打个盹的时候，树叶都被洗干净了，纹路清晰。

　　雨可能惹祸了，它把落叶松落下的松针洗成了褐色，远看不知道这是什么东西。翠绿的松针不让雨洗，它们把雨水导到指尖，变成摇摇欲坠的雨滴。嫌雨多事的还有蜘蛛，它的网上挂满了雨的钻石，但没法果腹。蛛网用不着清扫，蜘蛛认为雨水没文化。

　　砖房的红砖像刚出炉一样新鲜，砖的孔眼里吸满了水。这间房子如果过一下秤，肯定比原来沉了。牛栏新鲜，被洗过的牛粪露出没消化的草叶子。雨不懂，牛粪也不用擦洗。

雨所做的最可爱的事情是清洗小河，雨降下的水珠还没来得及扩展就被河水冲走了。雨看到雨后的小河不清澈，执意去洗一洗河水，但河水像怕胳肢一样不让雨洗它的身体。河水按住雨的小手，把这些手按到水里，雨伸过来更多的手。灰白的空气里，雨伸过来密密麻麻的小手。

雨滴耐心地穿过深秋

雨滴耐心地穿过深秋。

雨滴从红瓦的阶梯慢慢滴下来，落在美人蕉的叶子上，流入开累了的花心里，汇成一眼泉。

雨滴跳在石板上，分身无数，为寂静留下一声"啪"。

雨滴比时钟更有耐心，尽管没发条，走步的声音比钟表的针更温柔，在屋檐下、窗台上，在被雨水冲激出水洞的青砖上留下水音的脚步声。时间在雨滴里没有表针，只有嘀嗒。清脆的声音之间，时间被雨滴融化了一小节。被融化的时间永远不能复原，就像雨滴不能转过身回到天空。

秋天盛满繁华之后的空旷，秋天被收走的不光是庄稼和草，山瘦了，大地减肥，空中的大雁日渐稀少。

说秋月丰收，这仅仅是人的丰收，大地空旷了，像送行人散尽的车站月台。

让秋天显出空旷还由于天际辽远，飞鸟就算成万只飞过也不会拥挤。云彩在秋天明显减少，比庄稼少得还快，仿佛说，云和草木稼穑配套而来，一朵云看守一处山坡。庄稼进场，青草转黄，云也歇息去了。你看秋空飘着些小片的云，像鱼的肋条，它们是云国的儿童。

浓云的队伍开到海的天边对峙波涛，波涛如山危立，是一座座青玉的悬崖，顷刻倒塌，复现峥嵘。

雨滴是天空最小的信使，它的信是昼夜不息的滴水之音。在人听到雨滴的单调时，其实每一声都不一样。雨滴的重量不一样，风的吹拂不一样，落地声音也不同。雨滴落在鸡冠花上，像落在金丝绒上哑默无声。雨滴落在电线上，穿成白项链，排队跳下地面。

秋雨清洗忙了一年的大地。大地奉献了自己的所有之后，没给自己留一棵庄稼。春雨是禾苗喝的水，夏雨是果实喝的水，秋天是大地喝的水。土壤喝得很慢，所以秋雨缠绵。人困惑秋天为何下雨，这是狭隘的想法。天不光照料人，还要照料大地与河流。古人造字，最早把天写作"一"，它是广大、无法形容的一片天际；尔后造出两腿迈进的"人"字。把天的意思放在"人"字肩上曰"大"，而"大"之上的无限之"一"，变成现在的"天"字。天在人与大之上，要管好多事。

天没仓库，不存什物或私房钱。天之所有无非是风雨雷电，是云彩，是每天都路过的客人——飞鸟。天无偏私，要风给风，要雨给雨。风转了一圈又回到空中，雨入大地江河，蒸发为云，步回天庭。这就像老百姓说的，钱啊，越花越有。像慈悲人把自己的好东西送给别人，别人回报他更好的东西。

深秋的雨，不再有青草和花的味道，也没有玉米胡子和青蛙噪鸣的气息。秋雨明净，尽管有一点冷。雨落进河流，河床丰满了一些。河流飘过枫叶的火焰，飘过大雁的身影。天空的大雁，脖子比人们看到的还要长，攥着脚蹼，翅膀拍打云彩，往南方飞去。河流在秋天忘记了波浪。

雨滴是透明的甲虫，从天空与屋檐爬向白露的、立秋的、寒露的大地，它们钻进大地的怀抱，一起过冬。

雨落在白花花的大海上

我没见过雨落在大海上什么样子。实话说，我没见过几次海。在我的印象中，海像装了半截水的天空。站在海边看，海不仅在远方，还在高处。海水把天空挤得只剩半截子，下半截被海水占领了。所谓海天一色，实为海天一半，而且海水占了一多半。

坐船入海，走很远才觉出海水是平的。虽然动荡，海面大体上平坦。海这么沉，体积如此庞大，本不想动，是风让它动。大海如果不动，比死了还难看。在海上眺望岸边，人渐小，楼房见矮，这时觉出海的辽阔，并感受到另一个词的含义——自由。如果海不辽阔，世界上就没什么辽阔可言了。海在海上并不蓝。蓝总在海的远方。在海上见到海水不同颜色的涌流，像褐黄色、浅蓝色的绸子在海面飘舞。

快艇向远方巡行，天空出现一朵黑云，好像海胆成精升上了天空。不多时，黑云下沉扩散，笼罩天空，下起了雨。大海好像不高兴天空下雨，因为海里并不缺水。海掀起波浪，似要把雨水赶跑。雨水还是降下来，落在白花花的海面上。雨水被海的搅拌机搅碎，使雨滴有去无回。但见雨水如箭一般射进海面，连一个小泡都没留下，被海水融合。

在海上，下多大的雨都成不了河。雨好像给海溜须来了，来朝觐或来上贡。海一点没客气，把这些不知哪来的雨水全部收编。从此，雨水变了身份或成分，成了海水。

假如，水（包括雨水）有一个理想，即汇入大海，雨水与其落进河里再流入海里，真不如乘坐这朵海胆似的云彩来海面上降落，一步到位。跟战争一样，空军比陆军的动作更快。

我站在快艇的甲板上让雨浇身，感觉奇特，如同下海之前的淋浴；还感觉身边是海，头顶是雨，水占领了整个世界。而这时候的人仿佛变成了水生动物，像海豹上岸歇一会儿，被雨淋了。

快艇往岸边返程，雨也停了。雨的意思是不让快艇往海的深处开了。雨停，浪花也止息了，海面出现琉璃一般的弧形的镜面，如同变形的凸透镜。海鸥飞过来，翅膀像安着两条雪白的刀鱼，它上下翻飞，翅膀连弯带挑。海鸥——这是一个多么好的名字，海边的渔民竟管它叫海猫子，一下就给叫土了。海狗子、海耗子、海蝴蝶又在哪儿呢？海鸥还是应该叫海鸥。

从平静的海上看海边的广场，真是漂亮。在海水的前景下，岸边的楼越高越好看。在夜里，岸上高楼的灯火错落，会更好看。我从滨海大道走过时，绿树掩映中时不时可以见到海。在海上，见不到滨海大道的模样，被树包住了。

雨中穿越森林

大雨把石子路面砸得啪啪响。进森林里，这声音变成细密的沙沙声。树用每一片叶子承接雨水，水从叶子流向细枝和粗枝，顺树干淌入地面。地面晃动树根似的溪流，匆忙拐弯，汇合，藏进低洼的草丛。

雷声不那么响亮，树叶吸收了它的咳嗽声，闪电只露半截，另一半被树的身影遮挡。我想起一个警告，说树招引雷击，招雷的往往是孤零零的树，而不是整个森林。对森林里的树来说，雷太少了。

雨下得更大，森林之外的草坪仿佛罩上白雾，雨打树叶的声音却变小，大片的水从树干流下来，水在黑色的树干上闪光。

我站在林地，听雨水一串串落在帽子上。我索性脱下衣服，在树叶滤过的雨水里洗澡，然后洗衣服，拧干穿上。衣服很快又湿了。雨更大的时候，我在衣兜里摸到了水，知道这样，往兜里放一条小金鱼都好。

后来，树叶们兜不住水，树木间拉起一道白色的雨雾。我觉得树木开始走动。好多树在雨中穿行。它们低着头，打着树冠的伞。

小鸟此时在哪儿呢？每天早晨，我在离森林四五百米的房子里听到鸟儿们发出喧嚣的鸣唱，每只鸟都想用高音压倒其他鸟的鸣唱。它们在雨中噤声了。我想象它们在枝上缩着头，雨顺羽毛流到树枝上，细小的鸟爪变得更新鲜。鸟像我一样盼着雨结束，它们不明白下雨有什么用处，像下错了地方。雨让虫子们钻回洞里。

雨一点点小了，树冠间透出光亮，雷声在更远处滚动，地面出现更多的溪流。雨停下的时候，我感觉森林里树比原来看上去多了，树皮像皮革那么厚重。它们站在水里，水渐渐发亮，映散越发清晰的天光。鸟啼在空气中滑落。过一会儿，有鸟应和，包括粗伦的嘎嘎声。鸟互相传话，说雨停了。

这时候，树的上空是清新的蓝天，天好像比下雨前薄了一些，像脱掉了几件衣服。我本来从铁桥那边跑到林中躲雨，我住的符登堡公爵修的旧王宫已经很近。我改变了主意，穿着这身湿衣服继续往熊湖的方向走，这个湖在森林的深处。

空气多么好，青蛙在水洼间纵跳，腿长得像一把折叠的剪刀。小路上，又爬满橙色的肥虫子，我在国内没见过这么肥的虫子。回头看，身后的路上也爬满了虫子，好像我领着它们去朝圣。

路上陆续出现在林中散步的德国人，他们像我一样，被雨挡在森林里。被雨淋过，他们似乎很高兴，脸上带着幸运的笑容。但他们不管路上的虫子，啪啪走过去，踩死许多虫子。他们从不看脚下，只抬着头朝前走。鸟的鸣唱声越来越大，像歌颂雨下得好或停得好。不经意间抬头，见到大约十分之一彩虹，像它的小腿。整个森林变得湿漉漉，我觉得仅仅留在树叶上的水，就有几百吨。

在雨中跑步

在雨中跑步的困难不是雨。雨量大小不过是水量大小，就当跑步时有人在你身后举一个淋浴喷头，水或急或缓，水流的方向忽东忽西。在雨里跑步的困难是敌不过避雨人的一双双眼睛。

街上避雨的人，躲在树底檐下，衣装干爽，沉默地看我跑步。跑步可以谅解，在雨中跑步就不容易被谅解。我推想自己不被谅解的理由，边跑边想——头发湿成一绺，像破抹布一样趴在脑门；眼角眯着，因为进水，要不断擦去脸上的水珠；而衣服贴在身上，鞋里面也进了水，呱呱响。这个人在干什么？哼！跑步。

水，仅仅身上挂满了水，在街上奔跑就受到蔑视。仿佛我是欠别人钱被罚在雨里跑步的人，是趁天气不好从精神病院逃出来的人，是想作秀上不了电视的人。

在雨中跑，跑相有点狼狈。但我觉得豪迈，可惜别人没看出来。白箭似的雨水急急钻地，两三米之外看不清东西，像一块块裂了纹的玻璃。雷声此起彼伏，在天边搞心电图。我大步奔跑，脚下激起水花。我想，这就是为争夺八三四高地而奔袭的攻打太原尖刀营战士的雄姿。

而路人的目光在说：跑吧，傻子，跑到太原去吧。我每天搞冷水浴，最难忘的一次在松潘，那里的水把每一根神经都冰得抱怨不已。五大连池的冷泉也非常凉，骨头冻得好像变成了钢管。而平常的冷水澡没什么诗意，远不如大雨。雨水有一点温暖，因为雨前的天气总是很热。雨水流到嘴里没什么异味，当然不要把雨水咽进去，里面有多种污染元素，喝下去没准身上会结红锈与蓝斑。

雨天跑步比较讨厌的是睁不开眼睛，应该戴上游泳镜。是的，下回跑一定戴上。虽然戴游泳镜跑步更加像怪物。第二讨厌出租车。一见有积水，出租车假装是一艘火轮船，加大马力开过，轮下溅起一人多高的水墙，湿你全身。然而我浑身湿透，已经不在意这个了。

在雨中跑步很舒服。如同说一个人搞冷水浴时跑了五公里，一举两得，德艺双馨（究竟什么叫德艺双馨我也不清楚，好像跟古代人有关。我认识的好几个人都获得了这项政府奖励），速度可快可慢。想，雨水带着我的体温汇入大街的积水中，流进地沟。那些撑伞的、穿雨披的人在逃离这场雨。而跑步的人在享受着雨，多么愉快。而雨不服，拼命下，恼怒于我的悠闲。没啥，雨再大就改游泳，岂不更好。

在雨中，我穿梭于人们的白眼之中。但也遇到了崇拜者，即孩子。他们瞪大眼睛看我，如视英雄。那么，我就把这次跑步看作送给孩子们的倾情表演。

辑八

河流里没有一滴多余的水

南方的河流

　　南方的河流平缓饱满，小雨像丝网一样漂在河的表面，河把它们运到不下雨的地方。

　　南方灰白色的河流驶过吃水线很高的运沙船，沉重的船体移动，仿佛时刻在爬坡，河水的表情愈加灰白。谁都能看出河水比船更疲惫。

　　远眺南方的河流，它如同刚刚解下围裙、拾完柴草、喂过猪、做熟了饭的母亲。疲惫的南方河流，每每驶过货轮和运沙船。

　　南方河流众多。在多山的南方，河流自古已是道路。马蹄虽未踏过，拥挤的船舶磨白了河流。它们没时间看天，也抓不住河底的水草，唯有沉默流淌。

　　南方的河流一如蚌壳色的大地悄悄移动，这块地不长稻子和杂草，只有瓦楞似的波纹和船的村落。

　　船开往天际。南方的天际融化了地平线，仿佛河水在天际走散了，河流成了天际的尾巴。南方的鸟儿名字叫鸥，叫鹭，长着长长的脚，随着河流游荡。

南方的河流子女众多。多如牛毛的小溪从山里渗透大河。溪水在山里像儿童一样清澈，进入河流就老了。它们过早投身劳作，肩扛货船，手提鱼虾。溪流进入河流之后开始寡言，它们听不懂彼此的方言，南方的方言比树上的枝杈还多。

南方人在陆地上仗没打够，把仗打到江上，草船借箭，火烧连营。人类脖子两根筋，河流脖子一根筋。河流没办法抬头辨识打仗的人和船头的旌旗。后来听到战鼓息了，呐喊息了，落入水下的箭镞长出绿毛。

河跟鸟兽一样在夜晚休息。南方的河流用月光洗自己的布衫。千里月光洗千里河衣，万里月光洗万里身体。南方河流的手足上全是泥巴，脊背长满老茧。月光倾水，一摇一顿，河流白一点又白了一点，松开皱纹，尔后休息，一梦出了洞庭。

渔舟唱晚唱南方河流之晚。唱歌人头戴斗笠，身披蓑衣。南方的方言音调繁复，融汇了水车、江鸟、猿与山鬼的音调，咿咿呀呀。渔歌更像鱼歌，渊深幽远，如水草飘荡河面。

南方的河流为五谷奉献奶水，南方种两季和三季稻谷，河和河的子孙哺育稻和稻的子孙。稻子开花了，稻田滚过南方河流的浪花。两湖两广的大米里藏着南方江河的气味。白帆其实不白，河流缓缓而流，云母色的南方天空下面只有油菜花鲜明晃眼。

南方多雨的河流培植的竹子吹出玲珑的笛子曲，南方多鸟的河流倒映海螺似的青山，南方鱼虾丰盛的河流把村庄哺育成水乡，南方驮着竹筏的河流淘洗白腴的月亮。南方的河流古代叫水，如今叫江。在长江和珠江的出海口，南方的河流汇入大海，我替它们庆幸，它们终于可以歇歇了。

夜的河

夜的河边，像听见许多人说话，含糊低语变成咕噜咕噜的喧哗。河在夜里话多，它见到石头、水草都要说说话，伸手拍打几下。漆黑的夜里，看不清河水，月色没给涟漪镶上银边。河水哗哗走，却见不到它们的腿。

站在岸边，你不相信前面有一条河，不知道是什么在流。星星太少，在天空聚不拢光，照不见河水蹿行的脊背。鸟儿拉长声鸣啼，见不到它飞。

夜只是对人类视网膜的蒙蔽，却打开了动物的视窗。人与动物的视觉感光细胞不同，所谓"漆黑"的夜，在狼看来如蓝色的清晨，在猫看来，是蜜色的黄昏，万物清晰柔和，只有人和鸟类（猫头鹰除外）的眼睛被夜遮蔽了。上帝让人、鸟在夜里失去视觉力，是收束了你的能力，让你歇息，让另外的种群开始生活。没想到，人类在爱迪生的带领下发明了电灯，在富兰克林的带领下发现了电并贮藏了电，诞生了不夜城，糖尿病、失眠症和高血压症也随之诞生。人类要为他们发明的每一样东西付出成本，一般说由后代为前辈付出成本，包括医疗费和性命。

　　河在夜里潜行，步伐越来越快。河无须看路，路在一切地方。水流不怕石头，不怕灌木和岸上的狼。水啥都不怕，它既分散又聚拢，谁都分不开水，水剩到最后一滴也抱成团。

　　乌云在天边垒出黑堡，在远方阻挡河流。世上没一件东西能挡住河，河曲折但不投降，河断流但不往回流。小河投身大河最终汇入海，水库和大坝都截不住河流。河水卑下，河水清澈或混浊，河水浑身是土，却像青草一样繁盛，像民主高于城墙。夜的河漂过许多人的梦，河水用黑缎子把这些梦包起来送到远方。河水在夜里跟水草拉手，和夜鸟微笑，河在夜里看一切比白天更清楚。所谓阳光并不能照亮一切地方，它留下的阴影和它照亮的东西一样多。夜袒露所有地方，甲虫在灌木下面爬行，枯叶的背后藏着一只褐色的蝴蝶，鸟窝建在树顶。夜不想遮掩什么，夜也遮掩不了什么，夜比白天更广大。

　　河在一个时辰游出了乌云的地带，星光在头顶闪亮。晴朗的夜空是景泰蓝的花园，这么蓝，天空舍不得在蓝上镶嵌太多星星，只镶了百分之一，如同表盘的标记。这些蓝渐渐融化——夜色也会融化，天空在黎明泛白，是因为蓝融化于大地，主要化在海里——像蓝冰涣散，慢慢堆在河中间，包裹了许多星星。星星在夜的河里洗澡，周围的河水发送白光，后来变成了灯笼，鱼儿穿行。夜色在河里越积越多，让河水慢下来。夜的河驮着越来越淡的景泰蓝缓缓流淌，天快亮了。每到这个时候，河水都要在脖子上系一条玫瑰红的纱巾，再披一条金缎带。黎明跳进河里喧闹，天大亮，河水流得宁静如常。

河流的腰

我路过的地方是这条河流的腰。水流优美地向河心拐过去，剩下一大片开阔地，是腰闪出的地方。

河比天空和大地更有人间的气味。

河流束腰的地方，岸更高，长在上面的高粱仿佛举着石榴的籽，高粱的叶子在风中暗斗，唰唰响，谁也不服谁。

河有一百种表情，皱眉是急流，沉思则缓涌。最静的时候，河面落一根羽毛都会起纹，像镜子一样亮，但比镜子柔软。这时的河如早上刚刚醒来的儿童。儿童看世界，无分别心，世上没有他们不接纳的事物。儿童眼里的事物没有好坏，只有已知与未知。儿童进入世界唯一的路叫作好奇，像这条河，不停地流，只为探索，去没去过的地方，去知。

河一辈子都在水里。河生于雨，生于泉，生于玻璃窗上的哈气，生于草叶的露珠，生于牛马厩的尿，晚年流入海里。

河流归海，是惯常的说法。但如果河水分成滴，有多少滴流不进海？进海的水滴是少数，就像得道的人是少数。大部分水被骄阳蒸发了，被泥土绊住了后腿。好在水滴不死，结为冰雪也没冻死。水好就好在死不了，它们比谁都擅长转世，蒸发、下降、流动，循环在天空和大地的血管里。谁能想到，水永生，它们淹死别人，却淹不死自己。谁也别想把水烧死，水反过来浇灭火。这是老子赞美过的水，淹不死冻不死的水。虽然从医学说，人体90%是水，但人仍然不是水。人身除水分之外10%的肉决定了人的弱处，既烧得坏（脂肪可燃）又淹得死（肺不应），还怕冻。

水有许多名字，河、海、江、洋，多了，翻字典带三滴水旁的字众多，都跟水有关，证明水的势力大。

水在河里的时候，名字叫河。天下的河太多了，名字也多，好名破名都有。我听过裤裆河、狗咬河、狼不来河的河名，这名差不多在骂河。河也有好名，桑干河与汾河，听上去都好听。人认为，河的名字永远代表这条河，然而"这个河"早没了，一眨眼就流出十米。桑干河怎么会永远是桑干河呢？人所说的桑干河早流走了，汾河、淮河、剪子河、灯笼河也早流走了。但是，原来的河水流没了再起新名也不方便。叫什么好呢？谁来起名，谁传播这个名呢？最可叹，河刚起新名，水又流跑了。我觉得，天下河流不必起这么多的名，起一个不妨全国通用，叫"流河"或"淌河"，或"水的河"，朴实准确。

河的腰是这样的细，让减肥的女子羡慕。河的颈子、河的脸庞、河的胸都在河里。小鸟们知道河的容颜四肢在哪里，从天空上看到的。河水日流夜流，而我坐火车飞机看到许多处于盛水期的河套，种满了庄稼，早没水了。河的腰没了，变成蠢汉的肚子。

公无渡河

　　月亮尝试渡河，却迟迟停在河水中央。河里比天上更惬意，像坐上了一个笸箩，摇摇晃晃。月亮在河心显出白净，这也是它不愿渡到对岸的原因。河水一波一波地淘洗，不白也白了。河里的月亮像把着白云的门框照镜子。照镜子感觉时间过得好快，当月亮不白了，天色一点点亮起来时，月亮才想起所谓黑夜即将过去，但它还没过河。它记得要看一看对岸的柳树，看散乱的柳丝下面鱼群的动静。

　　桃花往河里跑，岸上的桃树争相把花枝伸向水面。枝头河上，生出两重桃花的繁复。风路过桃花林放慢脚步，怕触落花瓣，屏住呼吸穿过花的枝头。风不懂，它走过哪儿都是风，像雨走到哪里都是水滴。桃花仍从风的身影里纷纷坠落，漂在水上渡河。风不知如何是好，把花瓣捡起送回枝头但捡不过来，随它去吧。风用扫帚把树下的花瓣扫入河水，桃花坐着自己的船。豆粒大的桃花翻身落进水里，瓣瓣都是小舟。桃花还没坐过船，如今坐上了自己的船。何止船？桃花没见过白云，没见过青草。更没渡过春水。春天的小河静静地流，看上去几乎不流。多看一会儿，河上的浮冰划破柳树静止的倒影。桃花不知向何处去，满世界都有逛头。桃花觉出两岸后缩，如被两挂大车拉动，岸上的桃树被车拉走，唯水不动。对岸好，栽着比草更矮小的桃树，枝上仍开着看不清的小桃花。桃树间穿插柳树，以绿枝打扫什么。渡河为桃花所愿，可是不知怎样渡到对岸。一条木船往对岸开。艄公把橹一头系在船首，一头在河里搅动，船径直开过去，在视野里越发缩小。桃花才知这个世界的景观是越远越小，小山小桥都摆在远处，而桃花离母树越发远了。渡过了两个渡口。它的头顶尽是柳枝，柳枝伸手打捞路过的花瓣。

鸟儿渡河。鸟儿被滚滚的流水吸引，它觉得水去的地方一定是个好地方，否则它们不会这么匆匆忙忙。鸟儿飞临河的上空，看出河水在追赶前面的浪头，掐它们的脖子掩埋它们。河水下面如同有一口大锅，把水烧得跳起来。小鸟顺河的流向飞行，看到河面比大地平坦，前方是银色，后方也是银色，鸟儿像一只河流所放的小黑风筝。鸟儿累了，到对岸的草地上休息，在河边走一走，看河水什么时候停下来休息。河不会停，像天空的云彩停不下来，它们身上都安着永动机。

马渡河如一场搏斗，双蹄踏浪，而浪涛兜头涌来，想把马淹没。马踏浪如踏在无鳞的龙背上，以蹄为刀剑，杀开一条无底的路。在水里，看得出马与河俱怒气冲冲，它们搏杀，打碎多少浪花的盔甲。马的长鬃沾水，肌肉紧张，昂起的脖子血管偾张。马游到对岸，河水也静了，对手与对手互致敬意。马理解不了河水的力量，不知它暗中想把自己推到什么地方。马的归宿是草原，它在山麓静立，等黄昏降临属于马的时光。马畏水。在水里，所有的生物都要随波逐流，水里没有马的自由，没有被风卷起鬃发的豪迈。

天空上，银河是夜晚才流淌的河流，流不尽，也不入海，天上没有海。在人的视野里，海于天际同天空汇合，但海还是没融入天空。借着天空的蓝，海造出更蓝的、动荡的水面。白日里，云的队伍宛如一条河——如果它们不是乌云，如果在天边站成一长溜——淹没山峰。云朵俯察大地的河流生出羡慕，那是如镜的、有浪花且有帆船的水流。河水流淌得比云朵更沉静，而且从来不像云那样走走停停。云想渡河，却怕它的丝绵入水后沉入河底。云练习像河那样蜿蜒流淌却学不会，小云在蜿蜒中从云层掉队，成为孤立的蚌。云在天上渡河，它看到自己的影子轻捷地划过河面，云反复渡河不能止休。在河边，有大片的云朵排队，它们等待一朵一朵地渡河，坐上它们想象的缆车。

乐府诗云，朝鲜的白首狂夫欲渡滔滔之河，妻子扯衣断襟，苦劝不成，狂夫坠河溺死。其妻手拨箜篌出悲声，歌曰："公无渡河，公竟渡河。"此歌不胫而走，由汉至唐。李贺诗："被发奔流竟何如，贤兄小姑哭呜呜。"李白诗："被发之叟狂而痴，清晨径流欲奚为。旁人不惜妻止之，公无渡河苦渡之。"这是一个谜，他们一直在猜狂夫为什么渡河。如果没有《公无渡河》这首歌，如果"公无渡河"这句汉代的口语说得不是这么蹊跷，就没人猜他入河的原因。古往今来，河流一直是动物和人类的隐蔽的坟场，尽管它滑如琉璃，鸥鸟翔集，它是许多人和事的终点。

河流没有影子

白桦树和黑榆树有同样黑色的影子。我把两朵粉色的牵牛花扣在眼睛上，看东西一律是粉红，但它们也有影子，像酒盅一样。

鸟的影子难得一见，它的影子从房檐掠过去，像蹿过一条蛇。它的影子在飞翔中消逝得那么快，那也是影子。

云的衣衫有一些透明，因而它的影子如同树林的阴凉。站在山顶上看云的影子，大的占几亩地。这么大的云彩的影子笨拙地移动，好像要搬走地上的庄稼，搬不走，它自己慢慢走了。

让每一样东西拖着黑色的影子是太阳的意思，喻示一切事物终将消失，除非它没有影子。

只有河水没有影子，因为它透明。水可蒸发为云，可渗地成河，水可无限分割又瞬间接合。水的影子是冰雪，而冰雪消融又回归于水。只有水不死。

在早上的光线里，螳螂的影子被放大好几倍，像是钢铁制造的侠士。它正在欣赏自己的影子，它没想到自己的爪牙一夜长到这么大，更适合穷兵黩武。在江南，比一丛乱竹更潇洒的是一窗竹影。郑板桥说，他的竹是对着粉壁墙竹影描下来的。郑画的竹子笔墨平平，妖气重，和他做派一致。

前面说没有影子的只有河流，其实大凡透明之物，均无影。人也如此，心里空了，就没有好事坏事的影子，如同河水留不下浪涛的影子。透明的人如同一只手不分手心手背，是一团混沌，无抓亦无放。透明的人或物不阻挡阳光，阳光从他（它）们的身体穿过，顺便带走了烦恼。

人的影子在地面或长或短，或胖或瘦，物理学说这是由太阳与地球的位置造成的，我以为这恰恰是一个譬喻。早上，影子往西方拉长，如人之童年，喻示未来的岁月尚多。影子在中午伏在脚下，说盛年阳光最旺，阴影躲了起来。傍晚的影子又长了，但长的是已经度过的岁月而非未来，步入老年。

世上看不到红影子、绿影子，影子不是色彩，是暗地里的轮廓。影子无白色，白纸的影子也不是白色。影子不经你同意量出你的长宽高，放在地上，告诉你不过是你。就影子而言，你和别人并没有两样，高贵、典雅、妖娆这些词对影子用不上。下雨天，雨冲走了人与物的影子。雪天，人和墙头小鸟的影子格外黑，远方积雪山峰的影子反射蓝光。

黑夜是地球的巨大阴影，这影子深邃稠密，把所有的事物归纳为黑。人在黑夜里睡眠，孩子的身体在黑夜中生长，黑夜缔造了一个独特的世界。在地球的影子里，万物看到了别样的光亮，这就是星星和月亮的光。人对黑夜的光寄寓美和期盼，星光喻示前路微茫，月光寄托相思千里。万物在地球的影子里享受一夜和每一夜，而昆虫和动物在夜里开始它们正规的生活。夜，不过是影子，如同一株草身后的影子。事实上，一粒沙的影子也可以创造像夜这么大的黑暗，只不过沙的空间与地球不一样，而空间与时间不过是人造的观念，方便自己记录地点、年龄和自己所做未做的事情。他们把时间称之为光阴，光为昼，阴为夜，说的是光和它的影子。

蛇没有影子，它匍匐在地，盖住了自己的影子。雨滴没有影子，它降落得太快，人看不清它们的影子。火没有影子，它和阳光一样炽热。死人没有影子，他们终于甩掉了影子长眠于地下。歌声的影子是它的回声，人心的影子是他们的记忆。有人不为当下生活，靠记忆的影子生活。所有的记忆——不管好还是不好的记忆——终将变为影子。影子乃虚无，只是人们看不穿这一点罢了。

楠溪江

楠溪江是树状水系，如一张翡翠的网，包络着永嘉的大地。坐在竹排泛流，像坐上了安轮子的车在碧玉上滑行。江水深绿，比鸭绿江还绿，低头看江，却清澈，不是藻绿。

在这里拍下的照片不像真的——金黄的竹排在江上游弋，水面像铺了一层翠绿的树叶子。我坐在竹筏前面的小竹凳上，碧水分流而过。清幽啊，似魏晋时代的景物。我虽没在魏晋待过，却觉得魏晋山水大约如此。撑篙的船老大七十多岁，草鞋系了一朵红绒球。而别的船夫只穿塑料拖鞋。红绒球随船老大撑篙簌簌微动，非英雄不能如此。他祖上一定是将军，说不定就是桓温。这更让我相信楠溪江从古代流过来，今朝见到是偏得。事实上，所有的江都从古代流过来，只是有的成了毒江或臭水沟，楠溪江侥幸活在青山绿树之间荡漾。

以乐曲譬喻，长江是庄重浑浊的无标题交响曲，黄河是民乐齐奏《万马奔腾》。楠溪江则如一支竹笛独奏曲，静远虚无，音符里带着涟漪，声声滴翠。在楠溪江上漫游，时间改变了行走的样式，你觉得钟表的时针分针的手脚缩了回去，时间变成了一个古老的磨盘，它慢慢地转，由人工推着行进。

楠溪江两岸皆山。江水并非在山谷蜿行，是山是从江边长出来。山和江水有一样的碧绿，仿佛是水体的结晶堆成山。山与水在永嘉呼应一体，均清悠旷远。

楠溪江有许许多多的支流，像树叶张开的脉络。能每一条支流走一下才好，穿上救生衣，把楠溪江的水走遍是一项能力。古人就是这么走的，这样的行旅可跟山水更深结缘，跟野花、小猴和鸟儿们结缘。时间虽长一些，却能够真正走入山水怀抱。在楠溪江，一切都慢了下来，适宜做一些更慢的事情。譬如迷路，涕泗中被同伴找到，譬如被无毒的小蛇咬了一口，譬如被猴抢走帽子和相机，譬如在山涧里发现解放初期大财主埋藏的珠宝，翡翠手镯七八只，"袁大头"不计其数。

此地山的样子奇崛茂朴，或藏有唐宋元明清以来的好东西，包括刀剑碑帖。说不定还有谢灵运留下的山水诗全集刻本或其他神秘的东西。谢家是大户，世代有钱。这些钱干吗呢？不会去杭州买房，杭州（余杭郡）那时还很小，就像北京人不会去邯郸买房一样，他把钱换成了珍宝，传给儿孙。逢战乱，谢氏子孙把珍宝藏进山里，因为那时没有农行保险箱。越看山，越觉得山上遍布永嘉历代名人所藏的好东西。我问草鞋系红绒球的船老大："这山好上吗？"

"这山根本上不去。"他答，分明是怕珠宝被外人起获。

"药农也上不去吗？"

"现在药农也不让上了，封山。"

原来是这样，永嘉可以成为全国文物保护模范县。

竹筏慢悠悠漂浮，水面如大块的绿冰，些微涟漪才使它像水，飞鸟在水面投下一瞬而逝的影子又使它像无尘的冰。滑冰运动员到这里一定有滑几圈的冲动。在我们游历的这个下午，山里无风却凉意沁人。竹筏行进时，两岸山林的鸟雀发出欢呼声，我愉快地向它们挥手致意。它们继续热烈呼喊。我只见树木，看不到鸟儿，但它们看得到我。小鸟跻身密密麻麻的树叶后面扯着嗓子高唱，气氛感人。

"莫摆手了，喂猴的人进山才摆手。一会儿猴都下来了，你没带吃的东西，猴会发脾气。"

"发脾气怎样?"我问。

"猴把你身上衣服剥下来撕成条，把烂泥丢在你脸上，把你墨镜抢过来它自己戴上。去年，一只猴把警察的大盖帽抢下来戴上，坐在山崖上，好滑稽的。"

我放下手，挥手时我心里想的是三军仪仗队而不是猴，尽管仪仗队的人也是由猴进化的。鸟还在呼喊，像无数人在集市里高声讲价。鸟会有这么多话要说吗? 我记得小鸟是半天才说一句话的，像梦话。但这里鸟多，鸟们对树，对青山和碧绿的江水有讲不完的话。它们怕别的鸟没听清自己说的话，重复多遍。而别的鸟也在重复刚才说的话，聋子对话就这样。

上岸，我们到村里转转，到林里转转，到山脚下转转，与村民、牛犊、母鸡、鸭子和房子合影留念，返回。我还坐原来的竹筏上，草鞋的红绒球仍然微颤。太阳落山了，晚霞在群山之上奔走厮杀，血流满地，几颗亮星躲在仍然蔚蓝的天际观望。夕阳把山巅烧成了漆黑的焦土，掩埋了云的旌旗与城堡。天际平静之后，墨一样黑的山峦全都戴上金红的斗笠，剩余的金光铺洒在楠溪江上。江上的深绿隐退了，代之金红。夕阳摊在水面比天边更红，仿佛有一层薄薄的火苗在悄悄燃烧。鸟雀对此大为惊奇，噪声更甚。船老大一下一下撑着篙，竹排行进无声。我坐着，船老大站着，暮色宽阔的翅膀遮住了江面，他草鞋的绒球变成模糊的黑球，像从炭火里扒出来的土豆。

河在河的远方

对河来说，自来水只是一些稚嫩的婴儿。不，不能这么说，自来水是怯生生的，是带着消毒气味的城里人。它们从没见过河。河是什么？用"什么"来问河，什么也得不到。河是对世间美景毫无留恋的智者，什么都不会让河流停下脚步，哪管是一分钟。河最像时间。这么说，时间穿着水的衣衫从大地走过。这件衣衫里面包裹着鱼、草和泥的秘密，衣领上插着帆，流向了时间。

河流览历深广。它分出一些子孙缔造粮食，看马领着孩子俯身饮水。落日在傍晚把河流烧成通红的铁条。河流走到哪里，空中都有水鸟追随。水鸟以为，河一直走到一个最好的地方。

天下哪有什么好地方，河流到达陌生的远方。你从河水流淌的方向往前看，会觉得那里不值得去，荒蛮，有沙砾，可能寸草不生。河一路走过，甚至没时间解释为什么来到这里。茂林修竹的清幽之地，乱石如斗的僻远之乡，都是河的远方。凡是时间要去的地方，都是河流的地方。

河流也会疲倦，在村头歇一歇，看光屁股的顽童捉泥鳅、打水仗。河流在月夜追想往昔，像连续行军几天几夜的士兵，一边走一边睡觉。它伤感自己一路上收留了太多的儿女，鱼虾禽鸟乃至泥沙，也说不好它们走入大海之后的命运。也许到明天，到一处戈壁的故道，河水断流。那是一个无人知晓的地方，河流被埋藏。而河流从一开始就意气决绝，断流之地就是故乡。

河的辞典里只有两个字：远方。远方不一定富庶，不一定安适，不一定雄阔。它只是你要去的地方，是明日到达之处，是下一站，是下一站的远方。

常常的，我们在远方看到河流，河流看到我们之后又去远方。如果告诉别人河的去向，只好说，河在河的远方。

黑河白水

————————————

北地，当白雪覆盖河岸的时候，黑色的河流缓缓流过。这么冷了，我不知道它为什么不结冻，袅袅升腾白雾。这的确是一条黑河，凝重而坚定地前进，虽然并不宽也不激壮。在冰雪世界，任何有动感的事物都令人感动，况且是一条河流。

这样一条黑水流淌着，在白雪的夹裹下充满苍郁，让观看的人心软了，坐下来叹息。

而所谓"白水"，也难见。德富芦花称："日暮水白，两岸昏黑。秋虫夹河齐鸣，时有鲻鱼高跳，画出银白水纹。"水白不易见，水清与水浑则常见。对"水白"之景，我曾困惑过，后来在回忆中想起来了。的确是在"两岸昏黑"之时，天几乎黑透了，穹庐却还透散澄明的天光，无月之夜，星斗密密甫出，河岸的树林与草丛织入昏暝里，罩着虫鸣。这时，河水漂白如练，柔漾而来。在远处看，倘站在山头，眼里分明是一条曲折的白水。

雪中的黑河像一群戴镣的囚徒，水流迟滞，对天对地均含悲愤。像弦乐低音部演奏《出埃及记》。雪花穿梭而落，却降不进河里。人不禁要皱着眉思索，漫天皆白之中，这条黑河要流到什么地方去呢？这是在初冬，雪下得早。若是数九之后，此地所有的河流都封冻了。

观白水，如静听中国的古琴，曲目如《广陵散》。在星夜密树间，白水空蒙机灵，如同私奔的快乐的女人。白水上难见波纹，因为光暗的缘故。这时，倘掷石入水，波纹扩充，似乎很合适。在此夜，宜思乡，宜检旧事，宜揣测种种放浪经历。如同站在缓重的黑河前，应有报仇雪恨之想。

黑河与白水，我是在故乡赤峰见到的。他乡非无，而在我却失去了徜徉村野的际遇。人生真是短了，平生能看到几次黑河与白水呢，虽然这只是一条普通的河上的景色。

黑河境内的黑龙江

　　我住在酒店八楼。楼下每天传来循环往复的女声广播——"黑龙江是我国第三大河流，俄罗斯人叫它阿穆尔河，蒙古人叫它哈拉木伦河，赶快上船吧！"

　　我想下楼告诉这个女人，阿穆尔河是蒙古语，不是俄语。西伯利亚的许多地名是蒙古语，如贝加尔、乌兰乌德、阿巴甘等。但我不想跟这个女人争论，她言说的核心是"赶快上船吧"，声音在风中缥缈，听上去像"赶快上床吧"，催人早睡早起。

　　"黑龙江是我国第三大河流……"从窗外传来时，我可能在睡觉（凌晨）或准备睡觉（夜晚），闻此言马上蹿至窗台观望我国第三大河流，一日无数次。大江丰满，大江从来不会急急忙忙。以黑龙江的宽阔而言，天际的云朵似乎只是它的陪衬。我看到，凌晨三点半开始，云朵就站立黑龙江两厢的天空，为它让道。黑龙江这时分应该叫白龙江，俄罗斯人应该叫它白穆尔河。江面如鲫鱼肚子一样银白。5点钟，这条肚子透出一些玉石般的微青，天上潦草的云朵挂上一些微红。

如染色时代的照片那样浅而艳。我住八楼，江水不让我看到波浪，它也没什么波浪。成千上万吨的水流淌在平缓的河床里，要浪干什么？江的对面是我们的邻居俄罗斯。他们把中国原有的城市海兰泡改名为布拉戈维申斯克（报喜城）。当年，他们在城里的东正教堂放置了一座报喜圣母像，尔后改了城市的名字。这些人把中国原住民辫子系在一起往江里赶，不从者被哥萨克用长柄斧子砍死。

如今，对面的城市有了繁忙的码头，七八座吊车日夜忙碌。夜里，这座城市最高最亮的楼房是中国人建造的五星级饭店，号称远东第一高楼。黑龙江是一条界河，收集着两岸不同的文化和历史。早上，从高楼上一眼望到对岸的国土，感到很近，近里又透着陌生。我早上、中午、傍晚和夜里从我的窗户为江照相。画面上有这边的沿江公园、母亲塑像。在不同光线下，江水青碧、灰白、宝蓝，还有一种洋铁皮色。深夜里，黑龙江和它的名字最为吻合，江水完全漆黑。江里如果有龙也一定是黑龙而非黄龙。江上过船，船头两盏大灯亮起，好似我家黑猫飞龙的大黄眼睛。

黑河的江边公园是我在此地的最爱。自天亮开始，江边公园就布满人群，散步的、跑步的、打拳的、踢毽的，花花绿绿的衣装把江边打扮得比花圃还鲜艳。人们欢愉的表情仿佛说黑河是最幸福的地方。我想，如果哪个地方在江边建城市，如果江堤足够高，不妨把所有房子全建在江边，绵延一百里，让老百姓家家都高兴。我跑步，从港务局码头跑起，经过母亲塑像和十几座纯铜的狗熊雕像，一直跑到高架桥，全长 3.1 公里，往返 6.2 公里。跑步中，一边是江，一边是绿地，心旷神怡。人在跑，江水在身旁默默地流，如同你的脚步与时光被江水流走了。想到人跑步不过区区 6.2 公里，而江水日夜倾流，不知疲倦，人显得太软弱无力了。中苏交恶时，一天夜里，两岸边防军开亮探照灯，机枪嘎嘎扫射结冰的江面。双方都以为对方有人偷渡。事实上，是一只狗在冰上追一只狐狸。如今两岸祥和了，连江流的样子看上去都祥和，不疾不徐。跑完步，我一边落汗，一边看四外风景，有趣的是泳人。

黑河人管游泳叫洗澡。早晨，江边走来如海豹一般浑圆、光着膀子的泳人。"洗去？"别人打招呼。"洗去！""海豹"晃晃手里的毛巾。这些泳人三五个一堆，衣服脱一起，下江。在黑龙江游泳，无论怎么游都被江水推着走。他们下江后，从几百米外的下游上岸，走回原地再下江。人在江里，只露个小脑瓜，实在比海鸥还渺小。上岸后，男人用毛巾被裹腰脱泳裤。有个女人，解泳衣，露出乳房，再裹毛巾被脱下面衣装，自然大方。跟晒黑的胳膊比，乳房雪白。

一天早上，我遭到暴风雨。我有一篇文章的题目叫"夜空里栽满闪电的森林"，放在那天早上才恰当。天色忽暗，闪电从天空伸脚到江中。江水起了波涛。北面的天空却露出半片蓝天，照得杨树叶子明晃晃地翠绿。江边栽种的小花簌簌发抖，花瓣如同不会飞的小鸟扇动翅膀。雷声从俄国传到中国，又从中国传到对岸报喜去了。突然，江面像洒石子一样砸下一片雨点，像追着波涛砸。雷雨的闹腾刚开始，却突然休止，头顶迅速换上了蓝天，好像刚才的雷雨跟这块天一点关系都没有，比话剧团换背景道具都快。我接着跑步，想起美国诗人查尔斯·赖特的诗："从蓝岭的另一侧/九月的猛雷布下了预攻的炮火/云黑下来，一层暗似一层/闪电炮口的火焰/灼烧乌云的心脏/风景一寸一寸地/敞开。"
赖特描写的与刚才发生的景色十分相像，好像他也来过黑河或者
狗娘养的报喜斯克。

夜　游

走进夜的水边，犹如闯入它的梦境。手的任何一个动作，不管多轻，都会弄破湖心的月亮。月亮摇啊摇，接驳碎片，复原，又破了。

夜里水暖，和一般人想的不同。夜里习水，最妙处在收听水声：哗啦，哗啦，温润清婉，如歌声。游着，停下四望，树林如土地的睫毛，密密尖耸；山比白天似乎退后，又矮了一些。天地间只有一弯水，清虚似雾。其时，吾等大放其声，咦之吁之，声音贴水皮不知所终。

泳过，我们到高崖坐望。有人提议，夜半无人，何如裸之？想了想，谁也没裸之，慎独。崖上看湖，人被天地大美震慑，像后来看到东山魁夷的画，真的美寓形于静。静者，何止无声？江淹赋曰："明月白露，光阴往来。"远望，天浅而水深，风把水的气息吹到脸上。月魄出窍，在水里洗得花白，一荡一漾。时间仿佛已经退场，这时，人偏偏想起时间。时间在哪儿？山水凝固，时间无处可以藏身。人突兀地想起昨日和明天，均无语，体味"光阴往来"。

若讲雄浑，大水比山更胜。山的气象在表，水的阔大藏在里边。水库方圆 50 多里，此际无风无浪，是一番不着痕迹的大气象。这气象又和周遭的所有都沾着边儿，不光黛山和暗林，连草叶露水乃至虫鸣都和一湖水有了关系，为它接纳而共生。

我们上岸，是为水声月影感到不妥。坐而看水观云比"哗啦啦"更好。云在月夜穿行，可知什么叫"关山飞渡"。天的深远被湖水吸纳，唯剩空寂。月，距天远而离湖近，云彩的速度比白天加快，可能怕飞慢了掉到水中。云的队伍从月亮的上方和下方越过，可惜没在水上留下身影。云边有月光镶嵌，看着更满。浓云如俯冲的黑鹰。那些不均匀的云朵，像被人蹬出了窟窿的棉胎，散乱着，也飞过了天际。

我们坐着，不游泳，也不想回去，不再耽念夜行的兔子和蜥蜴，用现在的话说，"心灵被净化"了。当然，心灵第二天又恢复了原本的样子。

返回时，我们拎鞋光脚在草地中白花花的小路上走，不时惊起青蛙飞跃。回头看水库之水，一点点平了，月亮被拉长，最后变成一道粼粼的白光，竖在中央。

河流里没有一滴多余的水

　　从质地上说，花瓣是什么？它比绸子还柔软，像水一样娇嫩。雨后的山坡上，如果看到一朵花，像见到一个刚睡醒的婴儿，像门口站着一个被雨淋湿的小姑娘。花瓣的质地，用语言形容不出来。而它的鲜艳，我们只好说它像花朵一样鲜艳。无论是小黄花、小白花都纯洁鲜艳。花能从一株卑微的草里生长出来，人却不能，连描述一下的能力都缺乏。

　　从性格说，马比人勇敢，而性情比人温和。马赴战场厮杀，爆炸轰鸣不会让它停下来，见了血也不躲闪。冰雪、高山和河流都不会阻挡马的脚步。它的眼睛晶莹，看着远方。把勇敢与温良结合一体，在人当中，可谓君子；在动物中，是马。我哥哥朝克巴特尔贫穷，却买了一匹良种马欣赏。他不让马拉车干活，也不骑。每天早上，朝克拎一桶清凉的井水，用棕刷子刷马，然后蹲下，咧着嘴对马笑。如果马吃糖，他一定给马买糖；如果马看电影，他会拉着马上城里看大片。朝克对马的感情，和城里人养宠物不一样，马是哥们儿，是朝克的偶像。马在天地间吃草漫游，用不着管马叫儿子，搂着睡觉。马影响爱马人的性情，使之"温而厉"。

从流动说，河水心里一定有巨大的喜悦，而后奔流不息。大河流动时的庄严，让人肃然起敬。它非在逃离，是前进。只有贝多芬的音乐能描述河流的节奏、力量和典雅。贝多芬的交响曲没有多余的音符，也没有乐器单独演奏，一切共进。而河流里也没有一滴多余的水，每滴水和其他的水密不可分，一起往前跑。河是巨大的家园，鱼在河里享受着比人更幸福的生活。夜晚，河流兜揽所有的星辰，边晃边亮。

从胸怀看，鸟比人更有理想。当迁徙的候鸟飞越喜马拉雅山的时候，雪崩不会让它惊慌。鸟在夜晚飞越大海，如果没有岛屿让它歇脚，它不让自己疲倦，一直飞。它不过是小小的生灵，却有无上的勇气。

人的勇气、包容、纯洁和善良，本来是与生俱来的。在漫长的生活中，有一些丢失了，有一些被关在心底。把它们找回来，让它们长大，人生其实没什么艰难，每一寸光阴都有用。

河流日夜向两岸诀别

河流看到的岸上的人，如同火车里的旅客所见的窗外的树，嗖就过去了。让河水记住一个人是徒劳的事情。河流像它的名字说的那样，一直在流。没听说哪个人的名字叫流，张流李流，他们做不到。河流甚至流进黑夜里，即使没有星星导航，它们也在默默地流，用手扶着两岸摸索前进。无月的黑夜，哗哗的水声传来，听不出它们朝哪个方向流。仿佛河水从四面八方涌来，流入一口井。

河留不住繁花胜景。岸上的桃花单薄羞怯，在光秃秃的天地里点染粉红。枝上的红与白星星点点，分不清是花骨朵还是花，但河已流走，留下的只是一个印象。印象如梦，说没发生过亦无不可。倘遇桃花林，那是长长的绯红，如轻纱，又如窝在山脚下浅粉色的雾气，同样逝去。马群过来喝水，河只看到它们俯首，不知到底喝没喝到水，河已走远。

河水流，它们忘记流了多少年。年的概念适合于人，如秋适合于草、春适合于花、朔望适合于潮汐。没有哪一种时间概念适合于河，年和春秋都不适合描述它的生命轨迹。河的轮回是石缝的水滴到山里的小溪再到大海的距离，跟花开花落无关。当年石缝里渗出的水跳下山崖只为好奇，它不知道有无数滴水出于好奇跳到崖下，汇成了小溪。它们以为小溪只是一个游戏，巡山而已，与小鱼蝌蚪捉迷藏。没承想，小溪下山，汇入了小河。小河与四面八方的河水汇合，流入浩浩荡荡的大河。它们知道这回玩大了，加入悲壮的旅程，走入不归路。

归是人类的足迹，恐田园将芜。河水没有家园，它只灌溉别人的家园。河的家在哪里？恐怕要说是大海，尽管它尚没见过海。如果把河比喻为人，它时时刻刻都在诀别，——别过此生此世再也不会见到的景物。人看到门前的河水流过，它早已不是昨日的河水。今日河水与你也只有匆匆一瞥，走了。没有人为河送行，按说真应该为河送行。河水脉脉地、默默地，夜里则是墨墨地流过，无人送它一枝花。河有故乡吗？河只记得上游。上游是它的青年、少年和童年，而这一个当下它还在上游。下游有多远，不是五里地、十里地，那是天际，是可以流去的一切地方，那里不是空间，是时间。

佛法常常劝人想到死亡。死亡不光是一个生命的终结，还是一块磨石、一个巨大的譬喻、一面镜子或召唤，是集合地点和最真实的存在。如果"存在"这个词具备实在的含义，说的即是死亡。死亡蹲在遥远的天边，人一步一步叩拜它。事实上，它就在人的身边，和人一起到达天边。佛法认为死亡不光指生命，它还是别离。它是一瞬间离开我们的许许多多的东西。死这个词不便于四处应用，在佛经里的代称叫无常。如果不以肉体作生命的唯一，人与万物的死死生生从没有过停歇，生死不曾对立而在相互穿越，这里面不包括被贴上标签的"我"。佛法认知事物的第一道门槛是不让"我"入内，里面没有"我"的座席。河水有我吗？正像河水不会死亡，干涸是蒸发与渗入泥土，而非死亡。水在河里不停翻转，水分子时时与其他水分子组合成波浪或镜子般的平面。浪涛一秒之后化为其他浪涛，只有势，而无形。无形的、透明的水，没有财产、家业、家乡，乃至没有五脏六腑的水在流动中永生。水没有记忆，没有历史欠账，没有荣辱，清浊冷暖高下缓急对河流无所谓，它所有的只是一张长长的河床。

阳光每每给河水披上黎明的金纱，太阳落山之前到河里洗浴。河水如奔跑的野火，贯通大地。河水上飘过稻花之香、熟麦之香。河水给山洗脚，于高崖晾晒雪白的瀑布。河水每到一处记忆一处，记忆山包括山上的一朵小花，记录天上与水面的星座。河水深处，鱼群如木梳从河的肋边梳过，水草在河底盛开暗绿的花朵。河水告别了山顶的弯月，告别了软弱的炊烟，告别鸟群。此时牧童在河面写字，羊群用鼻子闻河水的气味。河流穿过桥梁为它搭建的凉篷，穿越容易迷路的沼泽。河水于宽大处沉睡、狭窄处唱歌，河水的前方差一点点就汇入天上的银河。河水每时每刻都与岸上的一切诀别，以微微的波浪……

河床开始回忆河流

大地上的河床像一个干瘪的口袋，粮食没了，口袋显出宽阔。我在各地见到许多干涸的河床，它们不是耕地，不是广场，是从天边延伸而来的河床，只是没有水。

所谓一无所有，说的正是河床。如果有，也只有一些鹅卵石。夏天，不长庄稼不长草的土地是干涸的河床。乍见白花花的河床，心里惊讶，它是什么？它几乎什么都不是。你能相信一条宽阔的河流竟然一滴水都没有吗？在雨后，在盛水期见到干涸的河床让人不安，无法想象当年这里曾经有过河，可以用汹涌、清澈、波浪和白帆形容的河，它竟然没了。

对大自然来说，河没了，比人丢了钱更痛苦。如果河没了，鱼和水鸟的家也没了；两岸的青草没了，倒映在河里的星星也没了，因为星星不能倒映在石头上。如果河没了，连同河床一起消失是最好的。没有水，留下的河床好像是伤疤，是一条长长的鱼的尸体。是的，干涸的河床如同尸体。是谁的尸体？是河的尸体吗？没听说河竟然还有尸体，水干了，白花花的河底只能是河的尸体。

干涸的河床好像在回忆，它抱着不应该拥有的沉寂回忆涛声和蛙鸣。河床回忆什么是水，它不知道水流到了什么地方，也不知道水会不会再来。当年水来的时候匆匆忙忙走过河床，带来鱼虾和泥沙。水没等站稳脚跟歇息，就被后面的水挤走了，水比车站的人流更拥挤。河床从来没想过一条叫作河的水流会干涸，这比一个朝代的更迭更让人吃惊。

河床的悲哀是一个母亲的悲哀，她的产床上已经没有了孩子，她还在等待，并且哭干了泪水。一家外媒报道，从卫星上观察，中国境内二十年前约有五万条河流，现在这些河流中已经失去了两三万条。有两万多个河床母亲手里失去了孩子，她们怀里空荡荡的，等待人类把孩子还给她们。

人说，人是无所不能的，起初我不相信。当我看到一条又一条干涸的河床时，我相信了这一点，并为自己作为人类的一分子而感歉疚。人把河都消灭了，还有什么做不到吗？消灭一条河比建造（请原谅我使用"建造"这个词，这完全是人类爱用的词，而河流无法建造）一条河更容易。把河流上游的树木和竹林砍光，草原沙化，河就死了，只剩下河床这条殓尸袋。

当大街出现一个带刀痕的死人时，警察会为这个人的死搜寻原因，曰侦查破案，人类为此发明了一个词叫"人命关天"。如果一条河死了，没人破案，没人痛哭，更没人祭奠。所以，当中国死去两三万条河流时，人们并没觉得失去什么，因为他们不是小鸟不是青草。他们忍受气候变化并心安理得，却没一个人指认杀死河流的凶手。在所有的案件里，如果凶手不是一个人而是一个社会的时候，罪行自然会被赦免，我们都不是罪人。

我们都不是罪人，我们劝自己欢乐并制造更多的欢乐。电视台从国外引进娱乐节目在媒体上操纵人们哭笑,让人保持人的正常情感。而河床敞开空荡荡的怀抱,她的孩子没有了,她以为人会惊讶会替她找回孩子。先前的人类离不开河流,人类所谓的"文明史"都诞生于河流的两岸。看地图,人类的城市多建造于河边,中国有多少城市的名字带着水字旁。古时候,人祭祀河,景仰河,后来竟搞死了河。人爱说"算你狠",搞死河者,何止于狠,是把事做绝了。

我觉得人类应该派一个人(比如政府官员)到河边告诉河床,河已辞世,水利术语叫断流。他们理应为河床献上一些祭品表达歉意,河的消失毕竟算是大事。或者,他们在河边装一个高音喇叭,日夜播放河水流过的声音和鸟啼声。总之,人应该为河的陨灭略微表示一点态度。

辑九

草

草

————————

北地，当冻土显露黑色，微微有一些潮湿的时候，土仍然坚硬，而草芽已经钻出来了。人实在无法想象，柔软像纸一样的草，怎么能钻透泥土的封锁；无法想象水洗过一样新鲜的草，是怎样度过漫长的冬天的。

草在生出的时候，抱紧身体，宛如一根针，好像对土地恳求：我不会占太多的地方。而它出生的土地，总是黑黑的，这是它的产床。黑色总是令人感动，好像泪水盈满了土地的眼眶。草是绿色的火，在风和雨水里扩展。一丛一丛的，它们在不觉中连成一片。在草的生命辞典里，没有自杀、颓唐、孤独、清高这些词语，它们尽最大的努力活着，日日夜夜。长长的绿袖子密密麻麻地写着：生长。

土地哭了，为青草的生长。青草出生的土地，散发着草的汗香。

惠特曼说，草"是一种统一的象形文字，它的意思乃是：在宽广的地方和狭窄的地方都一样发芽，在黑人和白人中都一样生长"。面对着草，能体会出谦卑的力量、贫贱的力量、民主的力量。这些观念像草一样，在静默中，分分秒秒都在生长。

"现在，它对于我，好像是坟墓中的未曾修剪的美丽的头发。"（惠特曼）我想起齐白石在晚年也说过：让我的坟头青草茂盛。这句话同样是一句诗。他们——这些洞悉人生的艺术大师，都穿越了生死之门，看到了草的生生不息。坟上青草，是生与死的美丽的结合。齐白石宁静地说出这句话的时候，仿佛看到了自己墓边的绿意绵绵，而把死已然忘记了，如惠特曼说的"这最小的幼芽显示出实际上并无所谓死……生一出现，死就不复存在了"。

惠特曼的诗中无数次出现过草，而且他的"话语像草一样朴实"。在他笔下，在密西西比、棉田黑奴、巴门诺克、精神、流动、气概这些汹涌的词汇中，有蓬勃的草叶长出来，缠绕着这些词，如同花环，散发芳香。

宛如一根针

《草》这篇文章收入上海的高中语文课本，是我刚刚听到的。眼下我忙碌着一些无以名之的事务，比如办媳妇出院手续，同时谋划如何把金鱼从鞍山带回沈阳，修改一首"主旋律"歌词，用长途电话劝我妈我爸不要争吵。刚才，我偷偷观察了一下沈阳今天的雨水，疏散如沉思般飘洒在水泥路上。这时，我想起关于《草》的约稿，写一篇短文说它。

《草》写的是草。写的时候，我试图把它写成一篇奏鸣曲式的钢琴小品。两个动机交替出现，放在一个背景里。比如：

A："北地，当冻土显露黑色，微微有一些潮湿的时候……而它出生的土地，总是黑黑的，好像泪水盈满了土地的眼眶。"

B："柔软像纸一样的草，怎么能钻透泥土的封锁……水洗过一样新鲜的草，是怎样度过漫长的冬天的……草在生出的时候，抱紧身体，宛如一根针……草是绿色的火，在风和雨水里扩展，一丛一丛的，它们在不觉中连成一片。"

土地和草是交替行进的两个音乐动机，它们对立——坚硬、封锁、钻透、抱紧、恳求——但相互不是敌人。我写道："土地哭了，为青草的生长。"然后说："青草出生的土地，散发着草的汗香。"两个乐句在这里汇合。

背景是生。

说青草，是说有关生的一切，这是背景。

写这篇文章的时候，我期望的节奏是行进，速度均匀，不要停下来（不要解释）。为了防止单调，让草和土地交错回映。对惠特曼与齐白石的引文，也是为了行进，不让文章停下来。也就是说，丰富与简单是一体共生动的。这个意思，在文章写作中不容易说清，听一首乐曲就很明白了。

为什么写这篇文章呢？每年春天，我都被初生的青草所感动，像我在文中说过的。它们并未在去年秋天死去，它们还活着。赞美草，就意味着赞美民主（像草一样广大的、无法遏制的）的力量，赞美生的力量，赞美卑微然而充沛的力量，赞美默然无声的力量。这些力量如果用公共语言表述，可代指人民。而在更高的哲学意义上，它是生本身。

在写作技巧方面，我希望写出语言的节奏感，即音乐性。语言深不可测的奥妙之一在其音乐性。它也是语言优美的含义之一。人不能糟践语言，要珍惜它，小心地把它的美展示出来。

有人说，文章是不可解释的。我对自己文章的解释有可能是错误的。我用音乐的曲式来解释写作也仍然是一种比附，不一定准确。

草言草语

对春天，阿斯汗说"草暴动了"。

我当即对他刮目相看，说："你说得挺好。咋想起'暴动'这个词了？"

阿氏显见没有批评家的诠释才华，说："你看，这不是，哪儿都是草，包围咱们了。"

草包围咱们了，说得好。我对敝外甥进行鼓励，说："你呀，好好念书，长大……"

"咦？"阿斯汗从地下捡起一个瓶盖，大声说："这是雪碧的盖。"

我的表扬连头还没开呢，不说也罢。对儿童，在许多情况下，赞扬都不如雪碧的盖更有价值。我们穿过火花路，再往前就是煤厂，顺墙根一直走，就直接上南山了。

到处都是草，草不择地而生。在人们看来是肮脏的墙角，草伸出干净的叶子。如果没有人的践踏，没有水泥和沥青路面的遮蔽，草会长满所有的土地，像练字的人不放过纸上的每一块空隙。草爱热闹，是群居的生物。它们相互拉扯着袖子与衣襟，挤满了土地。

草的突然出现，好像让人相信一个道理，什么道理？不一定能说清楚，大约是在我们看来无生气的大地上，始终流动着数不清的生命。在我看来，冰雪没有把草冻死是一件奇怪的事，也是让人感动的事。这里面的道理不是斗争，而是和谐。大自然是最为高明的精算师，在妥协和激进中让所有的生灵都有一个位置。

草暴动了，这是阿斯汗对春天的一种比较吓人的说法。看到草和树上懒洋洋的杏花，我觉得春天也暴动了。如果看到开河的江水，冰块汹涌而下，更能体会"暴动"的力量。

在春天，还有什么没暴动？昨天我甚至看到了一只蝴蝶，它像一位初愈的病人，在灌木中软弱地飞舞。

说来说去，是说人对春天不能无动于衷；面对着草——上天在一夜之间送来的如此众多的礼物，也不能无动于衷。想说却说不出阿斯汗那种别致的话——草暴动了。小孩真敢说。

南风里有青草的香味

　　黑黝黝的灌木丛冒出一层暗绿的芽苞，横竖都成行，像一封信，密密麻麻的字写在灌木的手心里。

　　叶苞攥在灌木的手心里，掰也掰不开，除非春天真的来临。

　　春天与人间的通信，字迹是绿色的。在柳树那里，枝条边写边蘸浮雾袅然的池水，不然，字迹绿得不深。

　　在这封信里也有插图——当苏醒过来的土地写信写得手腕已经酸了的时候，就随手涂画。

　　插图是树上的花。

　　杏树把花朵高高举在头顶，这是对节令最沉挚的感激，也是对天的膜拜。

　　天也许在春季才睁眼俯瞰下界，那么杏树赶紧举起花朵，一个春天也不敢放下。春天看到了杏花，就会如约而来，蜜蜂与蝴蝶都如约而来。

　　这时，人们相信，天和地都如此诚实。

　　当灌木写信的时候，春天会为此感动得流泪，泪水被风飘成雨丝，把灌木的信笺打湿了。字迹洇染之后，整个信都绿成一片。

　　因而春天始终没看清灌木的信，她安慰自己：明年还能看到。

　　蚂蚁认为是它把春天惊醒了——在蚂蚁纷沓的足迹下，草叶探出头来观看，一瞬间，草叶像森林一样围绕蚁穴。

　　风开始从南方吹来，把寒意赶回北地。而北地也有杏花的手势和河水的奔走声。南风吹在墙上，拐弯而走，扑在脸膛如流水拂过，脸庞和鼻孔里灌满了青草的香味。

风吹草动

　　五月上旬的一个星期天，我骑车去辽宁大学操场跑步，没按惯常路线走，转道从礼堂那边绕行。接近篮球场时，看到方形草坪上，草叶闪闪发光，马兰在树墙外悄悄开放蓝花。老校工在剪树。

　　草坪的草是咱们说的进口品种，娇嫩翠绿如染织的地毯。而比地毯更高明处在于草们在风的驱赶下做出的精致舞蹈。洋草修长柔韧，色泽是画家笔下才有的晶莹的浅绿，而草叶背面在绿中衬一抹银灰。透明的风在这里和草开展欢愉的游戏。草叶有时急急如"之"字蛇行；有时像波纹一圈圈荡开，仿佛投入了石子，或者如体育场上的观众臂膀相牵此起而彼伏的场面。面对这些美丽不知疲倦的草叶，你尽可以想象它们在骑马、哗变、演习八卦掌（团体项目），或诺曼底登陆。谁知"风吹草动"四字在此竟有如此生动的演示。这与我在草原和乡村看到的草景都不同。后者是民众，这边是草舞蹈团。我甚至想冒着挨骂的危险说："还是外国的草好啊！"或："还是外国劳动人民的草好！"

　　此时是下午，天边摆满五月的白云。雨才歇，蝴蝶和蜜蜂都没有出来，楼角上的广播喇叭里传出学生播发的知识稿件——海洋资源远远多于陆地资源。与"草舞蹈团"隔一道树墙的是一排马兰，开着淡蓝的花。它们像一群蹑足而走的乡村姑娘，十七八岁，想引人注意又怕异样的目光。我忽地想起萧娴笔下的兰花，也是这样轻盈淡雅。此画是一本杂志的封底，20 年前糊在我家裂缝的门板上挡风。我为想起这幅画以及萧娴的名字而惊讶。在都市里，一个人被裹挟于车马人流之间，偶尔脱身却见马兰花静姝一隅，你甚至不好意思自己的东奔西走。我蹲下，专注于花草。老校工环臂持大铁剪"嗒嗒"开合，然后俯察，如理发师侧首找寻那人头上杂毛。我恍然，马兰花、老校工弯腰的姿态和草的舞蹈，是一幅让人屏息而视的画面。在平静的生活中，天地间会突然出现美不可言的胜境。我庆幸看到了它。

这时，老校工回头看我，汗里的盐使他眼角眯着，表情似有不悦。一人站在另一劳动者身后无理由地观望，当然令人不悦。其实我想多看一会儿。老校工二度一瞥，我走了，美丽的草和马兰都是他的。日常景色在朴素的外表下会突然爆裂内里的美，明灿高扬。与之遭逢已经很难，而遭逢之后无法勾留是另一无奈。人们跋山涉水去拜谒天下名景，譬如泰山峨眉时，究竟有多少人看到了它们真正摄人魂魄的美？美像闪电一样，不可能总是出现。它的出现，必有晨夕、明暗乃至风与雨的交关组合，像盛装的大师出现在舞台上。而多数人在泰山峨眉所遇，仅是一个没有演出的空寂剧场而已。

有人说，一个女人最美的时刻，只在某年某月的几天，至多一个星期便寂落了。人们娶来的妻子，多数已经不包含这几天了。如同花朵在空谷里的绽放，它的美属于神，而非男人或女人。

青草寂静

　　早上，山坡上的青草刚刚醒来，张着晶莹的眼睛向四外瞭望。山下的小河拐弯流过去，好像故意不肯走一条直路。我外甥阿斯汗小时候，如果在路边发现一个坑，大喜，一定从坑上纵身跨越才称心如意。小河跟儿童差不多。早上的河水连一丝波纹也没有，白云在河心庄重地移动。河岸的青草纷纷探过头来观看云影。

　　在微风吹来之前，青草上的露珠是它们的眼睛。山坡上，常有鸟儿飞过来，像抢什么东西，不到一秒钟又飞走。鸟儿落下时，翅膀向前兜拢，如放出降落伞增加阻力，像小扇子一样打开的翅羽精巧分明。

　　青草像站队，又像散开；像漫步，又像等待。看到青草，我想到的另一个词是寂静。没有河水流动，没有树叶喧哗，草的一生处于寂静中。或者说，没有哪一种生物像青草这样度过寂静的一生。它们出生不叫喊，死亡也不叫喊，在缄默中保管着青草的秘密。没有什么地方没有青草。在一个开窗又不住人的房间，地板的缝隙都会长出青草。楼顶上，隆隆驶开火车的铁轨的中间，都有青草的身影。草是最会串门的人。只可惜书页里长不出青草，我最喜欢的三部诗集——惠特曼《草叶集》、杜甫诗选、希梅内斯《小银和我》也没长出青草。这些诗集的每一页，实说都应长出青草，开放戒指大小的鲜花，像豆芽那样从书页里钻出。

说到花，青草的花像青草一样朴素。把小黄花送到鼻子底下，闻到一股苦味。牵牛花不分瓣，它们的花不仅像喇叭，还像裙子穿倒了，或者说穿粉裙子、紫裙子的精灵一头栽进花里。

我在青海湖的山坡上见到一只山羊，兀自站立，被风掀起胡子。那时候，我觉得青草是它脚下的臣民，山羊仿佛领着无数青草跋涉至此，下一步的任务是领它们渡湖。山羊表情静穆，它如果想的不是渡湖的事，又有什么事值得它长时间思考呢？机关造公文的人爱说一个词叫"观点"，它在考虑什么观点呢？

青草让山坡的线条柔和，山的所有的坡度都被青草包裹得如在眼前。从山顶背后露出的云团像是从青草里冒出来的。而野花如奔跑。在我记忆中，穿裙子的小女孩都喜欢奔跑，裙子上的花太漂亮，不跑腿不得劲。野花的花瓣在风中俯仰摇摆，像笑得直不起腰。而青草如山羊一样静穆地看野花笑。天最热的中午，蚂蚱如触电一般蹦远。我研究过蚂蚱，它的后足比四只前足长十多倍，中间折叠。谁长这样的腿都没法走路，只能蹦。蚂蚱动作的突兀让人感觉它没脑子，细看它脑袋挺大，方形。这种脸形适合戴黑框眼镜。

葡萄牙诗人 Ramos Rosa，我译之为罗萨。他有诗云"我所认识的天使伫立在青草和寂静之中"。这个诗好，更有趣在他说"我所认识的天使"，可见每个人认识的天使都不一样。

有钱人认识的天使在银行，官员认识的天使是大官。实话说，我没见过长翅膀从天空飞下的天使，以后也许会见到。但如果把天使这个词稍微泛化一些，天使太多了。我家房后有一家房子五颜六色的托儿所。九点钟，刚会走路的幼儿出来做操，他们手拉着前面小朋友的衣襟，齐步走，向左转，神态宛然。我视为天使下凡。这些天使会跌跌撞撞，会摔倒哭鼻子马上又笑了，会太兴奋太胆怯，会向栅栏外围观的人群投来哀怜一瞥。我不止一次在心里感叹，在这里工作的阿姨们会青春永驻，会长生不老。单是摸摸这些孩子的小手，我心里就感到幸福。小鸟儿也是天使，从这个树杈飞到另一个树杈，距离虽不远，也并非人类所能企及。齐白石画的小鸡雏怒气冲冲地抢蚯蚓，也是天使所为。齐白石的晚年，心里住满了天使。天使说到底，就是美嘛。白石最爱美。他说"坏东西不能在我笔下活着"。他觉得他泄露了造化的秘密，既得意，又恐折寿。他说"故夺鬼神之工"，喜欢被人称为夺山翁，又自称借山翁。山即是天工鬼神造化，齐白石坚决相信："丹青胜天工。"他说"画荷，雨气从十指出"，又说"大家作画，胸中先有所见之物，下笔有神。匠家作画，专事前人纸本，所画非所见"。如今的画家，有几个见过自己所画的东西？对照片画的都是少数，更多的人在对别人的画作摹写，画虎啊、山啊、松之类，得不到天工之助，心里也住不下天使。白石说，他观察鸡的时间比画鸡多百倍。

罗萨所认识的天使在青草与寂静之中。寂静中的大自然千变万化，每一个细节都不会重复。日本的临终关怀护士大津秀一记录了1000例患者的临终遗憾，述说自己一生没做并为之后悔的事情。包括没去过想去的地方旅行，没看到孩子结婚，做过对不起良心的事却没忏悔等等。大津秀一归纳总结的事情一共25项，都在自己与人际关系范围，而没涉及大自然。我以为，没和大自然亲近是人生至为遗憾的事，相当于三分之一的生命虚度了。大自然有美，有爱，有和谐的秩序，还有罗曼斯·罗萨所说的天使。我过去在文章中引用过一句话，在这里再引用一下——爱大自然的人都是好人。

艾

────────

　　艾的身上挂不住露珠，它的香气里包着远方的秘密。五月，山坡上的草全长齐了，高的矮的草都封了顶。艾像灰色的云，在绿草里环绕，它们有意站在了道边，等人采集。艾的归宿不在山野，它知道它会插在人家的门楣上。在五月或六月，艾斜插在门上，如朝远处走来的人招手。

　　门多好，门比草地好。房子的表情都在门上，这是一块平平的木头的脸，被日光晒成灰白色，在雨中是褐黑色。端午时节，艾草插在门的鬓边。

　　不用手指揉搓，艾草也有香气。书本称之为芳香性挥发油，书本讲话太没意思，不如直接说艾草有情，情意绵绵不断。然而所有的香气都是断断续续的，如同我们在日光灯下挥一下手的映象，手臂的影子也是断续叠加的。鼻子里的嗅觉神经捕捉到的气味如光一样，它也是波长。在古老的遗传基因里，气味是报警系统，生死攸关。先人们从空气中辨别天敌到来的信息，决定跑还是不跑。可惜人们今天丧失了这个能力，他们要到报纸上寻找敌人，当然这是经过他人煽动的。

草木的香气松弛人类的神经。香气不是波浪，不能像水一样覆盖人的全身。它是一条线，从鼻子直接走进心里。一颗颗香的微粒从线上走过来，如走钢丝一般，落在人心里，在心里打坐。香味断续，断的时候，人动员神经去捕捉它，所幸它又续上了。然而歌声也是断续的，人耳听不出断，只听出颤而已。人在香气中启动了上古的记忆，他已经找到了香气的线索，它是广大的草木中的一种。但这个线索在视觉记忆中是盲区，因为形象不遗传。

艾有绒。在草里面，它是穿外套又带绒衣远行的旅人。陈放五年的艾绒变成了金黄的绒簇，它好像由草变成了绒布。这个时候，艾展示出它通灵的另一面——在火里铺开一条路，让灵魂袅袅上升。说艾有灵魂自然是一个借喻，否则怎么说呢？在火里，艾绒安详地眯着眼，飘出的轻烟如纱。艾绒的烟，说飘不如说分泌，它编织出一条一缕，蜘蛛吐丝不过如此。艾的烟精致、舒缓。你看到杂草在火里冒的烟多么急躁，就知道艾在燃烧中这样优雅，实为道行。在火里，凡可燃烧者无不暴躁，因为这是火。艾绒边燃烧边思索什么，好像打了一个瞌睡。在艾绒眼里，生活是一层又一层的灰烬，烧透了，它就与躯体剥离。灰的意思是，它不再握紧什么。草握着叶子和秸秆，毛握着皮，皮握着肉，肉握着骨头，人一辈子握着"我"。人为"我"而尊而卑，打了一辈子工却不知为谁打工。

人把镜子里那个人的脸皮、反复无常的心念和姓名当成"我"。"我"躲在人心里指挥这个人做东做西，人为"我"的际遇恼怒欣喜。然而真的找"我"是找不到的。一找，他像跳蚤跳走，过一会儿又回来了，没皮没脸。一次，我观合影竟找不到

"我"了，请别人找。别人指着"我"说："这不是你吗？"我才算找到了"我"。贤人王凤仪说，人之好命无非像灰一样，不执着，不顽固，顺乎自然顺乎风。灰乘着风势飞扬是福分，散落各处也是福分。对卑微的解读，草木灰是恰切的比喻。人难免高看自己，也高看人这个物种。其实不过尔尔，所谓血肉之躯遇到了火，还是灰。

烟有无数舞蹈。烟从诞生伊始即开展舞蹈生涯。它永远不急，急的是水，是风，而烟于静止中变化，于变化中静止。所说凝思、淡定、静默都可作烟的注脚。艾在它的绒里藏了多少火，又藏了多少烟？它的烟气如大理石的花纹，如树的枝条，如水纹，上升扩展。观望艾绒的烟，你如同看到舞蹈和武术，领悟前后可以转变，左右可以转变，里外可以转变；刚才的"有"马上化为"无"，而"无"中又有新"有"（这话好别扭，却不知怎样说才好）。人的思维觉得烟的变化一定要变出一个什么来，或者冒完烟之后会怎么样，即有一个结果。呵呵，没结果。烟不知去了何方。烟一定还是在的，在哪里却不知道了，而烟之外是一摊与烟毫无关系的艾灰。人执着于结果是教育造成的观念，大自然从无结果也毫无结果，只是变化而已。

艾沉思已久，关于中医或经络的事。经络是暗物质，人类看不到。艾把经络早已看得清楚分明。中脘、气海、关元，它们就在那里，营卫气血。艾走通了所有草木走不通的路，其谓经络。经是大道，络乃小街，像一个网编在人的身体里。艾在人体的经络里环游，经络的迷宫比游乐园的迷宫更有趣，艾的脚步写着到此一游。

艾绒的烟飘走了，灰落地了，是谁去了经络，是热量吗？人洗热水澡热量更多，为什么不祛病呢？经络的门为针为灸而开，山上的艾草知道吗？人类知晓的事情草木不晓。草木知道的事，人类断然不知道。天地留了一手，屏蔽了人类的一部分知觉、视觉、嗅觉和听觉；人类觉醒了一点，隐约感到身边有一种看不见、听不到、闻不出、摸不来的东西，却不知它们是啥。

城里的荒草

　　我常常留意城里的荒草，管这些草叫流浪草或自由草亦未尝不可。它们两三株、四五株或一株长在你想象不到的地方，如楼顶。草需要多少株长在一起，取决于它们脚下占有多少泥土。

　　荒草长在居民楼墙根，长在车库的檐下，长在街道红的、灰的地砖的缝隙里，长在雨搭上面。广场水泥板的凹槽，如果被风刮进一些土，又下一点雨的话，就有草，当然是荒草，也叫野草。步行商业街游人稠密，人把街踩得溜平，但踩不死荒草。草从座椅下面、垃圾箱边上长出来。威严如政府的院子里也有野草，这种地方，流民进不来，荒草进得来。政府院子里栽着花钱买来的体制内草，像穿塑料制服的学生。体制草的任务是排队，碧绿和身高一致。它们有人给浇水施肥，但没自由。跟这些尤物比，荒草太寒碜了，虽然也绿，但色泽暗淡，且衣袖太长，像卖唱的艺人伸出手来。但荒草有本事待在它们喜欢待的一切地方，尽享逍遥。我从食堂六楼往北看，看到一个神秘的院子，楼顶立着白底红字的牌子，一牌一字，写着"政治可靠""严守纪律"等训令。院子里看不到人，楼顶长满了荒草，我替这些草高兴，没人打扰它们，就像替公安部院里的野猫高兴。该部到了午饭时分，特别在第一拨吃完饭的人走出饭堂后，野猫漫不经心地围拢来。这时，有人把从食堂带出的食物谦恭地放在猫前——鸡腿、牛肉或其他。野猫毫无感恩之心，低头嗅一嗅，吃或不吃，也不抬头看这些警察的官职。公安部院子大，草木茂密，还有一座受保护的王府，猫在此尽情飞蹿攀爬，打斗恋爱。也有人带猫粮放进树下的塑料碗里，野猫冬夏饿不着。

荒草比野猫幸福——这是我的看法。草不需要吃什么，自给自足。天下的生物，大凡需要张嘴吃什么就陷入被动，必用全身的力量去喂这张嘴。人或动物活得难，难就难在有嘴，因为嘴下面接着胃和肠子，是无底洞。谁不吃？不吃长牙干啥？荒草自给自足，不仰他人鼻息及一切事物鼻息。它的粮食来自阳光和一点点水。草用自己的衣服或者叫袖子就把饭做熟了。阳光普照万物，照在石头上，照在大楼上，地上有狗屎就照在狗屎上。阳光无偏私地照在大地每一寸地方，只有植物捧起阳光把它变成了饭，这个能耐是大能耐。上帝让草活，给予它这一套能耐。随你践踏，随你轻蔑，荒草不以为然，它有能耐还比人禁活。而且——这一点我们永远也不会知道——它从阳光中合成的营养吃起来有多么甘美，如果不是，植物怎么会开出那么好看的花呢？人吃什么猪蹄子、鸭脖子，啥都吃而脸上屁花都开不出，吃花也开不了花。人跟草根本不在一个档次上。

荒草在大街转角、在废弃的工厂、在"政治可靠"的院子里、在无人认领的自行车中间、在广场和楼顶上迎接日出，它们眯眼看东方射出微弱的光，这些光难以置信地扩张泛滥，照红了广大天空。太阳又来了，它每一天都没爽约，给荒草带来了粮食和点心，带来祛寒的火炉。太阳实为全自动与多功能的供应站，此时荒草比谁都高兴。没见过哪个人因为太阳升起来而高兴，草天天为这事高兴。荒草散在各处，它们不孤单。脚下哪管只有一寸泥土，对草也是大地。荒草把脚伸进土里，掏出水来。土是贮水罐，存一次雨水够喝一个月。当一株荒草有什么不好吗？它不知什么叫作"不好"。它们看天空的月亮如剪纸，风没有眼睛，常在墙上撞昏过去。跟荒草一样自由的还有小鸟。

　　对啦，是风和小鸟把荒草带到了城里。风仁慈，它不愿让草在乡下待一辈子。草籽坐上了风的透明火车进城，相中哪儿就在哪儿落户。小鸟吃草籽，没消化的草籽随鸟粪遗留各地。鸟噙着草籽准备下咽时，会因为一件事突然起飞、突然鸣唱，把草籽遗落在一个不知名的地方，那里成了荒草的产床，它的家。

拉拉蔓

桑园里没什么野草，更少野菜。洋草成了主人，草叶粗细如一，颜色如一，把灌木衬得像一个个傻子。

也有人在这里挖野菜。

老大妈手拎防雨绸兜子，走走，猫腰挖菜，目光飞掠前后左右。有一次，我吃鱼肝油丸，掉地上一粒，也用这种眼神寻找。

挖半天，大妈把野菜放花坛上晾。婆婆丁、蓟菜，拉拉蔓的白根最好看，细长雪白，像小朋友把衣裳撸上去，排队等着打预防针。

我小时候也喜欢挖拉拉蔓，尤喜欢用茶晶色的黄玻璃碴挖。拉拉蔓被挖出来之后，像一个单腿的人没穿裤子，上身穿绿小褂。没穿裤子是因为它没想被挖出来。而且，在土里埋着，穿裤子也是浪费。

把拉拉蔓按大小排好，这是在体育场的看台上。吃，甜而微辣；嚼半天，你以为咽下去了，一拽缨子，又出来了，骗过喉咙。为让根看着更白，在渠水里洗。第七小学门前有渠水。渠水真清，缓缓流，像不想流。渠水里的草周身聚集水泡，砖头在水里也红润。拉拉蔓洗净之后，放在水面上。像一小孩坐着，绿短裙漂起来，下露一单腿直立。它们假装会游泳，而且是踩水。拉拉蔓要去一个新的地方，我心里特高兴，在岸上追随，盯着它们，嘴里出声："呜——"

后来，它们真到了一个地方，我现在也不知是哪里，七小的西边，有菜地、油库和日本人的旧碉堡，还有一座铁路桥。过火车的时候，整座桥都在哆嗦。拉拉蔓要遇上，单腿一定会吓得更白了。

青草和星辰

青草离星辰仿佛太遥远，仿佛没关系，而我觉得它们是天生的伴侣，就像藏在岩石里的黄金跟太阳是伴侣，风跟水波纹是伴侣，钟声和融化的积雪是伴侣。青草和它身边的草只是邻居，它的目光在远方。每天夜里，青草举起双手仰望，看见星辰比它更小，躲在深蓝的帷幕后面。星辰也在天上俯察青草，青草如此之多，和天上的星辰一样多。青草以为星星就是夜空的草，白光是露珠，正如月亮是天上有树的圆窗。天与地相隔一层透明的水，白云是日夜不息的画舫。

青草在夜里发出芳香。所谓芳香，只是对人类的嗅觉而言，用更高级的解码器解码，草香还是一种声音，或者叫语言。这些话语如同多轨混录的唱片，记录了草的歌声。青草的歌声节奏明快，伴奏乐队是弦乐而非弹拨乐，衬托草叶的童声。在天空的乐队里，星辰也发出童声。星辰的声音像河水冲击水晶铃铛，像花瓣被冻成了冰片。

星辰歌唱遥远，青草歌唱遥远，遥远和永远在夜空相遇。遥远能让心躺下休息，所有跟遥远相关的歌声都潜伏着美，也有忧

伤。忧伤像花朵，一边零落一边开放，伤感却不绝望。岁月不许
美占有太多的时光，也不许一人一物、一花一叶、一晨一夕独占
美，自然界的美就是轮流坐庄。青草在夜里跟星辰相会，它们不
觉得彼此有多远。在牧区，夜里到外面看星星，看一会儿就觉得
星星正在降落，越来越大，甚至会砸在自己身上。蒙古高原的星
星童贞，它们以玩为主，以蹦跳、到河里洗澡为工作。青草只要
瞪大眼睛不眨眼，星星就来到了面前，嘻嘻哈哈。它们讲述只有
青草和星辰才能听得懂的笑话。一株草拿两只碗找月亮借水，月
亮只给它一碗水。草回到家，一碗水变成了两碗水，因为下雨
了。青草和星辰比试夜视力，看谁先发现睡觉的松鼠把哪只耳朵
贴在树枝上。天际泛白，星星一跃上天，白茫茫的露水是它起跳
甩下来的汗滴。星星要在夜色收拢之前钻进它的大氅里，星星是
大氅里的钻石，随夜回家。青草的家在土里，它没有大氅。青草
无眠，夜里凝视星辰，白昼遥望云朵，唱各种歌。青草精力充沛
的精力来自阳光的能量，人吃粮食吃的也是贮存在植物种子里的
阳光。草有力量日夜歌唱。人把草称为小草，实在是小看了草，
草不生病虫害，草遭碾压不死，草无须播种年年复生。草的歌声
广阔，可惜人类的耳朵没有闻听草之歌声的解码器。人不知星辰
和青草是朋友，不知河水和灌木是亲戚，人不知道的事情实在有
很多。

铁轨中间的草

坐火车看车外风景。风景是"嗖嗖"而过的电线杆子、缓慢移动的庄稼地，还有连绵的、相貌类似的群山。

车停的时候，人们下车看车站、月台的钟和上下车的人流。

有没有人看铁轨？除了铁路工人之外，没人看铁轨，也没人注意到铁轨中间的草。

一个车站，十几条铁轨闪亮甚至交错延伸到远方。在站台，我看到铁轨中间怡然生长的野草。

野草长在灰色混凝土的枕木中间。它们在累累碎石中长出来，让不自然的铁路添了一些自然的气息。

此后，我常站在火车车厢的门口朝外看铁轨间的草。行驶中，若遇相邻的铁轨，低头看，当然看不到草，路轨白花花地掠过。

山野的铁轨间长着野草。草，甚至长在城里楼顶水泥的裂缝中。我还见过木质电线杆裂缝中长出的草，它们像顽皮的儿童做捉迷藏的游戏，说："你不知道我藏在哪儿。"草还是被我看到了。

铁轨中间的草，假如有一株是我，我断然不敢长在那里。钢铁的怪兽日夜从头顶掠过，吓死了，更不要说生长。

而这些草——如我在车站看到的——与别的地方的草一样地舒展安然，并没有缩紧身子或躲在石块下面不敢出头。

它们比山野的草更胆大。

环境没办法挑选。风把草籽带到这里。它们也面临二选一，要么死掉，要么活在这里。

活，是覆盖所有道理的大道理，是前提，是后果，是话语权，是青山和柴火，是太阳照样升起，是晚上脱在床下的鞋第二天还能穿上，是朝夕相处，是一张无论多老都健康的脸。

诸如种种，全胜过"音容宛在"。

至于怎么活，是自己的事。把铁轨的草栽到盆里就好吗？这要问草。

那些铁轨中间的草，我看到有细长的瞿麦，蓬勃的花草，夏季开黄花。还有紫菀以及地榆。我揣想，它们仰视着列车自头顶呼啸，甚至会得意，你走你的，我长我的。列车带来的机油味和冷风只有短暂一瞬，更多的是阳光，夜晚满天星斗。

这是一丛丛骄傲的生灵，在铁轨中间安家，比走铁轨的儿童更骄傲。都说火车风驰电掣，它们轮下其实还有娇嫩的草。

草在铁轨间摇动身子，像嘲笑所有的怯懦。

草木结霜

草并不知道，秋天，它们要披上白霜的铠甲。

草出生之后被称为青草，它们身穿绿衫在天涯奔跑。草给黑色红色和黄色的泥土打上绿印，绿是植物的命，是无处不在的生长。天下没有黑草，就像没有绿色的煤炭。只有绿才可以打通阳光的能量通道。绿把阳光变成蛋白质，草们吃阳光，喝地下水，草的生活方式至简至净、至广大。

草在绿里安家，绿色的脉络里有水渠和马路。草的叶子既是肉身也是房子，自己住在自己身上，不假外求。这一点比人强多了，自由从此诞生。春天起，草一直生长。它早上还是夜里长？草什么时候都在长，如同听过"草活一秋"的咒语。人的一生如果只活三个季节，他一定拼命生长，而不去打麻将喝酒看电视剧。草所做的只是生长，它只会生长，那就一直生长。生长很舒服，它觉出自己的腰拔高了，阳光拢在叶子里，暖洋洋。草不悲观。悲观是干什么？是跟自己作对吗？大凡生长者都不悲观。当你无选择地置身足以悲观的处境里面，先要剔除悲观。我相信草在短短一生看到的东西比人一生看过的更多。草看到天鹅绒的黑夜镶满银钻。草看到雨水在空气中亦疾亦徐地跳舞。草看到白粉沾满蝴蝶的翅膀。草看到阳光从天边爬进自己脖子。草看到风伸开透明的手指却抓不住任何东西。草看到鸟儿在飞翔中相爱。草看到老鼠的眼珠亮比钻石。草看到云彩打墙阻挡河流。草看到月亮的山谷堆满黄金。草看到波浪在河里回头瞭望。

秋天到了，草停止生长。草长了一生也不过一巴掌高。它们站立不动，一如等待判决。它不知是谁、是什么不让它们继续生长，是立秋白露还是欧阳修的《秋声赋》? 自然界，不生长就意味着凋亡。但草不知道什么叫死，太阳照耀它，雨还在下，土地还有许多地方没长草。草离开此世，世上似乎什么都没少，草没有草的遗产，没有草的车辆和文字。只不过，没有草的土地露出了土地。草站在秋天的驿站张望等待，这时候五谷丰登，果树挂满亮晶晶的水果取悦人类。草在告别，一身之外一无所有，甚至发不出一声鸟鸣来辞行。

草叶等待霜降。霜降之前，天要下上几场雨，为霜准备原材料。土地变成一片烂泥之后，白霜从天而降，于子夜，于星星全体明亮之时，草换了衣装。它们白衫白冠，凛然发亮。这是要出征吗? 每一根草都像一位士兵，披着亮甲，茎叶有如银枪。这是去杀谁呢? 草有什么可杀的东西吗? 大地沉寂，无物可杀。阳光转过来，每每融化草的刀枪。至凌晨，它们再度披霜。

白霜冻不死树木与河流。它之降临，只为让草退场。霜让绿色从草的身上飞逸，为每一株草换上黄衫。阳光从此停止与草的能量交换，草的叶子呈现白金色——人类高档时装的颜色。从此，大地长出一层迷蒙的金羊毛，曰枯草。在落日边上，枯草看上去像血流遍地，像炭火暗燃，像鲜艳的毯子。

秋日里，山坡的枯草以黄金的色调显示高雅。枯掉的不过是草的躯壳，草的绿色灵魂升上天庭牧场与上帝欢聚。风吹不走草的白金躯壳，它站在它原来站立的地方。草一生未走半步，却早把种子送往四面八方，换来成千上万条命。于是，枯萎的草仍然优雅，在冬日越来越近的夜晚，它们披挂白盔白甲，尔后在阳光下卸妆。

跑步时，我见到北陵后面结霜的草。结了霜的草似乎比原来高了。它们好像刚从西伯利亚回来，好像在卸车，好像张着毛茸茸的睫毛。我放缓脚步并庆幸我还没结霜，跑过这些草的身旁。在近于黝黑的松树下面，霜草如同下了半场雪，比夏天在松树脚下环绕的雾气更白，却不像雪那么呆板。太阳出来的时候，草叶上没有一滴水，依然干净。

苏　醒

沈阳下第一场雪的时候，已经是 11 月末了。人们换上羽绒服，小心翼翼地在冰雪路面上滑行，一如狐步。这时，草们——包括散草和草坪里优雅的洋草，都埋在大雪里。再见到你们，要到明年春天了，我对草说。

有时候，阳光也有充分的幽默感。今天，也就是雪后的第三天，阳光大力而出，何止暖意融融，它们鼓足了马力倾泻在雪上。仿佛太阳不想过冬天了，冬天没意思。雪只好大忙，一层层塌陷着，安排小沟小渠把水流出去。屋檐滴滴答答。大街变为醒目的黑色，人们抱怨，深一脚浅一脚地踩在肮脏的冰激凌式的雪泥里，上班或干其他什么。

我看到了最美的景象——

草们苏醒过来。它们刚要被冻死，就被阳光大佬抢救过来。或者说，它们在雪被窝里才做了一个梦，就被刺眼的阳光吵醒了。我看到，草的腰身比夏天还挺拔，叶片湿漉漉的，好像孩子们破涕为笑时睫毛挂了泪花。

大雪刚来，土地原本没有冻透，还在呼吸，为草暖脚，往它们脸上吹气。那么雪一融化，就像在游戏中你把一个藏着许多孩子的被单突然掀开，它们笑着喧哗而出，大摇大摆地走在屋檐下面、砖垛旁和高尚的草坪上。

原来，我一直感受到草的谦卑。草在此刻却傲慢而美丽，像身上挂着许多珠宝跳舞的康巴汉子。

最主要的，我觉得草们——至少是我家屋檐下的草——像我一样愚蠢，它们以为春天来了。它们仪态的娇羞与慵倦，和春天时分一模一样。我指着手上的日历表告诉它们，有没有搞错，还没到 12 月，怎么会是春天？草，要不怎么说它们是草呢，根本不理我，以为春天到了。

你听到河水的声音了吗？

你看到大雁的身影了吗？

我还是很感动。我觉得我对自己的生命的看法没有像草那样珍惜与天真。能活就活，每天或者说每个小时都旺盛着。死根本不会是生的敌人。那几天，沈阳真是美丽极了，在未化的白雪之间，一丛丛草叶像水注一样捧着鲜绿。而我，骑自行车吹着口哨检阅了所有的草，穿行在它们的梦境里面。

字在纸上长成青草

我一直在稿纸上写作，爱用每页 300 字或 360 字的稿纸，面对稿纸上密密麻麻的方格子，感觉很新奇。字写满一张纸后，我感觉这页纸活了，好像她在森林里睡了几十年的觉，这些字在她脸上爬，由于发痒而醒过来。

我相信字有灵，林、春、水、天、地这些字与它们包含的内容有关联。"天"这个字比你更了解天，"春"这个字也比你了解春，而"舂"所知道的事情只跟米有关。虽然长得相像，春和舂之间并无血缘。

这些字在稿纸上相遇，互致你好，问你从哪里来，你来这里多久了？我已经看到它们彬彬有礼，所以我尽量把字写得好看些，让它们见面时能够互相欣赏。字之貌，不一定长得都像王羲之、赵孟頫，像人不必都像电影明星。我喜欢露水、月亮、鲜花、虫子、鸟和鱼这些汉字，写到它们就想到它们，后来我干脆以它们为创作内容，这样就有机会多写到它们。如果没内容，在稿纸上写一百个春字很像精神病。

我觉得我写的字也愿意被我写出来，它们像外边的人来到有林木阴凉的花园逛一逛。从书法说，我的字好也好不到哪里，但不生硬，不凌利，不义正词严，比较内敛。这样，字和字相处起来比较舒服一点。那些气势凌人的字搞在一块儿肯定要打起来。有人喜欢以霸气的字体写什么"豪气"啊、"拼搏"啊，听着都吓人，把这些字放一起早晚出人命或字命。

我喜欢写天空、大地、河流、草木。路在青草的山坡转弯，竹林里的小鸟如喉咙里含了露水一样啼鸣，星星趴在银河的堑壕里朝这边看，潭底的游鱼尾巴甩一下才不至于让人误以为它们是黑色的石头。我觉得这些事都是大事，正如有些人认为这不算事。我认真地办这些事，书写大自然，这是多大的事啊！粉色小虫子从树叶上爬过；草原上的星星好像会在后半夜发出蒙古栎树的气味；猫从灌木里蹿出并回头看，它肯定没干什么好事；红瓦因为吸足了雨水而鲜艳；牵牛花像留声机喇叭，感觉它听到莫扎特的音乐脸会发烫。我慢慢写下这些情景，虽然别人觉得这是一些小得不能再小的事，但我一写就感觉自己是一个办大事的人。有时路过商店的玻璃橱窗，稍微看一下身影，有点像办大事的人。

这些字曲曲弯弯地在稿纸上爬行，如同蚂蚁的行军队伍。作家不就是蚂蚁吗？每天奔波，搬面包屑作明天的粮食。即使有的作家自感气势干云，他也不过是文章蚂蚁。一个人如果真的气势干云（干树梢已不错了），就不去写作，而去别国侵略了。字被写好之后，它们会在黑夜里串门，黑墨水写的字在夜里活动不容易被发现。它们像蚂蚁一样爬到别的稿纸或别的文章里看一看、嗅一嗅，挑挑毛病。字变成蚂蚁之后，每个字都像"兆"字，有些像"究"字，这是字里的大干部，头戴珊瑚顶子的冠冕。想到这个事，我心里很高兴，虽无高官厚禄，但有文字蚂蚁，它们代表着星空、青草和牛羊。我的书桌可称蚂蚁窝，简称蚁窝。但不可称蚂窝，好像我跟蚂蟥有什么默契。

如果你观察过脚下的青草，会发现一株草长一个样，草叶的长短、俯仰都不一样，如中国画兰草的撇与捺。草——好听点叫青草，世俗点叫杂草——从脚下长到天涯，有山它们能翻山，有河它们过不了河。它们无边无际，没完没了，不怕烧不怕踩更不怕风吹日晒，这是一些卑微的生灵。我之作文虽写天空大地，却没因此得到高度和厚度，我只是写大自然。我写它们是喜欢并尊敬它们，它们不会赏给我钱，因为它们不是企业也不需要广告。大自然是卑微的，它们只用自己那一小份——无论是树、是草，它们安静，比人更有理性。中国古代哲学家把自然界呈现的理性称之为道，人无论如何也得不到道的。而动植物无一不得道，否则一天也活不了。道是本分、节制、无妄想乃至一切杂念，唯其卑下微小，才得广大充盈。我的字或者叫文章内容，也可归于卑微质朴之类，像地上的杂草。如果真像杂草倒好了，随时随地可生，也没人去挖去卖去熬汤，去扮演残疾的盆景。曾有人质问我，你怎么写得没完没了。我不理解他这问话的含义。难道我不应该写散文而卖拉面吗？是不是打麻将更符合中国人的人性？然而我不打。要打也打坐、打太极拳。青草不是每年春天都出来吗？它们不会延迟也不会早到。青草遍地，看上去多，其实它们不多也不少，只有那么多。就像蚂蚁看上去多，其实也只有那么多。世上不光有青草，还有高大的乔木；不光有蚂蚁，还有大象。让蚂蚁和大象各得其乐吧！

辑十

雪落在雪里

残雪是大地褴褛的衣裳

　　快到春分了，田野上一块一块的残雪好像大地的黑棉袄露出的棉絮。我小时候还能看到这样的棉袄。人们的棉袄没有罩衣，而棉袄的黑市布磨破了，钻出来白棉絮。这是很可惜的，但人没办法——如果没钱买罩衣就是没办法，打过补丁的棉袄比开花棉袄更显寒碜，打补丁的罩衣反而好看。

　　大地不穷，否则长不出那么丰饶的锦绣庄稼。然而秋天的大地看上去可怜，它被秋风杀过，草木有些死了，活着的草木守着死去的衰草等待霜降。那时候，地平线突兀出现，如一把铡刀，铡草，铡河流，只有几朵流云侥幸逃脱，飘得很高很远。春天里，贫穷的大地日见松软，下过雪而雪化之后，泥土开始丰隆，鸟儿在天空上多起来。昨天去尚柏的路上，见一片暗红的桃树刷着一米高的白灰，像一排穿白袜子的人等待上场踢球。桃树的脚下是未化的、边缘不整齐的白雪。这真是太好了，好像白雪在往树上爬，爬一米高就停下来；也像树干的白灰化了，流到地面上。这情景黄昏看上去格外好，万物模糊了，但树干和地上的白依然坚定。黄昏的光线在宽阔的蒲河大道上列队行进，两旁的树木行注目礼。黄昏把光线先涂在柏油路面上，黑色的路面接近于青铜的质感——如果可以多加一些纯净的金色，但夕阳下山了，让柏油路化为青铜器的梦想半途而废。夕阳不知作废过世上多少梦想。眼下，树枝几乎变成金色的枝状烛台，池塘的水收纳了不知来自何方的橘红的汤汁，准备把水草染成金色。屋檐椽头的裂缝如挂满指针的钟表，夕阳的光线钻入裂缝里，椽头准备变成铜。但太阳落山了，太阳每天都搞这么一出戏，让万物轮回。而残雪在夕阳里仍然保持着白，它不需要涂金。

　　春雪是雪的队伍中的最后一批客人。冬天的雪在北方的大地上要待几个月，春雪在大地只待几天。它飘飞的时候角翼蓬张，比冬雪的绒多，像山羊比绵羊绒多。雪趴在春天的大地上，俯耳告诉大地许多事情，谁也不知道这是什么事情。然后，雪就化了，失去了机密的白雪再在大地上拱腰待着显得不合时宜。它们随时在化，但谁也看不到雪是怎样化的。没人搬个小板凳坐在雪边上看它化，就像没人坐板凳上看麦苗生长。人最没耐心，猫最有耐心但不干这事，除非麦苗能长出肉来。阳光让大地的白雪衣衫越来越少，黑土的肌腱暴露得越来越多。每到这时候我就想乐，这不算幸灾乐祸吧。我看到大地拽自己的前襟则露出后背，窘迫。白雪的大氅本是大地的最爱，原来打算穿这件衣服度过三伏天的。在阳光下，大氅的布片越来越少，渐渐成了网眼服。每到这时候我就想变成一只鸟，从高空看大地是怎样的鹑衣百结，棉花套子披在大地身上，殊难蔽体，多好。鸟儿不太费劲就飞出十几里，看十几里的大地在残雪里团缩。雪的斑点在凹地闪光，隆起之处全是黑土。鸟儿鼻子里灌满雪化之后的湿润空气，七分雪味，三分土味。空气打不透鸟儿的羽毛，鸟儿像司令官一样边飞边观察大地上的围棋大战，黑子环绕白子，白子封锁黑子。大地富裕，这么多白雪愿意为它而落，为它的子孙，为了它的墒。帝王虽为尊贵，苍天为他下过一片雪么？

看早春去荒野最为适宜。所谓荒凉只是表象，树渐渐蜕去冬日的褐斑，在透明的空气里轮廓清晰。被环卫工人堆在柏油路边上的雪被春风飕成黑色的石片，如盆景的假山那样瘦透。这哪是雪啊，它们真会搞笑。

夜幕降临，残雪如海洋上的一块块浮冰，雪块在月光下闪着白光。这时候我又想变成鸟儿，飞到更高的地方俯瞰大地，把这些残雪看成星星。这样，大地终于有了星星，恢复了它原有的美丽。这景象正是我窗外的景象，夜色趴在土块的高处，积雪躲进凹兜处避风。盯着看上一会儿，雪像动起来，像海上的浮冰那样动荡。楼房则如一条船，我不费吹灰之力坐在船舱里航行。积雪在鸟儿眼里变成星星，一道道的树木如同黑黝黝的河流，像流过月亮的河。鸟的飞行停不下来，到处都有残雪。如果一直向北飞，残雪恢复为丰腴的雪原。呼伦贝尔的雪五月才化。

大地穿碎了多少件白雪的衣衫？春天把白色的厚冰变成黑色的冰淇淋，褴褛了白雪的衣衫。地上的枯草更加凌乱，根部长出一寸绿，雪水打湿的枯草转为褐黄。残雪要在春暖之前逃离大地，它们是奔走的白鹅，笨重地越过沟坎，逃向北方。残雪的白鹅翻山越岭，出不了一星期就会被阳光捕获，拔了毛，在春风里风干。

凤凰号探测器报告：火星下雪了……

下雪，像说火星离我们很近。雪花从哪里下到了火星上？哪一颗星辰洒的水滴落在火星上变成了雪？雪到火星上还化吗？

凤凰号探测器没说这是火星第几次下雪，如果这不是第一次降雪，火星上会不会有像喜马拉雅那样的雪山？如果这些雪化了，河流会像毛细血管一样布满火星。

河流？如果火星上有河流，我们想看到河流里的鱼和水草。火星鱼的长相不像地球的鱼，不一定长着梭子头、大嘴。它们的鳍应像翅膀那么宽阔，头和尾巴上长着眼睛。火星上的船帆像扇子一样打开。行船时，火星人也唱歌，看落日满江（可以看得到太阳吗？如果没有落日，就辜负了满江的波光）。火星如果转得慢，河道会比地球的河道直；转得快，庄稼和树都长不高，苹果比牛顿看到的掉得更早。

合众社岁末消息：

凤凰号探测器报告：火星下雪了。

我拿着这张《参考消息》，看完不知该存放在哪里。

　　火星，金木水火的火，上面没火。况且，我们说的火——由白变红的火焰——在外层空间可能是另外的形态。水可能也是另外的样子。我觉得火星是一个高级的地方。不高级的地方不会下雪。被雪包裹的火星如同一个茧，却是一个星。比土星洁白，比水星凝聚，比金星明亮，比木星遥远，比天狼星寒冷，比大熊星座脚印更深。

　　火星竟会下雪，真是想不到。虽然雪并非人类施力降落，虽然雪也不属于人类，但我们习惯了由雪想到人类。如同说，有人类的地方才有雪，尽管北极没人类只有雪。从此，我们开始惦念火星上的雪人、火星上的树的雾凇和火星上的圣诞老人。如果火星上没有雪橇，地球人理应送过去。灯笼谁送？雪地的夜晚，拎灯笼走路才有趣，脚底吱嘎吱嘎响。如果不送灯笼，胡萝卜和煤块一定送上去，它们是雪人的鼻子和眼睛。更应送地球上的雪，洒在火星的雪上，它们互相观察、问讯、拥抱，彼此打听比人类更关心的事情。地球的雪可能比火星的雪先化或不化，把它堆在一起，标明："地球雪。"

　　至于地球，雷曼兄弟公司破产，美国拿出 7000 亿美元救市，奶粉里面有肾结石的原料，老李耳鸣又犯了……地球上有无数的事情发生，火星只做一件事：下雪。

　　凤凰号探测器还发现了什么？监测录像每天在美国国土局大屏幕上二十四小时播放，是什么？他们不告诉我们。火星上的雪是不是细腻？抓一把慢慢从指缝淌出水。雪速多少？地球的雪飘得很慢，沉思的慢板。火星雪的化学成分是水吗？有没有金属？

　　火星下雪了，从此，火星好像成了我们的亲戚。夜晚出家门的时候，朝天上亲戚那个方位看上一眼。既然火星已经下雪，就没有什么不可能。有水，就有生命体与智慧生命体，最好别像地球人类这么奸诈，别这么闹。在这个小城，十字路口有两个人打架，揪着对方脖领子。在红旗剧场，有人踢了乞丐一脚。我想告诉他们：别闹了，火星下雪了。

我用短信把这个消息发给朋友，不怕他们笑话。短信是："火星下雪了，我们庆祝吧。"即使不庆祝，也先把地球上的事放在一边，想：火星下雪了。心里异样地清新，还有一些缠绵。

每片雪都在找一个人

初雪来，下两三场，甚至下了四五场之后，我们才见到可以称为下雪的雪。河水灌满河床才叫一条河，大雪才叫雪。大地下满大雪，房檐堆砌毛茸茸、没有裁齐的边痕，屋顶、水塔、煤堆都胖了，地上有了深深浅浅、东倒西歪的脚印。汽车盖子留下猫的梅花式的足迹。大雪造成吱吱叫的足音，雪人在屋前矗着，小孩或小狗在雪地撒泡尿，留下黄酥的渣滓洞。大雪给所有的屋顶刷上白漆，虽然马路的积雪化为黑泥，城市的楼顶仍保持着童话的洁白。在装了彩灯的楼顶边上，风吹雪，红色橙色的火焰飘舞。岁末降临的大雪，像带着许多的心事，每一片雪都像找一个人，或者带来上天写给每一个人的信。薄白的信函如此之多，超过了人的总数。这里面包含投给故人的信，投给孔子孟子，或世人逝世的祖父母。无人认领的信最终融化，俟待来年。一人在一年中的劳碌积累、储备流失，都由雪花来阐释，以其丰厚、以其飞散，讲解天道轮回。雨与雪是一回事，有与无也是一回事。富贵即使不如浮云，也如积雪，在轮回中代谢新陈。

雪落在雪里……

雪落在雪里，算是回到了故乡。

雪从几百或几千米的空中旋转、飞扬，降落到它一无所知的地方，因为身边有雪，它觉得回到了故乡。

雪本来是水，它的前生与后生都是水。风把它变成了雪，披上盔甲和角翼，在天空慢慢飞行。雪比水蓬松，留不住雨水的悬崖峭壁也挂着毛茸茸的雪花。雪喜欢与松针结伴，那是扎帐篷的好地方，松针让雪变成大朵的棉花。天暖时分，松针上的雪化为冰凌，透明的冰碴里针叶青葱，宛如琉璃。天再暖，冰吝惜地淌为水，一滴一滴从松枝流下，流进松树灰红色鱼鳞般的树皮里，与松香汇合。雪落在松树上，极尽享乐。

白狗背上落了雪，白狗回头舔这些白来的雪花，沾一舌头凉水。雪落多了，狗身多了一层毛。白狗觉得这是走运的开始，老天可以为白狗下一场白雪，世上还有什么事不可能发生呢？雪花落在白马身上，使它的黑瞳更像水晶。没有哪匹白马比雪还白，雪在白马背上像撒了盐。雪使白猫流露肮脏的气质，雪让乌鸦啼声嘹亮。乌鸦站在树桩上看雪，以为雪是大地冒出的气泡，或许要地震。乌鸦受不了在雪地上行走踩空的失落感，它觉得这是欺骗，每一个在雪地上行走的生灵都觉得受到了欺骗，一脚踩一个窟窿，脚印深不可测。

雪填满了树洞，这些树洞张着白色的大嘴，填满雪。灌木戴上白色的绒帽。雪落在河床的卵石上，凹凸不平。石头们——砾石和山岩盖上了被子，雪堆在了它们的鼻尖。雪从树梢划过，树梢眼花缭乱，伸出枝杈却抓不到一片雪。雪习惯于下下停停，雪迟疑，不知是否继续下。雪让乡村的屋脊变成浑圆，草垛变成巨大的刺猬。老天爷下雪比下雨累，道理像打太极拳比做广播体操累。下雨是做操，下雪要用内力，使之不疾而徐，纷纷扬扬。老天不懂野马分鬃、白鹤亮翅根本下不了雪，最多下点儿霜。

雪花死心眼。前面的雪花落在什么地方，它一定追着这片雪也落在哪个地方，或许比前一朵雪花还早一点落在了那里。那里有什么？咱们看不出所以然，看不清雪片和雪片的区别在哪里，雪知道雪和雪长得不一样。雪花千片万片穿过窗户，落在窗下。它们争先恐后降落，就是为了落在我的窗前吗？下雪的夜晚，我愿意眺望夜空，希望看到星星，但每次都看不到。雪花遮挡了视线，直接说，大雪让人睁不开眼睛。当然，你可以认为是星星化为雪的碎屑飘落而下。仿佛天空有人拿一把钢锉，锉星星的毛刺，雪花因此飘下来。我在雪霁的次夜观星，见到的星星都变得小了一些，且圆润。我想不能再锉了，再锉咱们就没星星了。星星虽然对咱们没有直接的用途，但毕竟陪伴咱们过了一生，星星使黑而虚无的夜空有了灵性。

雪让夜里有了更多的光，大地仿佛照亮了天空。月光洒下来，雪地把光成倍地反射给月亮，让月亮吃惊。雪地使星星黯然，少了而且远了。如果站在其他星球观望雪后的地球，它通体晶莹，可能比月亮还亮，外星人可以管咱们叫地亮。有人借着雪的反光读书，我不清楚能不能看清字，首先他不能是花眼。但雪夜可以看清一只兔子笨拙地奔跑，把雪粉踢在空中。雪在夜里静卧，使它的白更加矜持。这时候，觉出月亮与雪静静对视，彼此目光清凉。

雪让空气清新，雪的身上有千里迢迢的、清冽的气味，这气味仿佛用双手捧住了你的脸。雪的气息如白桦树一样干净。跟雨比，雪的气息更纯洁。人在雪地里咳嗽，是震荡肺腑，让雪的清新进入血液深处。雪的气息比雨更富于幻想，好像有什么事情就要发生。是圣诞老人要来了吗？

雪落在雪里。雪和雪挤在一起仰望星空，它们的衣裙窸窣作响。雪的冰翼支出一座小宫殿，宫殿下面还是宫殿。雪轻灵，压不破其他雪的房子。空中，雪伸手抓不到其他的雪，终于在陆地联结一体。水滴或雨滴没想到风把它们变成雪之后，竟有了宫殿。它们看着自己的衣服不禁惊讶，这是从哪儿来的衣服？银光闪闪。

阳光照过来，上层的雪化为水滴流入下面的宫殿。透过冰翼，雪看到阳光橘红。雪在树枝上融化，湿漉漉的树枝比铁块还黑。雪在屋檐结出冰凌，它们抓着上面冰凌的手，不愿滴下。雪在屋顶看到了山的风景，披雪的山峦矮胖美，覆雪的鸟巢好像大鸟蛋。雪水从屋檐滑下，结成冰凌。冰凌像一排木梳，梳理春风。雪在雪的眼睛里越化越少，它们不知道那些雪去了哪里。雪看到树枝苞尖变硬，风从南方吹来。"因为雪，抱回的柴火滴落水珠。"（博纳富瓦）

为孩子降落的雪

雪在初冬落地松散，不像春雪那样晶莹。春天，雪用冰翼支撑小小宫殿，彼此相通。在阳光下，像带着泪痕的孩子的眼睛。春雪易化，好像说它容易感动。冬雪厚重，用乐谱的意大利文表达，它是 Adagio，舒缓的节奏；春雪是 Allegretto，有一点活泼，Cadenza，装饰性的，适合炫技。

一个孩子站在院里仰望天空。

孩子比大人更关心天，大人关心的是天气。天空辽阔，孩子盼望它能落下一些东西。这些东西表明天是什么，天上有什么。雪花落下，孩子欣喜，不由仰面看它从什么地方飞来。

飞旋的雪花像一只手均匀撒下，眼睛盯不住任何一片。雪片手拉手跳呼啦圈舞，像冬天的呼吸，像故意模糊人的视线。雪落在孩子脸上，光润好比新洗的苹果。孩子眯眼，想从降雪的上方找出一个孔洞。

雪在地上积半尺深，天空是否少了同样的雪绒？雪这么轻都会掉下来，还有什么掉不下来呢？他想，星星什么时候掉下来，太阳和月亮什么时候访问人间？

　　雪让万物变为同一样东西，不同处只在起伏。房脊毛茸茸的，电线杆的瓷壶也有雪，像人用手捧放上去。

　　孩子喜悦，穿着臃肿的大衣原地转圈，抬头看雪。

　　没有人告诉这一切的答案，科学还没有打扰他们。就像没有人告诉他们童年幸福，孩子已经感到幸福。

雪的前奏

雪在天地间不疾不徐地漫扬，仿佛预示一件事情的发生。

雪的静谧与悠然，像积蓄，像酝酿，甚至像读秒。我常在路上停下来，仰面看这些雪，等待后面的事情。雪化在脸上，像蝴蝶一样扑出一小片鲜润。这时最好有歌剧唱段从街道传来，如黑人女高音普莱丝唱的柳儿的咏叹调，凄婉而辉煌，以锻金般的细美铺洒在我们身边。这时，转身仰望，飞雪自穹庐间片片扑落。这样，雪之华美沉醉就有了一个因缘或依托。1926 年月 4 月 5 日，托斯卡尼尼在米兰斯卡拉歌剧院指挥《图兰朵》的首演，在第三幕柳儿唱毕殉情之后，托氏放下指挥棒，转过身对观众说："普契尼写到这里，伟大作曲家的心脏停止了跳动。"说着，托斯卡尼尼眼里含满了眼泪。

跟雪比，雨更像一件事情的结束，是终场与尽兴或满意而归。包括雨滴唰唰入地的声音。而雪是一种开始。我奇怪它怎么没有一点声音。我俯身查看落在黑衣上的雪片，看到它们真是六角的晶体，每个角带着晶莹的冰翼。原来它们是张着这种晶翼降落人间的。在体温的感化下，它们缓缓缩成一滴水。而树，白杨树裂纹的身躯，在逆风的一面也落满了雪绒。那么，街道上为什么不响起一首女高音的歌声呢？"金矿"苏莎兰唱的蝴蝶夫人——"夜幕已近，你好好爱我。"

我看到了一个小女孩，裹着绿巾绿帽，露出的脸蛋胖如苹果，更红如苹果，与她帽顶的红缨浑然一色。我从她外突的脸蛋看出，她在笑。我为这孩子的胖而喜，为其面庞之红而喜。倘若是我的女儿，必为她起名为年画，譬如鲍尔吉·杨柳青·年画。红红绿绿的年画在毛茸茸的雪里蹒跚，向学校走去。

雪就这么下着？

就这么下着。

入夜，把小窗打开，飞入的雪花滑过台灯的橘色光区时，像一粒粒金屑，落在稿纸上，似水痕。纸干了之后，摸一下如宣纸那么窸窣，可惜我不会操作国画，弄一枝老梅也好。

在雪的绵密的前奏下，我不知会发生什么事情。事实上，生活每时每刻发生着许许多多的事情。但愿都是一些好事，我觉得这是雪想要说的一句话。

雪地篝火

我想起以前在雪地燃起一堆篝火，离林子不远。

那时节，在做一件什么事情已经忘记了。燃篝火是在事情的开始，也许是结束之后或中间，但这与雪和火无关。

天空郁郁地降雪，开始是小星雪，东西不定，像密探，像飞蛾，像悲凉的二胡曲过门前扬琴的细碎点拂。散雪试探着落在河岸的鹅卵石上，落在荒地如弃尸般倒伏的衰草的茎叶上，落在我脸上甚至凝不成一滴露水。

我坐在杨树的树桩上，看天空越发阴沉的脸色。雪成片儿了，急急而降，像幕侧有梆子骤催。鹅毛雪应该是这样，使人看不出十米外的景物，邮票大的雪片一片追着一片，飞钻入地，像抢什么东西。不知一片雪由天而落需要多少时间。地面白了，因而不荒凉。树枝分叉的角度间也垛着雪。秋天翻过的耕地，如半尺高的白浪头。

我到林里拣干柴火，找一处开阔地拢火。我把皮袄脱下来当扫帚清理一块地，掏出兜里的废纸引火。初，火胆小，不敢燃烧，经我煽动鼓吹，慢慢烧起来。干柴火剥剥响几声，火苗袅娜扭捏，似乎于雪天有什么不妥。火苗的腰身像印度人笛声下蛇一样妙曼低回，我不断扔干柴，火像集体合唱一样坦荡地烧起来，庄严典雅。

在篝火的上空，仿佛有一个拱形的金钟罩，把雪隔开了，急箭似的雪片仿佛落不到这座火宫殿上。我默默看着火，透过火的舞蹈竟看不到雪的身影了，如同透过雪的身影看不到树林的背景。

想起一位法国人说的话："火苗总是背对着我。"当你在野外观察篝火时，的确觉得火苗是背对着你。它们手拉手跳呼啦圈舞，最得意那束火苗扭着颈子。

篝火不时坍下来，炭红的树枝挂一层薄灰。火堆边缘的泥土融化了，黑黑的如感动的面孔。土地也许认为春天来了，因而苏醒，用潮湿的眼睛看我。

黑湿的土地和雪形成圆的边缘，彼此不进不退。我的篝火仍然不知深浅地高扬，它们也许幻想可以把雪止住吧。

在火周围，雪片仍然肃穆降落，仿佛问题很严重了。虽然惹不起火，但该下还是要下。那些不幸跳入火里的雪片，是惊是喜呢？但雪们谁也没想到这时候大地上竟有一堆火。那时，我穿着白茬羊皮坎肩，腰扎草绳，坎肩里是志愿军式的绗竖线军棉袄。我坐在树桩上，用木棍扒拉着篝火，也许在想家，也许在揣测爱情。总之，我现在已经忘了，那是知青时候的事。

火势弱了，火苗一跳一跳。雪片压下来，落在炭上遂成黑点，伴着微小的声音。我懒得再去弄柴火。雪最后把灰烬覆盖，一切归于平静。

往回走的时候，我发现雪已淹没了大头鞋。抬眼，身后不冻的茫古木郭勒河在夹雪的两岸流成了黑色，它沉缓涌流，间或浮溢白雾，仍有广大的悲凉。

许多年之后，在办公桌前填什么表时，面对"业绩、贡献"一栏，我真想填上："在雪里点起一堆篝火。"

下雪时，我仍有这样一种梦想。

雪地狂草

今年沈阳的雪一场连着一场，如果这是兆丰年的话，已经兆了好几次了。马路上的雪被铲过或化过，黑黑白白地斑驳一片。而我家北窗对着的自行车棚恰像一个雪情的记事簿。这个绿色石棉瓦的斜形车棚，上面覆盖着像《辞海》那么厚的白雪，有如割过的切口，静静地始终未化。

天黑的时候下班，几家饭馆的门口又添了一景，即酒客的溺迹，在雪地上黑白分明。这种痕迹与饭馆明灭的灯光与酒人的声浪仿佛很相衬。

我想起在村里当知青时，早晨上工在雪地上闷头走，偶尔也见这种溺迹。大摊的是马尿，小片的则是狗溲。狗解溲似乎比人尿得更冲，一种急不可遏的形势，雪地黑窟洞然。狗撒尿时像舞蹈演员那样扬着后腿也很有趣，莫非它怕脏了那条狗腿？

开一个小饭馆，必备吧台、大理石地面与影碟机，但不一定自备厕所。因为租来的房子要视原来的情况而定。然而台面的扎啤机并不管这些琐事，金黄带沫的液体照泻不误。饭馆最不宽容与最宽容的两件事便是结账与找地方撒尿。倘在冬天，吃了一肚子涮羊肉与喝入大量啤酒的食客，踉跄推开玻璃门，见漫地皆白，也有了几分诗意。在雪地上，寻个地场使膀胱畅达，边尿边看地上图案，摇着晃着，脑里想着乱七八糟的事儿，也就行了。

我还目睹一位酒人，在雪地上且走且尿，左右挥洒。我疑心他练过张旭的狂草。

雪不是一天化的

雪不是一天化的。春节过后，雪有步骤地减少。大街的、马路牙子披着的、树坑里的雪如按计划撤退的士兵，一块块消失，空气湿润。西墙和北墙角的雪比煤还黑，用铁锹掏一下，才见白心。环卫工把雪掏出撒在大街上，像撒盐。我忽然想起，冬天一直有雪，地面被雪覆盖了两个多月，麻雀到哪里觅食呢？

我从不清楚城里的麻雀靠吃什么活着，草和草籽被雪覆盖了，它们吃什么呢？飞行消耗的热量比行走更大，没看到哪一只麻雀在天空像慢镜头一样飞，也没看哪只麻雀饿得一头栽下来。实话说，鸟栽下来，人也注意不到。

麻雀一定掌握好多秘密，比如在大型超市的门前，有儿童撒落的面包屑，或者它们熟知沈阳市皇姑区有多少卖粮食的门市。鸟们了解鸟的秘密。人不妨养成这样一个习惯，在外衣兜儿扎个小眼，临出门抓一把小米放兜里，边走边洒。大街上——即使是雪地——隐隐约约看得到莹黄的小米粒。商店门口，这位白发西装的男人走过，身后有一点小米；那个烫发时髦的女人走过，小米落在脚印上。

雪化了，我看天空的麻雀越来越少，属实说连一只麻雀都没看到。我希望立刻有人纠正我，说麻雀数量并没少，它们飞到了乡村的田野。天道厚朴，给一虫一鸟留出了生路。

都说人乃万物之灵，灵在哪儿？人会造火箭，会给心脏搭桥，会作曲，这一类机巧的事情是万物之灵的例子，可火箭与曲都不是我们造的，是别人。搭桥也是别人搭的。应当说——极少的人是万物之灵，多数人像泥土一样平凡。如果人真的那么灵，能不知道大雪遍地，麻雀是怎样活下来的吗？

人不知道的事太多了。据说月亮圆的时候释放了许多能量，人却察觉不到。惊蛰这一天，小虫身体像被引爆了一样，腾地翻过身，人也没察觉。冬至与夏至这两天，是天地的大事情，人跟没事一样。人觉得股市楼市才是大事。

巴赫的音乐里藏有多少秘密？我们感觉得到却说不出。耳听旋律与织体环环相扣如流水一般流走了，啥也没听出来。我读巴赫的乐谱，想找一些蛛丝马迹，找不出来。听，它们是铜墙铁壁，听不出头绪。巴赫的音乐像 DNA 的图谱一样严密。我甚至怀疑世上是否有过约翰·塞巴斯蒂安·巴赫这个人。如果没这个人，这些音乐是从哪儿来的呢？他的《帕蒂塔》（《德国组曲》）、他的小提琴与人声的奏鸣曲是从哪儿来的？巴赫的后人今天在哪里？能跟他们合影留念吗？这里面的秘密比麻雀在雪天觅食还复杂。

早春的雪化了，水淌进树坑，夜里又结冰。树坑里的冰片不透明，像宣纸一样白。结着气泡的圆，一踩就破了。冰比煎饼还薄，在早春。

春天伊始，土地暴露了不知多少秘密，每株草冒芽都泄露了一个秘密。老榆树像炭那么黑，身上结碗大的疙瘩。它们头顶飘着轻软的细枝，像秃子显摆刚长出的头发，这是柳树的秘密。人坐在墙边晒太阳，突然见到一只甲虫往树上爬，真吓人一跳。在花没开、树没绿的早春，它是从哪里来的？冬天里没这个甲虫，春天还没到。会不会有人从海南捉来这只虫，装进口袋，坐飞机飞回东北，偷偷放在这棵树上呢？

辑十一

眺望冰河

冰　凌

————————————

　　车棚的屋檐，是绿色石棉瓦的斜坡。当阳光越过楼脊照到棚顶的白雪时，绿色开始一点点地露出来。未化的积雪在阴影中沉默，而湿漉漉的绿瓦，在阳光中恣意鲜艳。

　　融化的积水，在背阴的屋檐结成一排冰凌。

　　冰凌像倒悬的羚羊角。它像螺丝一样，一圈一圈的。这么好的冰凌，闪闪发光，真是可惜了。我觉得，仿佛五分钟不到就应该有孩子手举竹竿跑来，稀里哗啦，打碎冰凌，声音如钟磬一般好听。

　　人总是不能看一些东西。有垂柳的湖边，假如没游人经过，或经过的人目不斜视，湖与柳都可惜了；月夜杏花树下，若无一对男女缠绵，好像也是对花的浪费。这样的例子多了。一个人手忙脚乱地喝酒涮锅，满面淌汗，你觉得他朋友不够意思，甚至恨他的朋友，为什么不来对饮？虚掷了这么多热气、汗和该说没说的言语。

　　人爱把心思牵扯到不相干的事情上，像小虫无端被蛛网粘住。我看到这些冰凌在融化。现在是午后，阳光渐渐照在它们身上。孩子们还没有举着陈胜、吴广的大竹竿子呐喊着杀过来。此刻他们在课堂里学那些无味的课文。放学后，冰凌全没影了，天下又有一样好东西无疾而终。

冰的纹

　　十二岁那年，我随父母到昭乌达盟"五七"干校生活，住的地方有一个大水库。我并不会用立方米这样的术语形容水库的大，只是说，我们住北岸，望过去，南岸的山只有韭菜叶那么一小条，如南宋画家马远的淡彩画，中间都是水。

　　住水库边上，夏日戏水，冬天在冰上行走。我们企图到对面的山上去看一看，在冰上走过十里二十里路都到达不了，只是山变得葱叶那么宽而已。那时，我们见到了厚重的冰，冻得一两米厚。在冰上走，人不抬脚，抬脚就该挨摔了。鞋在冰面上蹭，脚下是青绿色大块的冰，比玉石跟啤酒瓶子都好看。冰面甚至带着波浪的起伏，好像波浪是一瞬间冻成的。入冬，波浪仍不合时宜地荡漾。风说不许动，波浪吓得不敢动，留下起伏的冰面。人刚上冰，最害怕冰裂的声音——咔、咔，比房子塌了声音还大。不明白的人以为冰在崩溃，其实是冻严实了。天越冷，冰越裂，声音越大。

　　我下面要说冰的裂纹。

　　冰纹是大自然最美的景观之一，谁不同意，证明他没见过大冰。裂纹贯通上下，交错纵横，比瓷器表面的裂纹更好看，是立体纹。它们像闪电、像根须、像刀刃，大纹套细纹，巧夺天工。那时没有照相机，要是照下来，每幅都像抽象派的画作。

再说瓷品。瓷器多数是球体，比如碗和瓶都有一个球面。釉彩在高温烧结下开裂，形成意外的美，包括"冰裂纹"。纹是寻找方向的力，它们在球体开裂，错成网状，像篆书，更像八思巴蒙古字。忽必烈可汗敕令国师八思巴喇嘛弃回纥蒙古字，以藏文字母创八思巴文蒙古字。此字现已失传，大英博物馆现藏一只元代酒瓶，上书八思巴文，意谓"好酒"，说得多质朴。八思巴文字体有点像蜂巢，方正而勾连，如崩瓷纹路。看这些纹会勾起人的好奇心，像看字一样探寻它的意义，这里有乱石铺街的错落，也有树叶纹路的井然。不光瓷器烧结有裂纹，所有动植物的生长都有螺旋性的变化。树叶纹路的网格，是生长形成的分裂。人类青少年大腿的蛇纹，是肌肉生长挣破了坚韧的皮。孕妇的肚子也有妊娠纹。冰的皮、釉的皮、人的皮都会裂开，只不过人类皮肤修复得好，瓷器裂完回不去了。

这些纹路仿佛包含着、吐露着一些秘密，以瓷器最为神秘。远古人用火烧龟甲或兽的肩胛骨来占卜，巫师探究的正是烧裂的纹里的信息，如短信，把它看作某些事情发生前的先兆。这些纹理能预告什么先兆呢？巫师并没留下这方面的解读著作。显然，有些事情巫师解读得准，否则没人找他继续卜。而另一些事他解不出答案，天机不肯泄露与他。纹，成了一套语言系统。老虎皮毛的花纹也有短信，每只虎的纹都不一样，只是没人懂。几年前，我在俄国的布尔亚特共和国见到一位萨满师占卜。他在一只放咖啡杯的白碟子上烧一张纸，吹掉灰，端详碟子上烧出来的花纹。他端起来看了又看，说来客丢失的山羊正在离他家五公里外西北方向的洼地吃草。丢羊的人来自蒙古国的东方省，我祖上曾在那里待过。

占卜结束，我把那只碟子上的烧痕转圈看了又看，想找到羊的履迹，没看出来，觉得烧痕倒像一朵半开的芍药花。

纹，绘画术语叫作线条。线条的功能与书写方式不可穷尽，这也是中国书画恒久的话题。假如我们用完全陌生的眼光看汉字，看阿拉伯文与蒙古文，看回纥与西里尔字母，觉得线条之内之外，宛如神灵驻锡，都奥妙。干脆说，字的线条里面有神灵，与龟甲与瓷器的纹一样超验。假如那个萨满师真通灵，即使看张旭的草书如《古诗四帖》，也能说出东方省的牧民丢失的山羊在哪个山上吃草。

冰　雕

公园门口矗立冰块，集装箱那么大。问做何用，通时事的人说：冰雕。

有道理。罗丹说过，去除物体的多余部分，显示藏在其中的形体和灵魂。我围绕大方冰使劲看，想：藏着什么样的灵魂呢？酒神、王母娘娘、张学友、长颈鹿？都可能。罗丹还说，那是能够呼吸的灵与肉的结合。这些已经包含在半透明的冰里，我们很快就看到了。

第二天，见长发的雕塑家凿冰，艺术刚开始，像破坏一样，看不出什么名堂，围观的人渐渐散了。下午，冰现出雏形，大约是一巨狮，昂昂然。雕塑家很满意，说上酒吧喝酒。

越日中午，巨狮大嘴和铃铛式的眼睛已暴露，左爪蹬一球。人说狮雕之公母取决蹬球之爪的左右，此狮约雄性。

后来，狮之病脊窄臀显现。狮与虎一样，脊如病弱，徐悲鸿之狮笔意亦如此。狮头越发显大，不可一世。只有肚子上的冰还未清除。

再一日，我去观狮时，狮子变小，模糊多水，精锐气泄了许多。天变暖，阳光晒的。和狮头一样，雕塑家头上也流着汗，也有些沮丧。他正按比例把狮子变小，免得别人看不出狮子。

傍晚时，狮已改豹，写好"雄狮"的塑料牌也改成"猎豹"了。豹尾长身矮，头小得像西方的模特，没有大嘴和鬣毛。

早晨，猎豹也缩水了，像刚从水里钻出来的狗。雕塑家沉思。

几个小孩说："改叭喇狗吧。改猫吧。"

还说："改烤鸭吧。"

雕塑家忍无可忍，骂一声，冲过去揍他们，小孩散了。天下最不容易捉到的就是小孩，他们远远地喊："改耗子吧！改跳蚤吧！"

小儿哪懂艺术作品，由大变小，不等于才能的递减。猫未必不是艺术品，但有原来的雄狮比着，就不好办。

"改海象吧。"我向雕塑家建议，并没有侮辱他的意思。海象光溜，咋晒也像那么回事。雕塑家没言语。

这几天出奇地热，天天在零度以上。因为这么一大块冰的融化，公园的空气比往常清新，扭秧歌的人多起来。

雕塑家对作品左观右察，长吁短叹。看来其形体和灵魂都被太阳收走了。他自语："可别扯了。"举起锤子"咣、咣、咣"砸了一通，狮、豹、海象及猫狗均告毁灭，收拾工具，大摇大摆地走了。

在沈阳话里，"扯"有无谓与无聊之意。"扯啥扯"，意思和"无厘头"差不多。

冰窟窿

　　水深几十米的湖，冰的花纹瑰丽无比。它像一块天地间最大的玉石，焕发着深碧与浅绿的光彩。冰里总有花纹蜿蜒，如当风的绸带，如狂者大草。吴承恩关于"水晶宫"的构想，大约由目睹湖冰而来。由于形容不出湖冰的好看，我才肤浅地以"瑰丽"状之。我想过，若捉来一只蜜蜂、一只彩蝶、一只黄鹂冻在湖里，则更神妙。

　　想这事的时候，我约12岁，全家住在红山水库边上的昭乌达盟五七干校。

　　我和同学在水库的冰上疾走，皮帽耳子在风里忽闪。远山含黛，近岸丛林如烟，脚下是不知所终的碧玉。我还想，这么好的冰，水下的鱼鳖定然自豪于所居的琉璃世界。

　　北京昆明湖的冰，我没有见过。云南滇池可惜不冻。

　　然而在这上面滑冰很困难，内行人知道这一点。冰面不平，它由动荡冻成。透明的冰太脆，不吃刀。干校几位滑冰爱好者凿冰窟窿，用水桶取水，泼出一个冰场。水一洒，冻面找平了。浅水冻成的冰较软，吃刀。它像别处冰场一样，白蒙蒙的，并不透明。那几位凿冰取水者，不许没干活的人在这里滑冰。

节气过了大雪，水库全冻严了。能冻几尺厚呢？渔民说到 4 尺了，的确不是一日之寒。

我与同学属于没权利滑冰，也没有冰鞋的阶层。但我们有冰车，单刃与双刃的，用两根铁扦风行冰面。一次，有位干校的人弄来一副狗爬犁子，嘴露浅笑，6 条黑黄杂毛狗矫健狂奔。我们拎着破冰车看呆了，太牛啦！爬犁渐远，他是到 15 里外的名为"王八蛋山"的地方办事去了。我们商议造爬犁，坚决造一只爬犁。三角板、木板、麻绳以至钉子都备齐了，但没动工。我们苦恼于弄不到狗，一条也弄不到。干校有马，但不会借给小孩子玩。我们所能弄到的只是猫，但猫是畜类最不肯为人效力的动物，再说它也拉不动爬犁。有人提议把连部的老母猪偷着赶出来拉爬犁。还行，连部离水库只有两里路，拉完赶回去呗。大家沉吟许久，最后犹豫了。老母猪已经怀孕，一使劲把小猪崽子下一冰面，我们就倒霉了。干校连以上领导，都是工军宣队的人，整人蛮狠。

爬犁之梦破灭了。

在冰上行走，咔咔之音四起，特别是最冷的时候。初行者最怕这个声音，东张西望不知向哪里走。实际上，冰越响，冻得越结实，过汽车都没事，别说过你两条腿的人。

但还是发生了人掉进冰窟窿里的事情，遇难者是我朋友代什么。在此，我给他起名代五。

代五是我们辽建三团子弟学校 6、7 年级的班长（两个年级在一起上课。给高年级上课时，你不听就是了，但须肃然坐着）。代五学习狗屁不是，但最喜助人为乐。他把双手放在腰侧提溜裤子时，就准备帮你分忧解难了。代五眼珠浅黄，牙齿洁白，总是明朗地笑着。我把他脸上整体表现的含义，理解为"憧憬"。我就是这样理解憧憬的——现在很好，下一步或明天更好。我认为黄眼珠的人多不切实际，代五正是如此。有时他一提裤子："操，抓大眼贼去？"我不愿意，因为麻烦。大眼贼即眼睛很大的肥硕田鼠，若以水淹或烟熏法擒住它后，掏开洞穴，会发现该物把洞造得楼上楼下，立体交叉，完全是四室一厅。它的储藏室里，剥去壳的花生米一层层摆着，很齐很红。玉米粒也是这样。用不了一会儿，代五一脸憧憬而来，拎着大眼贼的后腿，说："操!"意谓你佩服不？我淡淡地回"操"，意谓没啥稀奇。

那天日暮，风把冰面浮雪刮干净了，西边太阳一照，冰上金光灿烂了。我们手划冰车，嗖嗖地，代五划在最前面。突然，听他哀告一声"操——"，其声其调凄厉悠长。我们抬头，代五没了。前面空余一根冰锥，代五和冰车与另一根冰锥掉冰窟窿里了。

我们绝望大喊："操，冰窟窿!"纷纷刹车。

请允许我暂缓叙述节奏，为什么冻4尺厚的冰还会有冰窟窿陷害我们——代五在冰窟窿里多待一会儿无妨。水库在最冷时，冰层越冻越厚。结冰本身是一种膨胀，会"咔"地裂一道缝，常在你脚下裂向前面，但这不表明冰会坍塌。但冰们横七竖八地这样"咔咔"裂，偶然会形成一处坍点。所有的裂纹（不管几尺厚）全部在那儿周延通贯了，即代五进去的地方。

我们退后几步，等代五的脑袋冒出来。

这是为什么？我们不友爱不仁慈吗？不。若有人掉进冰窟窿，外人不要往前跑，否则把窟窿周围的冰沿踩塌，于落水者不利。最重要的在于，掉进冰窟窿的人一定不要挣扎，身体保持立正姿态，憋口气，浮上来时，恰好是出口。这些我们都知道，代五更知道。落水者——特别是会游泳的落水者——在求生的绝望情绪下，却要划动冲撞，头上抵住了无边的冰层。你能抵破冰层吗？你能抵破红山水库方圆（写到这里，我翻开叶圣陶先生《内蒙日记》1961 年 8 月 27 日所示 "此水库蓄水量达 20 亿立方，有汪洋之观"）许多公顷的冰层吗？我还是没查到此水库水面面积到底多大。

过了一会儿，代五还是没冒出来。

我们着急了。代五一定挣扎过了。夕阳断然射出惨淡的血色。代五一定撞到了冰层，没找到冰窟窿，又换了一个方向，又撞到了冰层。冰上，我们几个人目瞪口呆地瑟瑟立着。代五死定了。不知不觉，我努力下咽哽哽咽咽。今天写到这里，眼睛仍然泛潮。代五在冰底下多么绝望，除了冰窟窿，其余全是地狱之门。他的棉衣浸水后，会沉重无比。代五能向上冲几次呢？他永远无法憧憬了。

这时，我们中间的一个人（仿佛是隋老腚），大踏步冲向冰窟窿，到跟前，斜仰着跌入水里。冰窟窿又大了一些，又进去了一人。让我们感谢上帝，隋老腚把代五头顶的冰踩塌了，代五第一个冒出头来，面色青紫，伸出僵直的手想抓什么。我们迅速倒伏在冰上，一人捉住另一人的脚，把最后的脚伸向代五。代五抓不牢脚，隋老腚在水里冒出，托起他屁股。我们趴着，是怕冰层继续塌裂。后来隋老腚也上来了。

代五出水后，眼睛分视我们，脸上还在憧憬。他一定觉得很久没有见到我们了。过一会儿，他哭了。他表情已僵了，只是嘴角往下耷拉，说："操!"又说："冰车也没了。"

代五经过冰冻过，眼珠仍是黄的，但再往后他一句话也说不出了，牙齿始终咯咯响。我们让他把棉袄脱下，把水拧净，我脱下棉袄给他。当把拧去水但已结冰的棉袄还给他时，代五似乎留意我的棉袄，我也不肯穿他那棉袄。最后代五还是穿了自己的。

隋老腔不让别人拧水，自己拧过穿上，拎着冰车一言不发在前面走。我把皮帽子给了隋老腔，他跃入冰窟窿时，帽子也沉底了。我用手捂着耳朵，把冰车扔了。上岸后，我们奇怪地沉默着，各自回家了。

好像谁也没跟家里说过这事。

有一次，我想问代五，他在冰窟窿里向上看，是什么景象。我没问，这不人道。我只是想知道，那是什么样子的呢？也是碧绿带花纹的冰，上有天光映照，似更灿烂。

水结冰时终于喑哑

南方与北方的水是两个民族，同属一个语系，分属不同的语族。南水只是水，北方的水有冰的经历。

木头燃烧，可以说木头变成了火。燃烧后，木头再也变不回来了。水变为冰后仍然可以化为水，来去自由。我猜想水多半喜欢变成冰，至少喜欢当三个月的冰。水在冰里冬眠，水终于可以停下来看一看世界什么样。没当过水就不知道流淌是一件多么眩晕的事，比坐过山车更眼花缭乱。不光奔流，还要翻滚。从上层混到底层，再从底层翻到上层。水流遇到石头撞击，遇到山岩和树根，说河水遍体鳞伤并不是夸张的话。流动的水从来没看清过桃花什么样、柳枝什么样。它所知道的事情是岸上的一切都在往后奔跑，水委实不明白它们为什么要跑。水面也有风平浪静的时刻，这时刻，水想看一看四外风景更难，因为水太平，比太平年景还平。水从水平线上只看到岸边的一条，却不能纵身看个究竟。水甚至没见过其他的水，它们疲于奔流，转瞬即逝。说水没见过别的水可笑吗？不可笑，就像人记不住这一辈子见过的人，更记不住在广场和车站的人，人最后记住的人超不过五六个，其中一半是护士和医生。

水在冰里见到了所有的水——它的同类和邻居，它们怎么能叫水呢？这些被冻结的水坚硬、透明，没有身体和面孔，有没有灵魂不太清楚。水看到所有的冰都安静地向前方看，谁也不知它们看什么。水搞不清冰们当初是怎么奔跑的，它们的腿和翅膀呢？它们在奔跑中曾经伸出过浪的翅膀，说安静就安静了。黑龙江的冰要冻结几个月，水在冰里集体打坐冥想。水在冰里看不到夏日的鱼虾，也见不到树叶。结冰时，水的耳根清净了，听不到呼啸声和涛声。水奔流的时候嗓门实在太大，水比风的声音更大，结冰的时候终于喑哑。事实上，冰在冻严之后也会出声，咔——咔——仿佛什么东西裂了。没错，是冰冻裂了。在冰上走，咔咔声此起彼伏，脚下的冰裂出各式各样的花纹。

小时候，我随父母到昭乌达盟五七干校生活，在辽建三团子弟学校读书。冬天，我和同学上下学都要走一走红山水库的冰面。这并不是近路，我们特意绕远在冰上走。人在冰上行走抬不了脚，眼睛盯着脚尖前面的一段冰路。我们用鞋在冰上蹭着走，冰光溜，一点不费鞋。走一会儿，停下看一看远方。那时候还不会眺望这个词，否则就说眺望远方。红山水库的远方还是红山水库，眼下全是冰。冰面延伸到南面的天空，天空下只有几颗米粒似的小山，它们被水库吓得不敢高耸。一望无际的冰比一望无际的水更神奇。水平凡，荡漾，再荡漾，没有更多花样。冰闪耀刺目的光，这么大一个水库一起闪光，真是了不起。从其他星球看，地球上发射耀眼光芒有赖于红山水库的冰。站在山崖看，冰有柳丝的浅绿、深如翡翠的深绿，还有羊脂一般的白色。水会吗？而走到冰上，它的花纹可用"瑰丽"二字状之。让你好奇于冰下的世界，也就是王八鱼待的地方。有一年，我游历贝加尔湖的左岸和右岸，并眺望。贝加尔湖之辽阔壮丽是八个红山水库加上六个密云水库再加三个小丰满水库都比不上的，它蔚蓝无边，浪比红山水库的浪大一倍、白两倍。它最神奇处是清澈，我坐船进入湖里，到深处游泳，导游说水深已有 30 多米，但湖底的石头、草和贝类一望即知，如隔一层薄薄的玻璃。那时我幻想，贝加尔湖结冰该有多么美，这么多水都冻上了，这不是奇迹吗？是奇迹。但我没看到，今生看不到了。住在贝加尔湖岸边的布里亚特人和俄国人会看到湖水结冰，发出咔咔的巨响，看湖水融化，如洪水一般冲到岸边。

冰不是水的前世，水也不是冰的父母或子女。水从冰里走出来，排着队，一点一点离开冰。人称"冰化了"。湖里的水等待融化，先变酥，变成煎饼似的薄翼，尔后化为水。从冰里走出的水已苏醒，它们去唤醒其他的水。水趴在冰上，忍着寒冷，像母鸡孵蛋一样让更多的水苏醒。刚化的水并不奔流，它们静静地站在岸边或站在冰上。这时候，青草也刚刚苏醒，身材只有一寸高。青草和水互相凝视，回想在哪里见过。即使见过，也是去年的事了。对草来说，去年就是上辈子，想不起来也没什么关系。没听说谁因为上辈子的事而耽误事的，没事。水从冰里爬出来，被称为春水。春水在春风里微微画一些圆，大部分才半圆就被风吹散了。它本来想跟冰说再见，不知何时冰竟不见了，这么大的东西，怎么能说没就没呢？

太阳在冰上取暖

雪后的寂寞无可言说。

如果站在山坡上俯瞰一座小城，街道上雪已消融，露出泛亮的黑色，而房顶的雪依然安然如故。远看，错落着一张张信笺，这是冬天给小城的第一份白皮书。

雪地上，小孩子的穿戴臃肿到了既不能举手，也不能垂放在肋下的程度，其鲜艳别致却如花瓣纷繁开放。当一个孩子赤手捧一只雪球向你展示的时候，他的笑脸纯真粲然，他的双手也被冻得红润光洁了。孩子手上的雪球已融化了一半，显出黑色，掌心上存着一汪雪水，有些浑浊，透过它仍看得清皮肤的纹路。

孩子站在雪地，为手里捧着的雪而微笑。这的确值得欢笑，游戏的另一方是上帝。孩子通过雪与上帝建立了联系。

在冬日的阳光下，最上层的雪化了，又在夜晚冻成冰壳，罩在马路上。这时的行人双眼直视举步之处，许多人因此改掉了喜于马路遍览女人的习惯。如果哪个人脚底一滑，手臂总要在空中挥舞几下，决不甘心趴下。倘是向后摔倒，胳膊向后划如仰泳者。向前倒属自由泳式。我看到一位女性右脚一滑，双臂向右上方平伸，我心里热乎乎的，这不是舞蹈《敬祝毛主席万寿无疆》吗？君不见，当唱到"我们有多少知心的话儿（深沉有力地）要对您讲（昂——昂）"之时，双手攥拳向右上方松开前送，头亦微摆，表示舞者有向日葵的属性。

　　在雪路上行走，摔跤富有传染性。比如离你不远的行者以迅雷不及掩耳之势摔在地上，你往往也照此姿势摔在地上。预防导致不平衡。

　　最好的雪景是帕斯捷尔纳克写的"马路湿漉，房顶融雪/太阳在冰上取暖"。

　　微融的冰所反射的阳光，是橘红色的，在南国看不到。

眺望冰河

在冰河上走，像走在一条蜿蜒无际的哈达上。透明的、浅绿的、檀黑的冰带在正午阳光的照耀下，化成白茫茫的光带，晃得旅人把眼眯起来。

冰河是一条不大的河，名"金英河"。两岸的柳树和榆树已被伐光。树林原是伯劳、黄雀和朱旦红这些鸟儿的故里，现今河岸堆积着建楼房而掘出的沙堆和水泥管子。

正月出奇地暖和，冰河的表面融化了一层。若贴着河面眺望，水汽袅袅升腾，对岸的景物在白雾里扭动变形。在冰河的最薄处，结冰不过一指，看得出下面汩汩的黑而透明的河水。用鸡蛋大的河卵石抛去砸冰，凿成小孔，河水冒出一巴掌高。用更大的石块砸，冰面片片坍塌，碎碴漂在水面上互相撞击。顺着这条薄冰的水流走，得知这股水由城市的下水道井流出，因此不冻。而河本身沉默坚固地冻着，在一个悬瀑式坎儿处，看出冰层冻了一米多厚，像洁白光滑的钟乳石。把岩石似的冰凿下来盖房子，想必整个冬天也不会化。

冰河两岸是好看的沙坂，柔软浮光的沙粒已被北国的劲风吹得无踪影了。这儿的沙坂是坚固的，被风刮出松柏的纹理，如一波水纹凝固。从沙纹伸展观察，风一律由西北吹来。

岸上的洼地倒伏着金黄的衰草，它们干透了，碰一下塞窣生响。我拿出火柴做一个烧荒的游戏。在明亮的阳光下，火焰似乎透明无色，其边缘在风势中挣扎扑腾。火像早就饥饿于草了，一瞬，草叶消失变黑。在火势大的时候，见出红与黑的密不可分，红的火一舔，一切都黑了。燃烧原是一幕高雅的典礼。

雪白的冰河曲折来去，虽然是凝固的，但河岸曲线依然，还保留着奔流的样子。

冰河并不惧惮阳光，它只浅浅地融化了表面的一层，仿佛给太阳一点承诺。内里依然冻得坚实，人行走不妨，拖拉机开过也不妨。

辑十二

火的伙伴

火 柴

火柴多好啊，像一排戴红帽子的孩子躺着睡觉。火柴燃烧之前，要"哧啦"一声，昭示开始。火，这么神奇的东西，怎么能像手电筒那么平庸地白亮呢？火在火柴棍上笑，晃着圆圆带光的脑袋，做出红焰和白焰两种表情。如果我们到了一个没去过的地方，比如说穆日根家里的地下室，四周黑暗。那么掏出火柴来，哧啦！周围一切深深浅浅暴露出来。黄漆的木箱。书，定睛看是《青年近卫军》。筛子。箩。镐头和养蜂的箱子。（他家怎么会有养蜂的箱子呢？）我们总能找到喜欢的东西。这时，火苗摇曳，这些东西的影子也跟着摇曳，像有腰。火柴熄灭了，骸体如一根迅速退却的红丝，烫得指尖疼。再点一根，这些东西又出现了，摇晃。这时，如果有电灯，亮得一览无余，多么煞风景。电灯，就像糖精水、方便面与卡拉OK一样，抹杀了许多事情的快乐。

我们不明白火柴头和磷片一擦，为什么火苗腾起，也不想听这里面的道理，于是一根又一根地擦亮，扔掉，又擦亮。在匮乏的年代，这是我们玩得起的一种玩具。我们感到火苗是活的，就像电灯是死的。划火柴时，伴随着手势和动感。而今，打火机和电子打火灶把火柴挤出了生活之外，孩子遇到这个词还要查字典。那边，父母说：

"那是古人用的一种东西。"

火柴的隐秘、炽亮，映红我们脸膛的一瞬，像对许多原初和富于创造的事物一样，我始终抱有悠长的怀想。

火的伙伴

在大雪飞落的冬季，烤火成为一个甜美的词。

人们出去、进来，仿佛是为了接近烤火而做一些准备。

烤火的姿势最美。伸出手，把手心与动荡的红焰相对。你发现手像一个孩子，静静倾听火所讲述的故事。

我爱看烤火的手，朴实而温厚，所有在劳动中积攒的歌声，慢慢融化在火里。抓不住的岁月的鸟翼，在掌心留下几条纹，被火照亮，像羽毛一样清晰。

烤火的男人，彼此之间像兄弟。肩膀靠着肩膀，脸膛红彤彤的，皱纹远远躲在笑容的阴影后面。用这样的姿势所怀抱的，是火。像他们抱庄稼迈过田埂，像女人抱孩子走到马车边上。

烤——火，这声音说出来像歌声结尾的两个音节，柔和而亲切。说着，火的伙伴手拉着手从指尖跑向心窝。

你在哪里看过许多人齐齐伸手，在能摸未摸之际，获取满足。这是在烤火，火。

在北方，田野只留下光洁的杨树，用树杈支撑着瓦蓝的晴空。雪后，秋天收回土地上的黄色，屋舍变矮，花狗睡在炕梢，玻璃窗后睁着猫的灵目，乌鸦飞过山岗。

雪花收走了所有的声音，河封冻了。这时，倘若接到一个邀请，倘若走进一个陌生的人家，听到的会是：

来，烤火，烤烤火。

火　花

夜里在涪江岸上跑步。没有月色，江水在江心岛灯光的照耀下看出来一点流淌。跑步的岸是大坝修成的花园，有树、畦花和拿鼻子问路的狗。

在坝上跑了四公里往返，看江水却看不清。尽管看不出江流，它也不像一块地，淡淡集合着天光，却比天窄。即使江面漆黑，人也能感觉江在默默地流。跟白天的奔涌相比，江水在夜里好像白流了，它不知自己身在何处。比如水岸用彩灯连缀的几个字——桃花岛。我想起东坡夜游赤壁，倘若没有星月，小舟载人在江上泛流，也不知人在何处。

在坝上跑步放不开腿脚，不光天黑，是没理由在坝上狂奔，会让树下接吻的情人恼怒。人静你动就是一种冒犯。有一条狗跟着我，我怕狗，四下找它的主人。但它无主人，从它轻佻的举止就看得出来。过去，我跑步因为遇见狗追把脚崴了，这回恐怕会被它追进江里。我站下，它假装嗅护栏下面的草；我快跑正中它意，撒开四爪飞奔；我慢跑，它用小碎步迎合。我想我怎么会遇见这样一位跑友呢？我怕狗是因为我觉得一定会被狗咬到，被咬部位必定是腿肚子而非别的地方。我仿佛体验到腿肚子的肌腱被狗牙咬的痛楚，两排牙印清晰可见。这时候最想学狗语，警告它不要再追我。然而，现学狗语来不及，只好用汉语斥它：去，别追了，停下。这条白毛、肩膀带黄斑、腰身细长的狗站下，用不解的眼神看我，仿佛受了冤屈。我说这不算冤屈，你干点别的吧！狗听了这话大吃一惊，掉头跑去，消失在夜色里。看来，"你干点别的吧"在狗的语言系统里是一句可怕的话，相当于人类说的"我要拆你房子"。

我向北跑到桥下，折返往彩灯的"桃花岛"方向跑，跑了大约两公里见路边有烛光。

跑近了看，烛光在白色花岗岩的护栏下放射红晕。路到头了，烛光下面是野草的陡坡，有好心人（民间人士）点燃蜡烛警示。蜡是庙里用的大红烛，上粗下细，有插入泥土的铁扦子。它的火苗远看红色，近看橘黄，再近看是两束白色的火苗。

我蹲下端详烛火，看着稀罕。很久没看到火了，家里做饭的天然气火被锅盖着，看不到。而且，天然气像木梳一般嗞嗞响的蓝火是工业的火，没烛火那么生动舒展。

涪江坝上的两团烛火一高一矮，像比赛跳高，有表情，有笑容。我想了半天想出一句话：这是活的火。离开它们回头看，两朵微焰合成了一团红晕。那么好看，却说不出词来形容它。它的温红在夜的风里摇摆，我想起了一个词：火花。一瞬间，我为创造这个词而生出"天将降大任于是人"的惊喜，火花，了不起！过一会儿，想到这是早有过的词，也许用了一千年了。转而敬佩创造"火花"这个词的人，他不跑步，没被狗追也能造出如此妙词，了不起！

火琉璃

————————————

　　最华丽的东西是火。它烧起来，身子左右扭摆，雍容如绸缎。绸缎是对火外形最贴近的描述，尽管人不敢用手去摸它。火碰人，但不让人碰。火苗软，四肢如婴儿身体一般蜷曲自如。冰冷的铁遇到火，说火比水还要柔软。火的手像在水上吹过波纹的微风。许多东西害怕火。但火不清楚这件事，它想摸一切东西，从山峰到花朵。火把双手放在冰上，想把冰抱起来，但冰开始流泪。冰的全部身体只是一滴泪。对人来说，泪是心里的水。悲酸的人用眼睛在心的井里汲水。心脏和眼睛中间没铺设管子，水从心爬上眼睛很困难。泪水爬上眼睛是想看一看那些不幸的人。牧民的草场被开矿的人占了，补偿费寥寥无几。他们给有草场的人当牧工，冬天买不起取暖的煤。被圈进城镇的农民在街上卖菜，卖一天菜赚的钱折叠起来没有火柴盒大。泪跑出来看他们，引出来更多的泪水围观。失去草场和土地的人，四十岁苍老得已如一段炭，生命一点点变短，灰烬被风吹走。冰从火的怀抱跑脱，化为水，土地留下黑黑的背影。冰想看看火的模样，但睁不开眼睛。大体说，火焰高鼻梁，像观世音菩萨一样微合眼帘，身形似坠露。

火的衣衫比绸缎更明亮，如琉璃般的罩光，又如向上飞的鱼。金红的鱼从火里蹦蹦跳跳，钻入虚空。它们红脊红鳍，像筷子一样细，没有网能收拢这些鱼。有人说火家族的相貌全一样，说得不确切。非洲人长相各式各样，但在外人看来全一样。有个中国人在赞比亚被偷了钱包，警察抓到三个嫌疑人让他辨认。丢钱包的人沮丧地说，这三个黑人长得全一样，让我怎么认？火有红脸金脸蓝脸白脸，相貌不一样，它们的身段瞬息万变，跳着各自的舞。

人类的视网膜比较简单，看东西只看个大概。人看不清飞鸟扇动翅膀，而鸟会看得清。鹰的眼睛在一万公尺高空能看清兔子在草丛里拉屎。人差远了，别总吹自己伟大，连伟哥都够不上。幸亏动物们听不懂人类的广播，听懂得羞死。动物们看清了火的舞蹈。火烧起来不仅往四外飘，还在跳重重叠叠的群舞。每一束火实为云母片般重叠的薄翼。火分成一层又一层。如果你眼睛够尖，会看到它穿着一件又一件火纱衣，又一件件脱掉。人永远看不到火的胴体，除非你进入火而又不燃烧。

火的热烈让它交不到朋友。它拥抱松树就毁了松树，它抱住庙宇就毁了庙宇，火永远孤独。火捧起矿石，眼看着液体的金子从石头里流出来。石头流出黄铜黑铁的汁液。火不知这是为什么，是什么让金子汁液从石头里渗出来，像水一样？而火跑进森林里，见到更多的火，火从树上跑出来迎接火。这些火以前住在树里吗？火不知道这是为什么，正如它不知道美丽的树何以化为焦炭。

富兰克林发现了电，又发现电不可贮存。粮食、煤炭和金币都可以放进一个地方，电却不能。铁箱子尤其不能装电。富兰克林试过把电装进什么东西里，但上帝没创造这种东西。爱迪生听说这件事后让电在电灯里消耗掉，为了卖钱。世上可存的东西是人的东西，比如衣衫和存款。不可贮存的东西是神的，比如火和电。不可存的东西都不让人摸，火以及电。火似乎藏在任何地方——木头里、煤里、纸里。小时候玩火，看到火吞吃一张白纸，纸只剩乌黑的小角，最终消失，火和它同一秒钟消失。这时心里怅然，想知道火去了哪里，但不知道它去了哪里。它从其他的地方出现，如炉膛。火出来了，披着明晃晃的琉璃绸缎，一步三摇，把煤和木头烧尽之后又跑掉。火，它到底是什么东西呢？

火苗去了哪里？

佛说：请拿一支蜡烛来。

弟子们拿过一支蜡烛。

佛说：请点上。

弟子点上，光明在前。

佛说：请把蜡烛靠我近一些。

蜡烛靠近佛。佛吹一口气，烛熄。佛问：火苗到哪里去了？

弟子面面相觑，答不上来。

火苗去了哪里？并不是问它是不是熄灭了，也不是回答浸油的棉纱在有氧条件下燃烧，是问刚才那一朵火苗，到哪里去了？

并不是眼见的东西才存在。流星从天空划过时，它在当下的时间已不存在。传到人的视网膜上的星光，只是多少光年之前的光。那么，人们不得不接受一个乖谬的事实——见到了一样早已不存在的东西：流星。

眼睛（光的感受器）和时间，遮蔽了真相。

即使如真相，也只存在于一定条件中。

　　火苗作为一种现象，它存在的依据不是油脂和棉纱，是火苗闪亮之前的广大的黑暗。火苗和黑暗并存，火苗如果"去"了什么地方，也是回到了黑暗中。

　　人所看到、所感知的事物，多是个体，人们习惯并依赖这一点。比如见到孤立的人、房子、声音和色彩。但事实上，世上什么事物都没有孤立存在过，是人的假定。

　　譬如，量子力学发现，一个原子可以在两个地方同时存在，这几乎是人的惯有思维所不能理解的。

　　譬如，天空无所谓蓝，这是光谱顺序，是地球对太阳的角度对人而言所形成的颜色。说蓝是有条件的颜色亦可，说蓝是一种假象亦无不可。

　　那些自称坚持真理的人，不知道有多少人在坚持谬误。他们坚持的大多是已知和旧知。

　　说火苗并没有存在过，亦无从消失，也算一说。分从哪一种角度和向度观察，这不是诡辩，也不是虚无，只是告诉人们别太固执己见。

　　弟子问佛陀：如果一尊神死了，它去了哪里？佛说：请拿一支蜡烛来。点亮，吹灭。问：火苗去了哪里？……

走到哪里都认得出火的模样

我记不起小时候第一次见到火是什么感受，小孩子见到什么都抓一下，如我爸说"蒙古人的手里长着眼睛"。但火不可抓，人一生也抓不到火，最后却被火抓走了。

火是一朵花。这朵花颤抖、试探，包裹一圈儿火芒。西班牙诗人阿莱克桑德雷说："所有的火都带有激情，唯有光芒孤独。"夜里，光芒为火镶一层边，像雾，像麦芒。光芒和火中间有一层空隙，仿佛把火苗安排到一个玻璃罩里。这是说火苗，油灯和火柴上的火苗。火苗是火的孩子么？它弱小，但与大火同样明亮，穿着同样的衣衫。

火穿着一模一样的衣衫，由红黄蓝白四块布幔缝制。在阳光下，火的衣衫被剥走，它成了透明人。火除了衣衫，没有其他家产，它的身体长在衣衫里。在斯图加特的索里图山边上的熊湖岸上，在南西伯利亚的安吉拉河边，我见到与故乡一模一样的火。

火在夜里笑，微笑或大笑取决于风势。人盯着火看一会儿，感到其实它想跑，被什么东西拽住了脚。火的脚跟绑在木柴上，绑在煤和油里，不然早跑了。火盼望像鸟一样高飞，在松针上跳跃，听松树暴跳如雷。火倾出身子，缩回来，柔软之极，它比花草和水更像舞蹈演员。火像一朵莲花，这用斧子劈不开的花，如同斧子劈不开一滴水。火和水包住斧子又放开斧子。它是色，又是空。火是实体，却没有重量。用秤估算不出火的重量。火像荆棘，满身有刺。火像锦缎一样光滑细腻。我摸不到火，却感到了它的光滑，火的皮毛比狐狸更光滑。皮毛从火的颈子流泻，由红色变为金红，转为空心的蓝。火的蓝比天的蔚蓝更浅一些，屁股坐在一个白盅里。自然这是火的白盅。在光里面，红与蓝常常相邻，由金黄联结，黄昏的天空也是如此。

火苗的形状如一滴水，这滴水从地面向天空生长。火苗的苗跟植物的苗一样往上方延伸。但火苗更像一滴水。这滴水遇到外物散开包抄，像莲花打开叶片。火的顶如莲花的顶，点染一点红。

火睡觉的时候并没有熄灭，炭才是它的梦乡，多少火苗在炭里相拥而眠。在薄薄的灰烬里，火已睡熟。"剥"的一声，是火的梦话。火在炭里多么安静，像婴儿那样恬然。它拱起圆圆的脊背如熟睡的猫。风走过，炭火的火星惊起，跳进夜色里，再也回不来了。

在黄泥铁桶的小炉子里，火倾听小米粥的歌声。粥的歌声跟打呼噜差不多，咕嘟咕嘟，吹起一些泡儿又吹破一些泡儿。火沉湎于这些歌声，它闻到粮食的香气塞满四外每一个缝隙。火奇怪，它在铁锅下面奔跑。为什么传来粥的歌声？铁锅是世上神物，遇火每每发出不同的奇香，黍米之香，菜蔬之香。起初，火以为铁是香的，后来得知锅里有米，米香即是大地之香。

火是蒙着眼睛奔跑的精灵。火看不到任何东西。它见到木柴时，烟挡住了它的视线。它见了黑夜，夜退到远方。火焰的光芒隔离了火的视线。火在阳光下睁不开眼睛，火在枯枝上爬行，火在草绳上模仿一条蛇。

不烧的时候，火待在哪里？这个疑问与火苗去了哪里一样令人困惑。不能说火藏在木头和煤里，它同样藏在布、干草甚至塑料里。铁和石头撞击迸出火星，火什么时候钻进铁和石头里了？在凸透镜的照射下，火从纸里跑了出来。是的，火藏在一切地方，是火柴、打火机、铁和阳光让它跑出来，它在那个地方沉睡久了，被火唤醒，急急忙忙跑出来。火在煤的身体里睡了多久？至少睡了几亿年。火从阳光的梯子爬进树里，树在地里化成煤最后变回来，成了火。

可是，火熄灭之后又去了哪里？

黑夜里，火张望，扭捏，奔跑。火哪儿也没去，最后却失去了踪影。夜和枯枝上找不到火的身影，连枯枝也被火拐走了。火所去的地方，人看不到。世界或许分成许多层，人的眼睛只看到其中一层，如同音波的一段频率。在人的眼皮底下，人看不到的东西太多了。人看不到身边的鬼神，看不到自然的征象，看不到光之外的其他颜色。人眼是如此简单，结膜、角膜、虹膜，加上视网膜，怎能看清周围的一切？

火只有一个模样，火不分外国火与中国火。火有金红的面容，有白与蓝的脸谱。火把自己的脚拴在风上。风到达的地方，火也到达。火把干树枝烧得像铁丝一样红，它的躯体或者叫能量凌空而去，化为碳的另一种形式。

如果用火讨论万物，万物的本质都是碳。而且万物都不会消失，不生不灭，只在火里变换了一种形式。它们在人眼中消失了，在大自然的循环中却没消失，也消失不了，永久循环。

　　火让白雪变成冰凌的酥片，化为水。火让水在壶里跳跃，无数小气泡化为大气泡，变成旋涡。火藏在酒里，穿着蓝色的衣服。火穿红衣从炭里走出来。如果想到人的周围藏着火，有一点吓人。但火是如此沉静，它只待在它待的地方，打骂都不出来，只有火才能把火引出来。火毁灭过万顷森林，竟安静地藏在一张纸里沉睡。火……